2019ザ　　スト
ミ　　　　ーズ

CONTENTS

2019
THE BEST
MYSTERIES

日本推理作家協会編

第72回
日本推理作家協会賞
短編部門受賞作

学校は死の匂い

澤《さわ》村《むら》伊《い》智《ち》

1979年大阪府生まれ。大阪大学を卒業後、出版社勤務を経てフリーライターに。2015年、第22回日本ホラー小説大賞に投じた『ぼぎわんが、来る』が大賞受賞の栄に浴し、小説家デビュー（同作は『来る』のタイトルで2018年に映画化もされた）。ホラー小説界期待の大型新人は、『ずうのめ人形』（2016年）や『恐怖小説 キリカ』（2017年）など矢継ぎ早に話題作を発表し、瞬く間に人気作家の仲間入りを果たした。本作「学校は死の匂い」は、『ぼぎわんが、来る』を皮切りに始まる通称〈比嘉姉妹シリーズ〉を彩る一編で、アンソロジー『再生　角川ホラー文庫ベストセレクション』（2021年）にも採録されている。雨の日にだけ小学校の体育館に出る少女の霊は、なぜか両手で耳をふさいだ格好でキャットウォークから飛び降り、無惨に斃《たお》れた姿をさらす。いったい彼女は、誰に何を訴えているのだろう？　ホラーと謎解きの趣向が融合した逸品であり、団体生活を強いる〝学校の悲劇〟を描いて哀しくも恐ろしい。（K）

1

市立三《み》ツ角《かど》小学校の正面玄関。四年生の靴箱の隣、傘立ての上。

壁に巨大なパネル写真が架かっている。九年前、一九八六年の運動会の、組体操を撮ったものだ。写っているのは当時の六年生。

四段のピラミッドを組んだ十人の男子児童が、歪《ゆが》んだ顔をこちらに向けている。右奥には女子のピラミッド。これも四段。日に照らされた体操着は白く、焼けた肌は黒々としている。遠くの旗に「一致団結」と書かれているのが辛うじて分かる。

深夜になると、この写真から保護者の歓声、そして児童の呻《うめ》き声がするらしい。

そんな噂の真偽を確かめるため、わたしは夜の十一時に学校に忍び込んだ。玄関の鍵《かぎ》はかかっていたけれど、乱暴に揺するとあっさり開いた。

暗闇に浮かぶ写真を眺めながら、わたしは待った。噂されている現象は起こらず、〝本物〟特有の気配は一向に漂ってこない。

大先輩たちの勇姿を見つめる。激しい苦痛、長時間の忍耐と引き換えに、十秒間かそこらの拍手と一瞬の達成感が得られる素晴らしい見世物。わたしも二学期になれば練習させられ、先生がたに怒鳴りつけられ生傷だらけになって、本番では全校生徒と保護者の皆様の前で、こんな顔を晒《さら》さなければならない。そう思うと憂鬱《ゆううつ》になった。身長一六〇センチの自分は間違いなく一番下の段だろう。考えるだけで息が詰まる。うんざりする。欠伸《あくび》が出る。

（美晴《みはる》ちゃん、美晴ちゃん！）

彼方《かなた》からの呼び声に気付いて目を開くと、ぽっちゃりした童顔の女性が涙目でわたしを見下ろしていた。両手でわたしの肩を揺すっている。

教育実習生の佐伯麻子《さえきあさこ》だった。先週木曜からわたしのクラス、六年二組に来ている。

「どうしたの美晴ちゃん！　何かあったの？」

周囲は明るくなっていた。床はひんやりと冷たく、小石が腕の肌に刺さっている。

いつの間にか眠っていたらしい。

「……おはようございます」

気まずさに苦笑いを浮かべながら挨拶《あいさつ》すると、佐伯は「よかったあ」とわたしを強く抱きしめた。

三十分後。職員室の隅でわたしは先生がたからお叱りを受けていた。「学校の怪談に興味があったから」と事情を説明したせいだ。

「親御さんも心配するだろ、物騒な事件があったばっかりなんだし」

担任の天野《あまの》は地蔵のような顔に苦笑いを浮かべて言った。

地下鉄で毒ガスが撒《ま》かれて大勢が死傷したのが三ヶ月前、実行した新興宗教の教祖が逮捕されたのは先月のことだ。両親がわたしの心配をするとは思えない。でも世の中が不安に覆われているのは事実で、佐伯の慌てようも決して大袈裟《おおげさ》とは言えない。

わたしは大人しく「すみません」と十数回目のお詫《わ》びを口にした。

校長も教頭も他の先生がたも、言うことがなくなったらしく黙っていた。間もなく終わる。そう推測した直後、教頭が口を開いた。

「お姉さんはあんなにちゃんとしてるのに──」

「姉の話は止めてください」

考える前に口にしていた。二つ上の姉と比較されるのだけは耐え難かった。

馬鹿だ迂闊《うかつ》だと後悔しても後の祭りで、今度は反抗的な態度についてくどくどとお説教された。先生がたの話を聞いている振りをしながら、わたしは考えていた。

心霊めいた学校の噂──いわゆる学校の怪談はつまらない。

どれもこれも完全な作り話だ。〝本物〟に会えたりはしないのだ。

「今回も残念だったね」

古市俊介《ふるいちしゆんすけ》は真顔で答えた。数少ない友達だ。わたしが見えたり聞こえたり感じたりすることにも、それなりに理解を示してくれている。「他人の主観を否定することは誰にもできない」というのがその理由で、霊感や霊の存在を信じているわけではないという。不満はなくもないけれど論理的ではあるし、わたしと普通に話してくれるのもありがたい。変人扱いして遠ざかる他のみんなとは違う。「同じ霊感体質だから」と妙に馴《な》れ馴れしくしてくる子とも、同じ理由で突っかかってくる子とも違う。

昼休みの教室。わたしは窓際の、古市の机に腰かけていた。彼は姿勢よく椅子に座って眼鏡を拭《ふ》いている。裸眼の彼は普段より幼く見えた。

廊下側の一番後ろ、佐伯の席の周りには今日も人だかりができていた。早々に人気者になっている。明るく元気で少しばかり幼く、同時に貫禄《かんろく》もある彼女がみんなに慕われるのは当然といえば当然だ。

「あっ佐伯先生、ここ寝癖が残ってるよ」

「ええっ本当？　やだあ」

男子の指摘に赤面し、髪を押さえる彼女。昼休みになって何度目かの爆笑が上がる。

外は雨だった。

校庭には大きな水溜《みずたま》りがいくつもできていて、薄い霧さえ立ち込めている。置き傘があってよかったと僅《わず》かに安堵《あんど》しながら、わたしは落胆の溜息《ためいき》を吐いた。

「これで三戦三敗。全滅だよ。開かずの教室はただ汚いだけだったし、屋上にも何にもない」

「噂だと、飛び降りた女子が立ってるんだっけ？」

「そ。今が一番幸せだからって夢見がちな理由で。どうせ作り話なんだろうなあ。後はマンガか何かから引っ張ってきたっぽい怪談しか残ってない。夜中の十二時に女子トイレの鏡がどうとか、音楽室のベートーベンの肖像画がどうとか」

「検証するだけ無駄だろうね」

古市は眼鏡をかけなおした。

「今更だけどさ比嘉《ひが》さん。そんなに調べてどうするの」

「興味本位」

わたしは答えた。彼はふむ、と顎《あご》を撫《な》でて、

「見えました、聞こえました、〝本物〟でした。そしたら次は？」

「霊が困ってるなら助ける」

「それ以外だったら？　例えば恨み辛みでこの世に止《とど》まっているなら」

「説得する」

「悪意があったら？　それも説得？」

「やっつけようかな」

わたしは半笑いになっていた。

古市はぽかんとした顔でわたしを見上げていたが、やがて小さく笑って、

「比嘉さんは怖くないいんだね」

「何が？」

「霊とかそういうの」

「全然。興味が勝ってるからかな」

「へえ」彼は細い目を見開いて、「僕だったら夜の校舎に入るのも無理だよ」と言った。

「何で？　ただ暗いだけだよ」

わたしは率直に言う。怖がる人がいるのは分かるし変だとも思わないけれど、自分は何とも思わない。昼だろうと夜だろうと校舎はただの建物だ。

「古市だって昼間は平気でしょ、それと一緒」

「いや」と彼はかぶりを振った。

「暗くなくても学校は怖い場所だよ」

「何で？」

「死の匂いがするから」

不意に詩的な言葉が飛び出して、わたしは面食らった。意味が摑《つか》めない。古市の顔はさっきまでと同じで冗談だとも思えない。

学校が怖いとはどういうことだ。死の匂いとは何だ。

「何言ってんの」わたしは再び半笑いになって、「学校なんか全然……」

廊下が慌ただしくなった。そう思ったところで、すぐ泣き声が聞こえた。

クラスの仲良し女子コンビ、白河《しらかわ》と小野《おの》が、前のドアから教室に転がり込んできた。白河は四角い顔を真っ赤にして泣いている。小野は赤ん坊をあやすように彼女に声をかけている。「もう大丈夫だよ」「怖かったねえ」「よく頑張ったね」

一昨年だったか、日本脳炎の予防注射の日も全く同じ光景を見た記憶があった。凄《せい》惨《さん》な反核映画を体育館で観た時も、大きな蛾が教室に迷い込んできた時も。

ぶりっ子という呼称は彼女にこそ相応《ふさわ》しい。今回は蜂にでも追いかけられたのか、それとも花壇のパンジーでも枯れたのか。

集まる女子たちに小野が何やら説明していた。耳を澄ましてもよく聞こえない。駆け寄った佐伯が声をかけたが、白河は激しく首を振った。

「ううっ、み、美晴ちゃんっ」

白河が唐突にわたしを呼んだ。下の名前で呼ぶほど仲良くないだろう、と軽い苛立《いらだ》ちを覚える。みんなが一斉にこちらに注目する。

「……なに？」

「た、助けて。怖いの。もう歩けない。立てない」

「何で？」

「いいから」と小野が怒ったような顔で言う。白河主演の悲劇にわたしも出演させられるらしい。

「美晴ちゃん」

佐伯が神妙な顔で呼んだ。「よく分からないけど、こういう時はクラスで助け合おうよ。ね？」と綺麗《きれい》事を口にする。

「適当に合わせてれば済むよ」

古市が目を合わさずに囁《ささや》いた。

机から下りると、わたしは大股《おおまた》で彼女たちのもとに向かった。

給食台のすぐ手前、蹲《うずくま》った白河の前にしゃがみ込む。彼女はボロボロと涙を零《こぼ》している。鬼瓦《おにがわら》みたいな形相をぼんやり眺めて次の展開を待っていると、

「ゆ……幽霊がね、いたの」

「へ？」予想外の言葉にわたしは間抜けな声を上げてしまう。

「体育館で遊んでたらね、後ろから、う、う」

何を言っているのか分からない。

視線で小野に助けを求めると、彼女が口を開いた。

「知らない？　雨の日にだけ体育館に出るって。わたしは別に信じてないけど……確かに声がしたような気がする」

「声？」

「そう」小野がうなずいた。「何かブツブツ言ってるみたいな。誰かの名前を呼んでたっぽい。他に誰もいなかったのに」

赤い顔の白河とは対照的に、小野の顔は蒼白《そうはく》だった。

「……声くらいならするんじゃないの」

わたしは冷静に答えた。「多分すぐ外で誰かが喋《しゃべ》ってて、隙間から――」

「違う。最初はそう思ったけど絶対違う」

小野が切羽詰った様子で反論する。

「足音もしたの。声のすぐ近くでキュッキュッて。意味分かるよね？」

体育館の床板に靴が擦《こす》れる音だ。つまり外からの音では有り得ない。わたしはうなずいて返す。

「で、足音と声が遠ざかって、消えたと思ったら……凄《すご》い音がした」

小野はぶるりと全身を震わせた。演技には見えない。白河に話を合わせているわけではないらしい。わたしはつい真剣になっていた。

「凄い音ってどんな――」

「落ちてきたのっ」

白河が駄々を捏《こ》ねるような口調で言った。

「人が落ちてきたみたいな音がしたのっ、潰《つぶ》れたみたいな音、だから助けてよ。美晴ちゃんこういうの詳しいんでしょ。見えるんでしょ。除霊とかお祓《はら》いとかお清めとかしてよっ」

両手で顔を覆って泣き喚《わめ》く。彼女の唾《つば》が頬にかかったが、げんなりしたのは数秒だけだった。

雨の日にだけ、体育館に幽霊が出る――

聞いたことがある気もする。地味だと思って斬り捨てて、そのまま忘れていたのか。

白河の騒ぎようは芝居がかっていて嘘臭い。でも小野も同じ声と音を聞いたらしい。二人の人間が、同時に不可解な体験をしたわけだ。音声だけというのも真実味がある。

今度こそ〝本物〟か。

「除霊」と小野が囁いた。こんな時だけ頼りにするなんて虫のいい話だと思ったけれど、突っぱねると余計に面倒なことになるのは目に見えている。

わたしは二人とその周りをよく見てから、

「何もいないよ。気になるなら塩でも撒《ま》いたら。給食のオバちゃんに言えば貰《もら》える」

と正直に言った。彼女たちからは何も感じない。何も見えない。だから取り憑《つ》かれたりはしていない。小野の顔に緊張が走る。

しまった、と思った時にはもう遅かった。白河は赤ん坊のように大声で泣き、「ひどいよお、助けてよお」とわたしに縋《すが》り付いた。涙と鼻水と生温かい頬が耳に触れる。

全身に悪寒が走るのを感じながら、わたしは「ごめんね、悪かったね」と思ってもいないことを口にしていた。

佐伯が不安そうに「出るの？　雨の日に？」と周囲に訊《き》いていた。

2

「気にしないように」

チャイムが鳴るのと同時にやってきた天野は、ことの次第を聞くなりそう言った。

「気温や湿度が急に変化すると、建物が音を立てることはよくある。床板が縮むか何かして軋《きし》んだんじゃないかな」

「でも」席に着いた小野が食い下がると、

「建物の音ってのは不思議なものでね」

天野は話し始めた。例えばマンションの七〇二号室の音が、三〇八号室で聞こえることもある。壁の向こうから呻《うめ》き声がするので調べたら、古い水道管を水が流れる音だった。とあるお寺ではこんなことが、海外のオペラハウスではあんなことが——

話自体は興味深かった。クラスのみんなも次第に聞き入って、終盤は感心する声さえ上がっていた。佐伯だけが表情を硬くしている。どうやら怖い話が苦手らしい。

わたしは違和感を覚えていた。

天野の話は仕上がっている。堂に入っている。そんな風に聞こえた。これまで何度となく同じ話をしてきたのではないか。話す機会があったのではないか。

つまり——

雨の日の体育館で、声や音を聞いた児童が過去何人もいたのではないか。

淀《よど》みなく語る天野を見ているうちに、疑念はますます膨らんだ。

放課後になってわたしはすぐ体育館に向かった。

鍵《かぎ》はかかっていなかったが誰もいなかった。がらんとした体育館の中央に立って耳を澄ます。

ごおお、とはるか上から聞こえるのは雨粒が屋根を叩《たた》く音だ。びしゃびしゃと壁の向こうから聞こえるのは、流れ落ちた雨水がコンクリートを打つ音。それ以外はなにも聞こえない。あちこちに目を凝らしてもそれらしき姿は見えない。

舞台。上がったままの緞帳《どんちょう》。キャットウォーク。バスケットゴール。倉庫の扉。消火栓。床に貼られた赤、青、白、黄色のラインテープ。舞台の左の壁には校歌が書かれた大きなパネル。右の壁、鳩が四葉のクローバーを咥《くわ》えたモザイクは大昔の卒業制作だ。

放送室の窓は光が反射していて、中は見えなかった。

五分経ったのを壁の時計で確認して、わたしは舌打ちした。

幽霊がいたとしても、そう都合よく会えるとは限らない。当たり前のことなのに苛立たしい。

体育倉庫の籠《かご》からバスケットボールを取り出し、ドリブルしながら舞台に向かって歩いていると、

「やっぱりここだったね」

背後から男子の声が響いた。

古市だった。正面の扉からこちらに歩いてくる。二つ結びでゲジゲジ眉《まゆ》の、小さな女子を連れている。女子は不敵な薄笑いを浮かべていた。

胸元の黄色い名札には「二年一組　ひが　まこと」の文字。

四つ下の妹、真琴だった。

「傘が壊れたんだって」と古市。

「友達に入れてもらえ」わたしは真琴を睨《にら》み付けた。「サクラさんとかミユちゃんとかいるだろ、シンゴくんでもいい」

「家、逆だもん」真琴は手を差し出すと、

「帰らないならミハルの傘貸して」

「は？　わたしは濡《ぬ》れて帰れって？」

真琴は無言で傍らの古市を見上げた。目が合った彼はあからさまに狼狽《ろうばい》したが、表情はどこか照れ臭そうで嬉《うれ》しそうだった。

「馬鹿じゃないの」

わたしは一番近くのゴールめがけてボールを放り投げた。白いボードに当たって跳ね返り、狙ったように手元に戻ってくる。

「ねえミハル」

「一人で帰れ。走れば濡れない」

「濡れるよ。走っても歩いてもおんなじ。知らないの？」

「うっさいな」

わたしは真琴にボールを投げるふりをした。

怯《ひる》んだのは古市だった。手で眼鏡を守っている。一方で真琴は平然としていた。それどころか口笛を吹くような顔さえしてみせる。

腹が立っていた。外できょうだいと顔を合わせるのは嫌だ。調子が狂う。それに真琴は人前だと家の何倍も生意気だ。こっちが本気で怒れない、手を出せないと高を括《くく》っているのだ。呼び捨てなのはいつものことだが、それさえ今は気に障る。

「貸してあげたらいいんじゃないかな。何だったら僕が貸してもいいよ」

古市が頭を掻《か》きながら言った。真琴がにんまりする。

今度は本当にぶつけてやろうか。最初は真琴に、次は古市に。

訳知り顔の妹はもちろん、妙な態度を取る友達にも苛立《いらだ》ちが募る。

そうだ。わたしと古市はただの友達だ。友達で充分だ。

それ以上を望んではいけない。

ボールを摑《つか》む両手に力を込めた、その時。

ごん、と背後で音がした。

硬いものが床を打ち鳴らしたような音だった。咄嗟《とっさ》に振り返る。

「……どうしたの」

古市の声がしたが、わたしは答えなかった。答えるどころではなかった。

体育館の中央に、白い何かが転がっていた。

人だ。白い人影が仰向けに横たわっている。

向かって左側にあるのは頭、右側は投げ出した足。全身はぼんやりして床板とラインテープが透けている。細部は曖昧《あいまい》で顔も服装も分からないけれど、輪郭は確実に人間だった。でも人間ではない。気配がまるで違う。辺りの空気が変わっている。

これは〝本物〟だ。

どくどくと心臓が早鐘を打っていた。

「ミハル」

真琴に呼ばれたがこれも無視する。影に歩み寄っていいものか思案して留《とど》まることを選ぶ。

白い影がぎこちなく立ち上がった。

両手を耳の辺りに当てていた。

女の子だ。それも小柄で痩《や》せている。真琴と同じ二つ結び。顔はぼやけているが目鼻の位置はかろうじて分かる。服装ははっきりしない。ただ全体的に白い。

「誰……？」

また真琴の声がする。一瞬遅れて彼女にも見えているのだと気付く。知るかと答えようとすると、かすかな声が耳に、いや――心に届いた。

〈……ごめんね……〉

懇願するような、泣きべそをかいているような、女の子の声だった。

白い女子の口元が動いていた。

〈……イシダさんごめん、キノシタさんごめん、エゾエさん、コバヤシさん、コモダさん、モリさんヤエガシさんミツヤさんネギシさん……〉

名前らしき言葉、詫《わ》びの文句。

白河たちが聞いたのはこれだ。

この子の声を聞いていたのだ。

〈ごめん、ね……あ、あし……〉

声が途絶える。あし――足とはなんだ。そう思った直後。

白い女子が歩き出した。キュッと床が鳴る。耳を塞《ふさ》いだ姿勢のまま舞台の方に向かう。囁《ささや》き声は続いている。

「今の、ひょっとして」

古市の声。足音は聞こえたらしい。

「そう」わたしは最小限の言葉で答えた。

女子はとぼとぼと歩いている。わたしたちに背中を向け、時折床を鳴らして。向かう先にはドアがあった。前方右手の壁にある、小豆《あずき》色のドアだ。中にはちょっとしたスペースと、緞帳を上げ下げするボタンと、舞台に上がる階段と――

タンッ、と足元で音がしてわたしは跳び退《すさ》った。無意識に取り落としたボールが、てんてんと床を転がる。

「あっ」

真琴が小さく叫んだ。顔を上げると白い女子は見えなくなっていた。見回してもどこにもいない。

「どうなった？」わたしは振り返って訊《たず》ねる。真琴は全身を縮めていた。先ほどまでの舐《な》めた表情は完全に消え失《う》せている。

「……き、消えた。ドアの前で薄くなって」

「え、そうなの？」

古市が眼鏡の奥で目を丸くする。「何かいたの？　足音が聞こえたけど」

古市には〝聞こえる〟だけらしい。けれど聞こえる範囲に個人差がある。古市は足音だけ、白河たち二人は足音と声。

固まった足を意識的に動かし、わたしは一直線にドアに向かった。この向こうにいるのかもしれない。そう思うと緊張が走る。ぞくぞくと背中の毛が逆立つ。

ドアまであと五メートル。四メートル。三メートル。

視界の右上の方でちらりと何かが動いて、無意識にそちらを向いた。途端に足が止まる。

白い女子がキャットウォークを歩いていた。

さっきまでと同じく両手を耳に当てている。

「今度はそっち？」

古市が戸惑いながら訊《き》いた。

キャットウォークのちょうど真ん中で、女子は立ち止まった。平らな胸を手すりに押し付け、肘《ひじ》の間から床を見下ろす。

ぼやけた顔が見えた。

顔には表情が浮かんでいた。苦悶《くもん》、悲しみ、後悔、嫌悪。どれにも当てはまるようで、どれでもない、でも負の気持ちを表していることは分かる顔。

まさか。

思った次の瞬間、女子はキャットウォークの床を蹴《け》った。するりと手すりを乗り越える。そのまま三メートル近くの高さから落下する。

「だめ！」

真琴が叫んだ。わたしは思わず目を閉じていた。

「ごつん」と「ぐしゃ」が混じったような音が、胸に直接響いた。最初に聞こえた音よりも大きくて生々しくて厭《いや》な音。

考えたくない光景が瞼《まぶた》の裏に広がった。

床に倒れた白い女子。その首は変な向きに曲がっている。両手両足を出鱈目《でたらめ》に伸ばしている。割れた頭から真っ赤な血が流れ出て、音もなく床に広がっていく。

その場にしゃがんでいる自分に気付いた。

上履きの先端、赤いゴムのコーティングが視界の中央にある。血は見えない。床を伝ってこちらに迫ってきたりはしていない。

おそるおそる顔を上げると、女子の姿はどこにもなかった。

真琴は顔を覆って蹲《うずくま》っていた。指の間から啜《すす》り泣きが漏れる。その傍らでは古市が真っ青な顔で尻餅《しりもち》を搗《つ》いている。

空気が元に戻っていた。外の雨音が耳に届く。

「……落ちたの？」

古市は唇まで青くしていた。うなずいて返すと、

「どうするの？　見えたし、聞けたんだよね」

「そうだけど……」

ゆっくり立ち上がって体育館を見回す。

終わった、と考えていいのだろう。白い女子はどこかに消えてしまった。またすぐ現れることはない。そんな気がする。というより確信できる。

今度こそ本物に会えた。

でも少しも嬉《うれ》しくなかった。何一つ満たされていない。

頭がせわしなく考えている。あの子は何者なのか。どうしてあんな真似をしたのか。囁いた名前の数々は。〝足〟とは。あの姿勢の意味するところは。

一方で心は痛みを訴えていた。

苦しい。油断すると涙が出そうになるほどだ。どうしてこんな気持ちになっているのか分からないまま、わたしは胸を押さえてその場に立ち竦《すく》んだ。

古市が真琴に「大丈夫？」と声をかけていた。

3

深夜の真っ暗な和室。隣の布団で真琴が寝ている。他の弟妹たちの寝息も聞こえる。わたしは眠れず天井を見上げている。

姉の布団は空だった。引き戸の隙間から光が漏れているということは、居間で勉強でもしているのだろう。遅くまでご苦労なことだと心の隅で嫌みを言う。

白い女子を最初に目撃してから一週間が経っていた。

雨が降ったのはそのうち二日。いずれも放課後になって体育館に行ってみたところ、計ったように彼女は現れた。姿形、声、音、そして行動。何から何まで同じだった。思い切って声をかけてみたけれど、白い女子はまるで反応しなかった。

床に叩《たた》きつけられる瞬間は二度とも目を背けてしまった。厭な音がした後、床板とラインテープを見つめながら、わたしは胸の苦しみに耐えた。

古市に詳しく説明すると「だったら、これでお終《しま》いって気分にはならないだろうね」と、こちらの意向を伝える前に納得された。話が早くて助かる。

二人で最初に質問した相手は、白河と小野だった。

彼女たちが耳にしたのは、順に「囁き声」「足音」そして「床に叩きつけられる音」。一方でわたしは「囁き声」の前、白い女子が見える更に前に、別の音を聞いている。「ごん」という音だ。

体験に齟齬《そご》がある。彼女たちに最初の音は聞こえなかったのだろうか。

「わかんない」

白河のそっけない態度は想定済みだった。先週上演の悲劇はとっくに終幕したのだろう。小野は意外にも真面目に答えてくれた。

「わたしたち縄跳びで遊んでたからね」

健康的だね、と皮肉を言いかけて止める。

「そしたら白河ちゃんが急に止まって、何か聞こえるとか言い出したの。そっから」

つまり足音や縄の音のせいで、聞き逃した可能性があるわけだ。これは齟齬とは言わない。ただ状況が違うだけだ。

古市は興味深げにメモを取っていた。

真琴が寝返りを打ち、聞き取れない寝言を繰り返している。

白い女子を見た直後は酷《ひど》く落ち込んでいたが、家に帰った頃にはケロリとしていた。子供はそんなものだろう。あれから何度か問い質《ただ》してみたが、彼女が見聞きしたものはわたしとほとんど同じらしい。最初の音も確かに耳にしたという。

（……ごめんね……）

囁《ささや》き声が頭の中で繰り返されていた。何を詫《わ》びているのか。

キャットウォークから見下ろす不鮮明な顔を思い出す。何故飛び降りるのか。

そもそもあの子は誰なのか。なぜ雨の日にだけ現れるのか。

気になる。だから眠いのに眠れない。困った。欠伸《あくび》が出る。

目が覚めたら午前九時を回っていた。

腹が立つほど清々《すがすが》しい朝の光が和室を照らしていた。

完全に遅刻だ。真琴に一度起こされた記憶があるが二度寝してしまったらしい。

わたしは唸《うな》りながら布団から起き上がった。

朝食を摂《と》っている間、両親の部屋からは弟妹たちの楽しげな声が漏れ聞こえていた。そこに被《かぶ》さる太い鼾《いびき》は母親のものだ。騒がしくても起きる気配はない。ビルの深夜清掃の仕事は大変なのだろう。

父親が帰ってきた様子はなかった。

着替えを済ませ、両親の部屋で弟妹たちのおむつを換え、母親が目を覚ますのを待って、わたしは家を出た。寝坊した時のいつもの流れだ。話をしないのもいつものことだ。

住宅街を歩いていると、「おっはよー」と後ろから声を掛けられた。

車椅子に乗った若い女性が颯爽《さつそう》とわたしを追い抜く。振り返った顔には人懐っこい笑みが浮かんでいた。

近所に住む松井《まつい》さんだ。わたしは「おはよう」と挨拶《あいさつ》を返した。

「押そうか？」

「お願いしていい？　二日酔いでしんどいの」

「大学生はどうしようもないな」わたしは苦笑して車椅子のハンドルを摑《つか》んだ。

わたしに物心がついて挨拶するようになった頃から、松井さんはずっと車椅子だ。小学生の時に事故に遭い、足が動かなくなったという。詳しく聞いたこともある気もするが覚えていない。気にもならない。大事なのは彼女がわたしにとって〝近所の親しいお姉さん〟であることだ。家族より同級生より、ずっと話しやすい。

「時間までに登校しないと駄目だよ」

「してたら今日は押せなかったけど」

「確かに」彼女は前を向いたまま、「今日はなに？　低血圧？」と訊いた。

「そんな感じ」

わたしは適当に答えた。体育館の霊について夜通し考え込んで寝坊した、とはさすがに言えない。こっちの気持ちを知ってか知らでか、松井さんは含み笑いを漏らして、

「まあ、無理してみんなに合わせることないよ」

と言った。

「真琴ちゃんは元気？　最近会ってないから」

「元気」

「また喧嘩《けんか》したんじゃないの？」

「してないよ」

「お姉さんはどう？」

「特に何も」

「どうしたの美晴ちゃん」

松井さんが唐突に訊《き》いた。

「何が?」

「悩み事でもあるんじゃないの? さっきから上の空っぽいし」

気付かれていたらしい。

「わたしでよければ相談に乗るよ? 足が速くなりたいとか言われてもアドバイスのしようがないけど」

松井さんはけらけらと笑った。こういう冗談を言う人なのは前から知っていて、わたしもすっかり慣れている。というより彼女がこんな性格だからこそ、変に気を遣わず話していられるのかもしれない。

「大したことじゃないよ」

「またまたあ。大先輩に話してご覧なさいな。口は堅いって定評あるよ」

おどけた口調で言う。そうだ、とわたしは今更になって思い出した。

「松井さんって三ツ角小だっけ」

「そうだよ。生まれてから二十二年ずっとここ」

「例えばだけど、三ツ角小で女子が自殺したって話、聞いたことある?」

自分の問いに自分で納得していた。

白い女子の行動を素直に受け取るなら、自殺——飛び降り自殺に見える。かつての在校生が自殺して、その霊が出没している。そう推測するのは決して変ではないし、

ＯＧに聞くのは手っ取り早い。

「あるよ」

松井さんはあっさり答えた。

「わたしが卒業した年の秋だった。年度で言うと〝次の年〟になるのかな。弟か妹のいる子から回ってきたよ――体育館で六年の女子が飛び降り自殺したって。ちょっとだけ騒ぎになったから覚えてる」

大当たりだ。時期は計算すると九年前になる。

はやる気持ちを抑えてわたしは質問を重ねる。

「体育館で飛び降りるってのは……」

「キャットウォークっていうのかな。そこから床に。見回りに来た先生が見つけたんだって。ってことは早朝か放課後ってことになるのかなあ」

「秋って？」

「九月だったような気がする。たしか雨の日」

「ニュースには？」

「なってなかったと思うよ。新聞には全然載ってなくて複雑な気持ちになった記憶があるなあ。新聞的には報道する価値がないんだって」

「その子の名前は分かる？」

わたしはゆっくり車椅子の速度を落とした。道の端に止めると彼女の前に回り込んで、「変な質問してごめんね。噂というか学校の怪談みたいな話になってて、気になったから」と曖昧《あいまい》な嘘を吐いた。

「あらあ、今はそんなことになってるんだね」

松井さんはそう言うと、考えこむような仕草をした。

「名前はたしか……垣内《かきうち》さんだったかな。垣内渚《なぎさ》。うん、多分合ってる。クラスに藪《やぶ》内《うち》渚って子がいて、似てるねって話になったのとセットで覚えてる」

「垣内……」

無意識につぶやいていた。あの白くて透けていて顔のはっきりしない女子に名前が付いた。確定とまでは行かないにしても、白い女子が垣内渚の霊である率は高い。

「ああ、そうだそうだ」ポンと松井さんは手を打った。「思い出したよ。初めて話を聞いた時、ちょっと変だなって思ったの。本気で死にたかったら、普通は教室のベランダから飛び降りるんじゃないかって。それか屋上」

もっともな指摘だった。物騒な言い方だけれどすんなり飲み込める。

四年の頃、クラスの馬鹿な男子の間で、キャットウォークからマットも敷かずに飛び降りるのが流行《はや》ったことがある。うち一人が捻挫《ねんざ》して、先生に怒られて禁止されるまでの約一ヶ月間は、誰も怪我しなかった。「足がビリビリするから楽しい」と馬鹿たちが騒いでいたのを覚えている。しっかり両足で着地すれば、十歳の子供でもそれくらいで済むわけだ。

あの程度の高さでは普通は死ぬことはおろか、怪我することすら難しいのだ。頭からわざわざ、それこそ白い女子みたいに落ちない限りは。

あの場所であんな風にして死ななければならない理由とは。

「雨に濡《ぬ》れたくなかったからとか？」

「うーん」松井さんは腕を組むと、「そこ気にするかなあ。濡れるのが嫌なら日を改めればいい」

「そうだね」

「どうしてもその日死にたいなら別の手を使うんじゃない？　方法なんかいくらでもあるよ。首吊《つ》りは座っててもできるし、醤油《しょうゆ》一升飲んでも死ねる。コンセントに濡れた指を突っ込むのもいい。全部わたしでもできる」

朗らかな口調に反した暗い内容、そして強烈なブラックジョークに、わたしは思わず吹き出してしまう。

「詳しいなあ」

「だって調べたことあるもん」

松井さんはさらりと言った。

今度は反応できなかった。どうして調べたのか。ただの好奇心かもしれない、だから深刻に取る必要はないかもしれない。でも「わたしでもできる」が引っ掛かる。

「……松井さん、今の受け止め切れないいんだけど」

わたしは正直に言った。

「あ、ごめん、重すぎたね」

彼女は申し訳なさそうな顔をして、口の前で手を合わせる。

「今は違うから心配しないで。小学生の頃の、それもほんの短い間の話。やんなくてよかったって思ってる。コージくんもいるし」

彼氏の名前だ。

「それにさ、自殺したら永久に苦しみ続けるって話もあるじゃん。魂とか宗教は信じてないけど、死んだ後のことなんて分かんないのは事実だし、だから止めたの」

「そうなんだ……よかった。安心した」

わたしは笑顔を作った。

駅と小学校との分かれ道まで車椅子を押して歩き、松井さんと別れた。「ありがとうね、助かったよ」と手を振る彼女は、いつもと変わらない、近所の親しいお姉さんの顔をしていた。

「先生」

放課後の教室。教師用のデスクで書き物をしている天野に、わたしは声をかけた。

「どうした？」

にこやかに答える天野。

「真面目な話なんですけど、垣内渚って子、知ってますか」

思い切って訊《たず》ねると、その顔が一気に引き締まった。

教室の後ろで白河たちが話し込んでいる。佐伯は自分の席で男子数人と戯れている。

「ちょっと来てくれるかな」

天野はそう言うと椅子から立ち上がった。

職員室の片隅、間仕切りのある打ち合わせスペースにわたしを案内すると、天野は向かいに座るなり訊いた。

「どうしてその名前を知ったの？」

いつもは穏やかで優しい顔が緊張を帯びている。

「雨の日の体育館の噂、調べてたら分かりました。九年前に自殺した子の名前です」

白い女子のことは出さず、嘘でないことを告げる。

天野はしばらく黙っていたが、やがて観念したように口を開いた。

「知ってるよ。よく知ってる。先生の受け持ちの子だったからね。それも新任の時。六年一組だ。一九八六年の九月十六日、放課後だった」

一言一言、慎重に言葉を選んでいる。

「職員室で仕事してて、トイレに行ったついでに体育館に寄ったんだ。一組の子が何人か放課後に遊ぶとか言ってたから、様子を見に行こうと思ってね。その日はそう──朝から雨だった」

周囲の様子をうかがいながら、

「うつ伏せに倒れてた。どうやっても起きなかった。他には誰もいなかった」

天野はそう言うと目を伏せた。

「なんで、その……」わたしは言葉に詰まる。

「トラブルは見つからなかった。親御さんも分からないと言っていた。でも同級生には『生きるのが辛《つら》い』『どうしようもない』って零《こぼ》してたそうだ。漠然と悩んでたってことかな。そういう年頃ではあるけど……何とかできたんじゃないかって思うよ」

天野は握り合わせた手をデスクに置くと、

「だから正直、例の音や声は垣内の──霊の仕業なのかなって考えたことはある。何回も何十回も。そう思いながらお前たち児童には、建物の話をしていたんだ。この九年間、ずっとね」

いつの間にか充血した目で、わたしを見据えた。

この人も悩み苦しむのだ、とわたしは心の中で驚いていた。優しいだけ、大きな声を出さないだけの、ただの〝担任〟だった天野の印象が大きく変わっている。

「先生は直接聞いたことありますか」

わたしは訊ねた。

天野は一度だけ、小さくうなずいた。

4

「美晴ちゃーん、おねがーい」

すがるような声がした。美晴。わたしの名前。頬にぬるりと生温かい感触が走る。これは涎《よだれ》だ。わたしは机に突っ伏して寝ている。今は国語の授業中だ。

慌てて身体を起こすと、教壇で佐伯が「よかったあ、起きた」と指示棒を抱きしめた。馬鹿な男子が「教科書の跡ついてんぞ」と嬉《うれ》しそうにわたしの顔を指差し、クラスが笑いに包まれる。

教室の後ろでパイプ椅子に座った天野が、やれやれといった表情で腕を組んだ。古市が心配そうにこちらを見ている。

　わたしは眠気を振り払いながらシャープペンシルを摑《つか》んだ。

　あれから雨の日になる度、誰もいない時を狙って、体育館で白い女子――垣内渚に呼びかけた。思いつく限りのおまじないも試してみた。もう苦しまなくていい、成仏してほしいと念じてもみた。

　松井さんの言うとおり、彼女は死にきれずに苦しんでいると考えたからだ。だったら助けたいと思ったからだ。そこまでしないと一件落着という気分にはなれない。

　でも、わたしの試みはすべて失敗に終わった。

　彼女は音とともに現れ、耳を押さえて立ち上がり、囁《ささや》きながらドアの前で姿を消し、キャットウォークを歩いて中央で立ち止まり、飛び降りて音とともに消え失せた。機械のように習慣のように、ただそれだけを繰り返した。

　霊は痛くないのだろうか。何度も飛び降りて平気なのだろうか。

　それ以前に、どうして何度も飛び降りるのだろうか。どうして雨の日に自殺してみせるのだろうか。

　そんなことを考えるのは、わたしが挫《くじ》けそうになっていたからだった。垣内渚が床に叩《たた》き付けられた直後に胸を襲う、あの苦しみに耐えるのが難しくなっていた。

「力不足なのかなあ」

　授業が終わると古市の机に座り、わたしはそう零した。彼は考え込む仕草をして、

「聞こえてないとか？　耳を塞《ふさ》いでるんだよね」

　と、手元のメモ帳を示す。一ページ使って垣内渚の全身像が、精密に描かれていた。わたしが描くと無残な出来になるのは分かり切っていたので、古市に説明して描いてもらったものだ。

「それはわたしも考えた」

「だろうね。どう見てもそういう姿勢だから」

「うん。だから手を摑もうとしたんだけど、駄目だったよ。触れない」

　古市は目を白黒させた。

「これに？　触ってみようって？」

「うん」

「……凄《すご》いな」

　彼はぶるりと身震いした。

　分厚い雲のせいで、昼だというのに外は暗い。このまま降らずにいてくれれば、今日は体育館に行かないで済むのに。自分で始めたことなのに、そんな風に考えるようになっていた。

「触れたら触れたで怖いと思うんだけどな……」

　古市が首を捻《ひね》りながらつぶやいている。

ふと思い出してわたしは訊ねた。

「ねえ、死の匂いって何？　前に言ってたやつ」

ああ、と彼はメモを閉じた。けほんと咳払《せきばら》いをすると、

「ここから落ちたら死ぬよね」

窓をコツンと叩く。二階だから絶対に死ぬとは限らないけれど、キャットウォークよりずっと危険だ。

「うん、まあ」

「理科準備室には劇物がたくさんある。ないならないで化合して作ることもできる。作り方は先生が教えてくれた」

「塩酸とか」

「ジャングルジムも、登り棒も滑り台も落ちたら大変だ。大丈夫そうなのは……」

「植わってるタイヤかな」

「プールの排水口に吸い込まれて死ぬ、なんて話もよく聞く」

「だね」

「校門に挟まれても死ぬ。というか実際に高校生が一人死んでる」

「神戸《こうべ》の学校だっけ」

「うん。要するに学校は危険なんだ。表向きは安全そうな雰囲気だけど全然そんなこ

とはない。他と大して変わらないよ。死の匂いってのはつまり――」

ここで不意に口ごもる。

わたしは少し考えて、こう問いかけた。

「〝危ない〟ってだけ？　それを格好付けて言い換えたってこと？」

「そうなる」

ばつが悪そうに古市は答えた。拍子抜けしてわたしは笑ってしまう。死の匂い。格好を付けすぎている。

そう思いながらも納得していた。

学校は危険だ。家よりもずっと危ない。少なくとも自分の家で、落ちたら死ぬ場所は屋根くらいしかない。わたしたちは平日の毎日、より危ない場所にわざわざ出向いて過ごしているわけだ。不用心にもほどがある。

自分はよく無事だったな、と妙な感心すらしていた。

終礼が済んでも雨は降らなかった。垣内渚は今日は出てこない、だから体育館には行かなくていい。ほっとしたせいか再び眠気に襲われ、わたしは机で少しばかり寝ることにした。

目が覚めたら五時前だった。

教室にも廊下にも階段にも、誰もいなかった。靴箱の前でスニーカーに履き替えて簀《す》の子を下りると、玄関の隅に人が立っていることに気付いた。

佐伯が組体操のパネル写真の前に佇《たたず》んでいた。微動だにせず見つめている。気配に気付いたのか、彼女はくるりと振り向いた。

わたしは黙礼した。彼女は「あっ、美晴ちゃん」と満面に笑みを浮かべる。

「勉強？　クラブ活動？」

「寝てました」

「ははは」佐伯は身体を揺すりながら、「寝るの好きなんだね、こんなとこで寝れちゃうし」と視線で床を示す。皮肉で言っているのではないらしい。

「あの時はびっくりしたよ。来たら倒れてるんだもん。息はしてるけど起きないしで泣いちゃいそうになってさ」

「はあ」

「自分の用事どころじゃなかったよ。無事でよかったけど。ねえ」

「はあ」もうその話は止めてほしい。

どうやって話題を変えようかと思案していると、不意に疑問が浮かんだ。

「先生は何であんな早くに学校来てたんですか」

「これを見るつもりだったの」

佐伯は写真のすぐ側まで近づき、右奥の女子のピラミッドを指差す。

「わたし！」

上から二段目、二人並んだうちの左側の女子を突《つ》く。わたしは目を凝らした。ピントが合っておらず顔はぼやけているが、体型は分かった。

「……この子、けっこう痩《や》せてますよ」

「中学入ったら太っちゃってねえ」

ははは、と高らかに笑う。

痩せていた頃の自分が見たかったのだろうか。気にはなったがさすがに訊《き》けない。

「わたしの原点なんだ、これ」

佐伯は感慨深げに言った。

「大変だったよ。練習じゃ全然できなくて、先生に怒られて泣いちゃう子もいたし。わたしも嫌だった。こんなことやって何になるのって思った。でも朝とか放課後に練習したら、少しずつできるようになったの。本番は完璧《かんぺき》だった」

どこかうっとりした目で、

「天野先生とも、みんなとも仲良くなった。このメンバーとは今でも交流あるよ。グループを超えて、一生の友達を見つけることができたの」

「一致団結は凄いですね」

「そう、凄いよ」

嫌みで言ったのを真顔で返されて、わたしは戸惑った。

「教師を目指してるのも、これがきっかけだもん。みんなで力を合わせれば、無理だと思ってたこともできるの。未来が拓《ひら》けるの。それを今の子たちにも伝えたいなって」

「みんなで力を合わせて、か」

「うん」

佐伯はこれも真顔で返した。

「いい経験だったよ。みんなで目標に向けて協力するのが好きになった。中高大と野球部のマネージャーやったのもこれがきっかけ。だからダーリンと出会えたのもこれのおかげ」

「ダーリン」

「そう、旦那《だんな》様。大学の野球部で、エースで四番なの。佐伯修平《しゅうへい》って名前も強そうでカッコイイよね」

今度は惚気《のろけ》か。うんざりした次の瞬間に気付く。

「旦那様ってほんとに旦那のこと？」

「うん。指輪はまだだけど」

彼女は何も付けていない左手をひらひらさせた。

「結婚してたんですね」

「そうだよ、別に隠してないしみんなにも言ったはずだけど」

わたしはその〝みんな〟には入っていない。この人には意味が分からないだろう。

〝みんな〟とは繋《つな》がりが切れている人間がいることを、この人はきっと理解できないだろう。

彼女は嬉《うれ》しそうに惚気を再開していた。芸能人の誰それに似ている、文武両道である、両親を説得した彼にさらに惚《ほ》れた――

「友達からも早いとか慎重になれとか色々言われたけど、どうせするなら早い方がいいでしょ。それに菰田《こもだ》より佐伯の方が可愛らしいし」

「……えっ」

言葉が記憶と結び付く。コモダ。垣内渚が囁《ささや》いていた名前の一つだ。

「先生、コモダっていうんですか？」

「そうだよ。菰田麻子。地味でしょ」

けらけらと笑う彼女にわたしは問いかけた。

「垣内渚って子、知ってますか？」

気付くのが遅すぎた。教育実習生なら大学三年生だろう。浪人や留年をしていなければ二十歳か二十一歳。だから九年前は小学六年生だったことになる。そして六年二組、天野のクラスに実習に来ているということは――

佐伯の顔から笑みが徐々に消えていった。

「……うん。同じクラスだった」

探るような目でわたしを見ている。

「自殺したって聞きました」

「そうなの」間髪を容《い》れずに答える。「友達のいない、影の薄い子だったから、正直何があったかはよく知らないけど」

「友達じゃなかったんだ」

「うん。でも悲しかった。気付いてあげられなかったから。お通夜にも告別式にも行って、みんなで泣いてお別れしたよ」

さっきまでとは打って変わって、泣きそうな顔になっていた。芝居がかっていると考えるのは穿《うが》ちすぎだろうか。綺麗《きれい》事に聞こえるのはわたしが捻《ひね》くれているせいだろうか。

訊きたいこと訊くべきことを考えていると、

「じゃあ、これから会議だから」

佐伯はすたすたと職員室の方に歩いて行った。

日付が変わっても眠れず、布団を撥《は》ね除《の》けて起き上がる。引き戸の向こうは今日も灯《あか》りが点《つ》いている。真琴たちを踏まないように避《よ》けて、わたしはそっと部屋を出た。

姉が——琴子《ことこ》がテーブルで勉強していた。短めのポニーテール、ぶかぶかのTシャツにスパッツ。椅子の上で体育座りして、つまらなそうに参考書を眺めている。

トイレに行って戻っても彼女は同じ姿勢だった。

「琴子」

「なに」

顔も上げずに答える。

「雨の日の体育館のこと、知ってる？　三ツ角小学校の」

彼女に相談するのは癪《しやく》だったけれど、他に頼りになりそうな人間は思い当たらない。わたしよりずっと真面目で頭がよく、そしてたくさんの〝本物〟に会ってきた琴子なら、何かヒントになりそうなことを知っているかもしれない。

「白い子でしょ。飛び降りて消える子」

ぱらりと参考書を捲《めく》る。やはり琴子にも見えていたのだ。

「放っといて平気なの？」

「平気。誰かが困ってるわけじゃないもの」

い。

「あの子が困ってる――苦しんでるよ」

琴子はようやく顔を上げた。無表情でわたしを見つめる。続きを促しているらし
「調べたからね。自殺したのに死にきれなくて苦しんでる。わたしにも伝わる」

濃い眉《まゆ》がぴくりと動いた。

「わたしが声をかけても全然聞いてくれない。耳を塞《ふさ》いでるから」

「塞いでる？」

「そうだよ。こうやって」

わたしは垣内渚と同じポーズをしてみせた。琴子の目がわずかに見開かれる。驚いているらしい。

手にしているシャープペンシルを頬に何度か当てると、

「そう……その方が歩きやすいものね」

意味深につぶやいた。

「どういう意味？」

「美晴が見た白い子は耳を塞いでるんじゃない。頭を持ってるの」

「は？」

「美晴の声もちゃんと聞こえてるはずよ。手を耳に当てたって何も聞こえなくなるわ

けじゃないもの。反応しないのはそうね……美晴が勘違いしてるからじゃない？」

「さっきから何なの？」わたしは髪を掻《か》き毟《むし》った。「勝手にクイズ始めるなよ。お前は分かってるかしらないけど」

「静かに。みんなが起きる」

琴子が言った。囁き声なのによく通る。そして迫力がある。

気圧《けお》されそうになるのを何とか耐えて睨《にら》み付けると、彼女は溜息《ためいき》を吐いた。

「自殺したら永久に苦しむなんて嘘よ。思い止《とど》まらせるための作り話に過ぎない。誰に聞いたか知らないけど」

「松井さん」

「そうなんだ」

琴子は首を捻っていたが、やがて「そうだ」と両足を椅子から下ろした。

「思い出した。夕方に松井さんと会って、美晴へ伝言を頼まれたの。『気にしてたらごめんね』って。意味分かる？」

「うん」

彼女の顔と先日の遣《や》り取りを思い返すと、苛立《いらだ》ちは少しだけ治まった。松井さんとは普通に話せるのに、と余計なことを考えてしまう。

「松井さんって何で足悪くなったんだっけ」

何気なく訊《き》くと、琴子は意外そうな顔をした。

「結構ニュースになったけど……そうか、美晴はまだ二歳だったものね」

お前だって四歳だったくせに、と突っかかりそうになって堪《こら》える。

「あの人は小六の時に――」

琴子の言葉を聞いた瞬間、思考が止まった。どうしてなのか分からない。戸惑っていると勝手に頭の中で記憶が、情報が絡み合う。琴子のクイズめいた言葉の意味が理解できる。

同時に寒気が身体を襲った。自分の想像で心が冷たくなっていた。

「つ……次に雨が降るのはいつ？」

「分かるわけないでしょ」

琴子は呆《あき》れたように言うと、テーブルの新聞を指差した。

5

「おいおい」

放課後。体育館の扉をくぐるなり天野が尖《とが》った声で言った。すぐ後ろの佐伯も怪訝《けげん》な表情を浮かべる。二人の視線は入ってすぐの壁に立てかけられた、組体操の写真パネルに注がれていた。

「勝手に移動させたのか？　誰か先生の許可は……」

「いえ。でも必要なので」

わたしは古市に目で合図を送る。彼はうなずくと出入り口の重い扉を閉じた。わずかに館内の、空気の流れが変わる。

四人しかいない体育館に、沈黙が立ち込めた。聞こえるのは外の雨音だけだった。

「……何が始まるの？」

不安そうに訊いたのは佐伯だった。

「垣内渚のことで、どうしても確かめたくなって」

わたしはそれだけ答えた。腹の底がずしりと重くなり、膝《ひざ》が少し笑う。逃げ出したいほどの緊張を覚えている。でも逃げ出すわけにはいかない。

白い女子、垣内渚を助けるにはこうするしかないのだ。

「佐伯先生」

呼びかけると、彼女は強張《こわば》った顔で「なに」と答えた。普段——みんなと一緒にいる時とはまるで違う、低い声。

「この子の名前は何ですか？」

わたしは女子のピラミッドの、最下段左端の女子を指した。佐伯はわずかに目を凝

らして、

「三屋《みつや》さん」

と答えた。メモを開いた古市が「むっ」と声を上げる。わたしは続いて隣の女子を示し、「この子は？」と問いかける。

「江副《えぞえ》さん」

「この子は？」

「小林《こばやし》さん」

古市の顔がみるみる青ざめていく。

わたしはピラミッドを組む女子を順に指し示し、佐伯は名前を答える。石田《いしだ》さん、木下《きのした》さん、森《もり》さん、八重樫《やえがし》さん、根岸《ねぎし》さん。

「で、これが菰田さん……佐伯先生」

「そうだけど、それが何なの？」

険しい顔で佐伯が訊いた。わたしは覚悟を決める。

「ここは雨の日に変な音と声がする。その声が、今言った九人の名前を呼んで謝るの。ごめんねって」

「そんなの確かめようが」

「あります。もうすぐ聞こえますよ」

「有り得ない」

「だったらここにいても平気ですよね？」

彼女は黙った。わたしは再び写真を指差す。

「一番上の子は誰ですか？」

「……荻野《おぎの》さん」

「この子の名前は呼ばれません」

古市がうなずくのを横目で確認すると、わたしは身体ごと佐伯を向いて、

「佐伯先生。一九八六年の九月十六日の放課後、垣内渚はここで自殺した。そういうことになってますけど――本当は違うんじゃないですか」

「何言ってるんだ比嘉」

答えたのは天野だった。組んでいた腕を解く。

「先生が確かめたんだ、垣内は間違いなくここで」

「死んだんですよね？　自殺したんじゃなくて」

天野が絶句して佐伯を見た。彼女は潤んだ目で見返している。

二人の様子をうかがいながら、わたしは一気に言った。

「その日この辺りは雨が降っていました。昔の新聞で確認済みです。校庭は使えない、組体操の大技を練習するなら体育館しかない。垣内渚はここでピ、ラ、ミ、ッ、ドの練習

中、頂上から、落ちて、頭を、打って、死んだ。違いますか？」

　体育館が静まり返った。そう思った次の瞬間、

「そんな訳ないだろ！」

　天野が怒鳴った。

「じゃあ何か、先生が嘘を吐いてるっていうのか？　冗談はよしてくれ。大体そんなことをする意味がないだろ。不慮の事故を自殺に見せかける必要なんかない」

「普通はそうです」

　わたしは引っ掛かりながらも同意する。組体操で児童が死ぬことは、天野にとって「不慮の事故」らしい。きっと他の先生がたも同様だろう。

「でも二年連続なら違います。さすがに大事《おおごと》になると慌てる人も、だから隠そうと企《たくら》む人もきっと出てくる。新任の先生なら尚更《なおさら》です」

　天野は奇妙な声を漏らした。

　わたしは松井さんのことを思い出していた。

　彼女は一九八五年の秋、組体操の練習で三段タワーから転落し、背骨を折った。そして半身不随になった。これも当時の新聞を調べ、本人に直接訊いて確認した。死にたい時期があった理由も察しが付いたが、確かめることはしなかった。

「違う、違う……」

佐伯が首を振った。

「知らない。ピラミッドの練習なんか」

「こないだ言ってましたよね、放課後も残って頑張ってたって」

「それは関係ないぞ、全然関係ない」

天野が上ずった声で言った。

「比嘉、くだらない遊びで大人をからかうのは止めろ。酒落《しゃれ》にならない」

「酒落にならないことをしたのはどっち？」

わたしは震える足を踏ん張った。

二人の狼狽《ろうばい》ぶりで確信していた。勢い任せの説明なのに、天野も佐伯も取り乱している。自分の仮説は正しいのだ。信じたくないけれど当たっているのだ。

天野は、佐伯は、そして残りの八人は、

「みんなで一致団結して、垣内渚の事故死を自殺に偽装したんですね？　マットを片付けて死体をそれらしい位置に置いて。念には念を入れて、死体をキャットウォークから落としたりもしたかもしれませんね。後は全員で口裏合わせて、〝漠然と悩んでいた〟という嘘の動機を広めた。彼女が内向的で、友達がいないのをいいことに」

「ふ、ふざけ――」

ごん、と音がした。

天野がびくりと大きく反応する。

佐伯が小さな悲鳴を上げる。

垣内渚がピラミッドから落ちて、床に頭を打った時の音だ。

体育館の真ん中に、彼女が現れた。横たわっている理由も今は分かる。

白い彼女が立ち上がる。耳を塞《ふさ》いでいるのではなく、両手で頭を支えている。折れて用を成さなくなった首の代わりに。

〈……ごめんね……〉

囁《ささや》き声がした。佐伯が耳を押さえてうずくまる。

白い垣内渚が九人の名を呼び、詫《わ》びの言葉を繰り返す。

「いやっ」

佐伯が叫んだ。天野が側に駆け寄る。

「垣内さん」わたしは白く透けている彼女に呼びかけた。「想像なんだけど、垣内さんは運動が苦手だったか、高いところが駄目だったんじゃない？　だからその日の組体操も上手《うま》くできなくて、みんなに責められた」

〈ごめん、ね……あ、あし……〉

「みんなの足を引っ張ってるとか言われた。追い詰められた垣内さんは無理してピラミッドに登った。団結を乱さないように、みんなに迷惑かけないようにって。そう思ってたら落ちて、それで……」

キュッ、と音を立てて彼女は歩き出した。ふらふらとドアに向かう。

「死んだ後も追い詰められてるんだね？　今も責任を感じてる。みんなに気を遣ってる。だから」

古市の目は真っ赤だった。わたしも胸が苦しくなっていた。

「今はこうやって、みんなの嘘に協力してるんだ。雨が降ったら現れて、無理のある自殺を実演してみせてる。自分はこうやって死にましたって嘘を吐き続けてる」

自分の言葉で悲しくなる。

そうだ。彼女はこんな馬鹿げた理由でここに留《とど》まり続けているのだ。団結だの何だのに死んでからもずっと囚《とら》われている。押し付けられた〝みんな〟を振り払えずにいる。それで自分を責め続けて、苦しみ続けている。

「垣内さん」

わたしは駆け出した。彼女の前に回り込む。

「そんなことしなくていいから。もう誰も怒ったりしない。責めたりしない」

彼女がドアに、わたしの方に近付く。ぼやけた顔が徐々に迫ってくる。

「垣内さんだって辛《つら》いでしょ。他のみんなも喜んだりなんかしてない。垣内さんのことなんか全然考えずに生きてる」

後ずさっていると背がドアに付いた。

「お願い」

曖昧《あいまい》な白い顔に語りかける。遠くから天野が棒立ちで、こちらを見ている。古市がおろおろしている。

キュキュッ、とまた音がした。

「わたしは組体操なんか嫌いだよ」

自棄《やけ》になって口走る。

鼻先で彼女が止まった。

はっきりしない目でじっとこちらを見ている。

「放課後に練習なんかやりたくない。でもどうせやるんだよ。こういう時だけ仲間とか友情とか言い出すやつが出てきて、それに合わせるのが正しくて嫌がるやつは間違いみたいな空気になる。絶対にそうなる。考えただけで嫌。垣内さんも嫌じゃなかった？　本当はやりたくなかったのに、みんなのノリに無理して合わせてたんじゃないの？」

わたしは思っていることをそのまま伝えた。

無意識に両手を伸ばし、彼女の手首を摑《つか》んでいた。自分の気持ちが昂《たか》ぶっているせいか、それとも彼女が触れさせてくれているのか。

彼女の手首は冷たく乾いていた。
「もう合わせなくていい。好きに死になよ」
不鮮明な顔がゆっくりと、小さくうなずいた。
わたしはそっと彼女の手を引いた。掌《てのひら》が頭から離れるのが見えた瞬間。
頭がガクリと勢いよくこちらに倒れかかった。
咄嗟《とっさ》に身体を引くと、後頭部を激しくドアに打ち付けた。
痛みに呻《うめ》きながら目を開けると、垣内渚の姿は消えていた。
霊がいるらしき気配も、雰囲気も無くなっている。
佐伯がめそめそと泣いていた。天野がその傍らで放心している。
「終わったの？」
古市がメモを片手に歩み寄る。
わたしは小さくうなずいて「パネル、片付けよっか」と言った。

実習期間はまだ終わっていなかったが、佐伯は翌日から学校に来なくなった。朝の会で天野は「一身上の都合」とだけ説明した。教室のあちこちから不満の声が上がったけれど、白河だけは何故か嬉《うれ》しそうにしていた。主演の座を奪われてずっと不満だったらしい。

天野も七月に入ると同時に来なくなった。やって来た教頭が「休職」と言ったのを、馬鹿な男子が「給食？」とわざとらしく聞き間違え、ちょっとした笑いが起こった。

翌日には体育館が立ち入り禁止になった。出入り口の前には赤い三角コーンと立て看板が置かれ、スーツ姿の強面《こわもて》の人たちが時折出入りするようになった。

古市と二人で元通りにしておいた、組体操のパネル写真も撤去された。

わたしたちには何も知らされなかった。

琴子に最低限の報告をすると、意外なほど驚かれた。

「あの子そんなこと言ってた？」

「ひょっとして見えてただけ？」

ここぞとばかりに見下ろすと、琴子は不機嫌そうな顔で勉強に戻った。どうやら彼女には声が聞こえず、首の折れた子が飛び降り自殺するという、ただ不可解な光景が見えただけだったらしい。それなら垣内渚を放置したのもそれなりに納得がいく。あの子の囁きや苦痛を無視したわけではないのだ。安堵《あんど》している自分が不思議に思えた。

でも気分がよくなったのはその時だけだった。

梅雨は終わって晴天が続いたけれど、心は少しも晴れない。むしろ日に日に暗く沈んでいく。天野や佐伯がどうなったのか、教頭に訊《き》いても教えてもらえなかった。

もっともらしい嘘を吐いて、わたしの追及を回避しようとした天野。

垣内の死などなかったかのように、団結だの何だのの美しさを説いていた佐伯。

いや――ひょっとして彼女たちは垣内が死んだことによって、より結束を強めたのではないか。同級生の事故死を自殺と偽り、秘密を共有することで団結したのではないか。その成果があの写真のピラミッドではないか。

考えただけで気分が悪くなった。

垣内渚はそんな団結に死んでからも囚われていた。天野や佐伯たちが捏造《ねつぞう》した嘘の自殺を、律儀に再演し続けていた。わたしまで苦しくなるくらいの悲しみを抱きながら、九年もの間。

考えただけで悲しくなった。

佐伯以外の八人は普通に暮らしているだろう。佐伯から連絡が行ったかもしれないが、だからといって悔い改めたりするとは思えない。今日も何食わぬ顔で生きているに違いない。明日《あした》も明後日《あさって》も、それから先もずっと。

気持ちはますます鬱々《うつうつ》となった。

終業式を三日後に控えた平日。目が覚めたら九時半だった。顔を洗って着替えて家を出る。食欲は少しもない。歩道に映る自分の影を見て寝癖に気付いたけれど、直す気にもなれない。

　校門をくぐって正面玄関に向かう。校庭では低学年がこの暑い中、懸命にトラックを走っている。最後尾をぜいぜい言いながら走るのは痩《や》せて小柄な男子だった。顔は真っ赤で完全に顎《あご》が上がっている。

　先生が男子に向かって何やら怒鳴り、走り終わった子たちがどっと笑う。男子が顔を手で何度も拭《ぬぐ》った。流れる汗を拭《ふ》いたのか、それとも。

　溜息《ためいき》を吐いて校庭から目を逸《そ》らすと、体育館の方に人影が見えた。何気なく焦点を合わせた途端、一気に目が覚めた。

　天野と佐伯が、体育館の正面出入り口の扉を引き開けていた。二人とも服がよれよれで、髪が乱れているのが遠目からでも分かる。手前で三角コーンと立て看板が倒れている。

　二人はするりと中に入った。すぐさま扉が乱暴に閉じられる。がん、と大きな音が響いたが、校庭の下級生も先生も気付いた様子はない。

　わたしは地面を蹴《け》った。足に全く力が入らないけれど何とか前に進む。こんなことならちゃんと朝ご飯を食べておけばよかったと悔やむ。

　車椅子用のスロープを駆け上がって扉の前に着いた、まさにその時。

　重い音が立て続けに二度、中から漏れ聞こえた。板張りの床に重く硬いものが叩《たた》き付けられ、弾《はじ》けるような音。

口の中がからからに乾燥していた。呼吸が乱れている。蒸し暑さを感じているのに寒気がする。腕には鳥肌が立っていた。

錆《さび》の浮いた引手に指をかける。次々に浮かぶ想像を振り払って、わたしはゆっくり扉を引き開けた。

開いた隙間から中が見えたと思った瞬間、生温《ぬる》い空気が顔を撫《な》でた。わたしは思わず鼻を押さえ、その場に立ち竦《すく》んでしまう。

強烈な血の匂いに動けなくなってしまう。

窓から差し込んだ光が、埃《ほこり》っぽい館内を照らしていた。

天野と佐伯が、キャットウォークの下の板張りに俯《うつぶ》せで転がっていた。どちらの髪も赤黒く濡《ぬ》れている。首が変な方向に曲がっている。二人とも微動だにしない。

「先生……」

無駄だと分かっているのに呼んでしまう。勇気を振り絞って中に入る。淀《よど》んだ空気が手足に纏《まと》わり付く。血の匂いは吐き気を催すほどに濃くなっている。

キュッ、と背後で音がした。

振り返ると白い影が、扉から外に出て行くのがちらりと見えた。

埋め合わせ

芦沢《あしざわ》 央《よう》

1984年生まれ。いじめによって高校生の一人娘を失った父親の復讐を軸にした心理サスペンス『罪の余白』で、2012年に第3回野性時代フロンティア文学賞を受賞してデビューした。二人の女性が依存しあった結果悲劇がもたらされる『悪いものが、来ませんように』、友情の裏にある女性特有の人間関係が浮上する『今だけのあの子』、一見作者自身の体験談のように見える手法を用いた神楽坂を舞台にした怪談で、第32回山本周五郎賞候補になった『火のないところに煙は』などがある。短編も定評があり、過去に3回、「許されようとは思いません」、「ただ、運が悪かっただけ」、「埋め合わせ」で、日本推理作家協会賞短編部門候補になっている。『許されようとは思いません』と『汚れた手をそこで拭かない』の二つの短編集で、それぞれ第38回、第42回吉川英治文学新人賞候補になった。また後者は第164回直木賞にもノミネートされた。(N)

最初に感じたのは、空が広くなった、ということだった。

微《かす》かに茜《あかね》さした空の青、生い茂る木々の深緑、フェンスの緑青色《ろくしょういろ》、プールサイドの浅葱色《あさぎいろ》、プールの水色――そのグラデーションを区切るはずの水の反射の位置がいつもよりも低いのだと気づいた途端、どん、と大きく心臓が跳《は》ねる。

――まさか。

一瞬にして血の気が引いていくのがわかった。

プールの水が、抜けてしまっている。

もつれる足を動かして機械室へと駆け込みながら、そんなはずは、と考えた。たしかに閉めたはずだ。午前中のプール教室の後、清掃のために一旦濾過器《ろかき》を作動させ、排水バルブを閉めた。まぶたの裏には、バルブを反時計回りに回す自分の手が映っている。

「あ」

喉の奥から小さな声が漏れた。

――違う。

あれは、今日の昼間のことではない。そうだ、今日は――機械室での作業中にスマートフォンが鳴ったのだ。

今晩飲むことになっている高校時代の軟式テニス部の仲間からで、本来ならば昼食休憩の時間だったこともあり、電話に出た。

予約したつもりだった店が取れておらず、別の店にする旨を送ったが、既読がつかないから念のために電話をしたのだという。チェックできずにいたことを謝ると、予約が取れていなかったのは店側のミスのはずなのに店員の態度が悪かったという愚痴《ぐち》が始まり、それに相槌《あいづち》を打っているうちに職員会議の時間になった。慌てて話を切り上げて職員室に戻り、日直として司会をし――

ぽたり、と機械室の床に汗の玉が落ちた。

――やってしまった。

秀則《ひでのり》は奥歯を強く嚙みしめ、すぐに排水バルブを閉めにかかった。重たい栓を今度こそ回し、プールサイドへ出てゆっくりと給水口を開ける。まもなく、ドドドドという流水音が響いてきた。

――今から水を入れて、明日の午前中のプール教室までに間に合うか。

たしか、今年の六月、プール始めに入れたときには一日半かかっていた。だが、そのときは空《から》の状態からで、しかも夕方から始めて一度下校前に止めていたはずだ。この状態から一気に入れるとなるとどのくらいかかるだろうか。

どこかに説明書きのようなものがないかと、再び機械室へ戻って室内を探る。だが、壁に貼られているマニュアルには操作方法が書かれているだけでプールを満水にするのにかかる時間については言及がなかった。

秀則はジャージのポケットからスマートフォンを取り出す。プール、水、時間、で検索すると、一秒もかからずに結果がずらりと表示された。

その中の四つ目に、視線が引き寄せられる。

〈小学校プール水流失　ミスの教諭ら２４９万弁済〉

ひゅっと、喉が鳴った。

サイトを開くと、タイトルの下に自治体と学校名、〈プールの給水口の栓を閉め忘れ、水を大量に流失させるミスを起こした〉という記事が続いている。

さらに少し離れて〈県水道局からの多額の請求で判明。水道料金約２４９万円を校長、教頭、ミスをした23歳の女性教諭の３人で弁済、市教委は３人を厳重注意とした〉という箇所が目に飛び込んできた。

秀則は忙《せわ》しなく唇を舐《な》める。そう言えば、数年前に市内の別の小学校でもプールの水を誤って流してしまった事例があったはずだ。被害額がそれほど大きくなく全国ニュースにはならなかったものの、教育委員会から市の全小中学校に通達が来て、教頭が職員朝会でそれを読み上げながら注意を呼びかけていた。

あのときはどのくらいの量でどのくらいの額だったのだろう。たしか教師の実名までは書かれていなかったはずだが、学校名と年齢くらいは出ていた気がする。

震える指先で画面をスクロールさせた。きちんと文章を理解しようと思うのに、なぜか目が上滑りして数字ばかりが浮かび上がって見える。

――落ち着け。

秀則は、意識的に息を吐き出しながら自分に言い聞かせた。少なくとも、自分の場合はこれほどの額ではない。このニュースの教員は何日も排水バルブを開いたまま給水を続けてしまったようだが、今回はただプールの水を半分にしてしまっただけなのだから。

では、プール半分の水とはどのくらいの量なのか。長さ、幅、深さをかけて二で割ると――と考えたところで、いつもならすぐにできるはずの計算ができないことに気づく。電卓アプリを立ち上げて打ち込み、そこに現れた数字に指を止めた。

１９５――約二百立方メートル。

次に、一立方メートル当たりの水道料金を調べるために水道局ホームページの料金表を眺めたが、いまいち計算方法がつかめない。どれも家庭用の蛇口で一般的な使い方をした例ばかりで、金額の単位からして違うのだ。

数秒迷って、検索ワードに〈プール〉と追加すると、皮肉にも現れたのは〈249万円弁済！　プールの水の値段とは？〉という、たった今読んだ事故についての検証サイトだった。

画面に顔を近づけて視線を走らせ、〈25メートルプールの水量約400立方メートルを学校などの公共施設における上下水道料金で計算すると約26万円〉という行で目を止める。

この約半分だと考えれば――約十三万円。

渇いた喉に唾を押し込み、もう一度自分に、落ち着け、と言い聞かせた。そうだ、この程度の額で済んだのは不幸中の幸いだ。すぐに教頭に報告して――そこまで考えたところで、二年前に退職してしまった教員の顔が浮かんだ。

同僚ではないが、同じ市内の教員同士ということで、研修会でも何度も顔を合わせ、みんなで飲みに行ったこともある女性教諭だった。

当時教員になって二年目だった彼女は、受け持ちの児童全員へ年賀状を書くために自宅へ持ち帰った個人情報入りのUSBメモリを紛失し、戒告処分を受けた。管理職から繰り返し詰問され、教育委員会にも何度も呼び出されて心身の調子を崩してしまったのだった。

憔悴《しょうすい》しきった彼女の姿が蘇《よみがえ》り、身体の芯が冷たくなる。

――このまま黙って水を入れ直してしまえば。

画面が暗転したスマートフォンを見下ろした。

水道局から請求が来てミスが判明したということは、いつ流失したのかまではわからないということだ。それはつまり、検針時に異変が発覚しても、誰が日直を担当した日かは突き止められないということではないか。

心臓が痛みを感じるほどに強く激しく脈打つ。機械室を出て、先ほどよりもわずかに水が溜まり始めたプールを見下ろした。そうだ、今回は金額も低い。このましらばっくれてしまえば――そう思って顔を上げた瞬間、プールの向こう側、正門の脇に防犯カメラがあるのが見えた。

一瞬にして、膨らみかけた期待が萎《しぼ》む。

――ダメだ。

あの角度ではプールの中までは映っていないだろうが、プールサイドと機械室を行ったり来たりしている不審な自分の姿が映ってしまっている。

水道代が異常だと問題になれば、まず疑われるのがプールだ。誰も名乗り出なければ防犯カメラをチェックしようという話になるだろう。調査の結果、自分がやったと明るみに出れば、もはや単純ミスとしては処理されなくなる。市に損害を与えた上に意図的にミスを隠蔽《いんぺい》したとして、厳しい処罰が待っているに違いない。

——どちらにしろバレてしまうのであれば、きちんと自分から白状した方がいい。

秀則は重たい両足を引きずるようにしてプールを後にした。うなだれたまま職員玄関へ向かい、上履きに履き替えて職員室への階段を上っていく。

扉の前で立ち止まり、手にしていたプール日誌を見下ろした。朝昼退勤前の一日三回、日直がつけることになっている日誌には、〈透明度〉〈異物〉などに並んで〈排水バルブ〉というチェック項目がある。

昼の欄は、すべて丸が書き込まれていた。

——そうだ。

職員会議が終わってプール日誌を出そうとしたところで、記入していないことに気づき、深く考えずにまとめて一気に丸をつけて提出したのだった。

起こりやすいミスだからこそ、こうしてチェックリストに項目があるのに——

職員室の扉を開けると、吹きつけてきた冷風が全身を一気に冷やした。口が強張《こわば》っている。それでも、教頭の席の前に立った途端、反射的に「失礼します」という声が出る。

「あの……」

「ご苦労様」

ページを示して報告をしようとした秀則の手から、教頭はさっと日誌を取り上げ、中身を見ることなく印鑑を押した。

手元に戻され、思わず「ありがとうございます」といつものように受け取ってしまう。

「教頭先生」

背後から誰かの声がして、教頭がそちらに顔を向けた。

「すみません、これなんですけど」

斜め後ろから入ってきた背中に譲《ゆず》る形で一歩下がる。ダメだ、報告するなら今しかない。今を逃せばもっと言い出しづらくなる。

教頭に話し始めた教員が、立ち去らない秀則を訝《いぶか》しむように振り返った。目が合うより一瞬早く、咄嗟《とっさ》に身を翻《ひるがえ》す。あ、と思ったときには遅かった。

気づけば秀則は自席に戻り、手の中の日誌を見下ろしていた。

ミスが明るみに出れば、プール日誌のことも問題になるだろう。退勤前の欄には何も記入されていないのに、教頭の印鑑だけが押されてしまっている日誌。きっと教頭の責任にもなるはずだ。こんな管理体制だからミスが起こるんだ、いくらミスを防ぐマニュアルを作ったところで、それを使う人間が杜撰《ずさん》であれば何の意味もない――言われたわけでもない言葉が次々に浮かんで、秀則は机の上に転がっていたボールペンをつかんだ。項目に一気に丸をつけていき、排水バルブ、という文字が見えた瞬間に手が止まる。

堪《こら》えきれずに席を立った。

職員室を出て、数秒迷ってトイレへ入る。そのまま個室の便座に腰を下ろし、腹を抱え込むようにして身を縮めた。三角形に折られたトイレットペーパーの、はみ出た部分を見つめる。

今すぐ戻らなければならない。早く、教頭に報告しなければ——

バン、とトイレの入口から音がして、びくりと肩が揺れた。

「うわ、蒸してんなーここ」

ぼやく声に、五木田《ごきた》だとわかった。自分と同い年の男性教諭だ。

五木田はそのまま「おー腹いてえ」とつぶやいて秀則の隣の個室へ入る。すぐに続いた排便の音に、秀則は気まずさを覚えた。この個室が閉まっていることに気づいていないのだろうか。いや、一目瞭然だから気づかないはずがない。ただ気にならないだけなのだろう。

秀則は、五木田が出てこないうちにトイレを出て、自分の教室である五年二組へと向かった。開いたままの窓からは蟬の声が響いていて、整然と並んだ机と椅子を西日が照らしている。

何となくその光の中に立つ気になれず、窓に背を向けた。廊下に出て手洗い場で手と顔を洗う。ポケットからハンカチを取り出して擦《こす》るように拭《ふ》いた。ほんの少し人心地つき、せめて全額自分で弁済させてもらいたいと申し出よう、という考えが浮かぶ。そうだ、やはり正直に言うしかない——そう考えながら顔を上げた瞬間。

目に、一枚のポスターが飛び込んできた。


〈だしっぱなしはダメ！　きちんとしめよう〉


口をへの字にした男の子が手を×の形に構えたイラストと文字に、秀則は目を見開き、ごくりと喉仏を上下させる。

——もし、別の場所で水が出しっ放しになっていたと思わせられたら。

プールから疑惑の目を逸《そ》らすことができさえすればいいのだ。水道料金が跳ね上がるような他の原因が先に見つかれば、本当の出所は探られずに済む。

秀則は宙を見つめたまま拳を口元に押し当てた。

これが漏水なら、誰の責任でもなくなるのではないか。どこかの水道管に細工をして、誰も気づかないほど少量の水が長い期間漏れ続けていたことにして——いや、ダメだ。水道メーターは二カ月に一度検針しているはずだし、前回の検針がいつ行われたのかがわからない。あまりに少量ずつだと約十三万円分の水が流失した原因だと見なされない可能性がある。

それに、長期間漏水していたとすれば、水道管の周囲は腐食《ふしょく》や変色など、何らかの痕跡が残るはずだ。水道局の人間が見て作為に気づかないはずがない。

秀則は目の周りを強くこすった。あとはどんな方法があるだろう。犯人探しのようなことに発展せずに、この件を終わらせる方法――両手で顔を覆ったまま、目を開ける。

本当のところ、一つ思いついている方法があった。

それを考えの形にまで進められずにいるのは、教育者として躊躇《ちゅうちょ》を覚える選択肢だからだ。

だが、と秀則は唇の端を歪《ゆが》めた。そもそもミスを隠そうとすること自体が教育者にあるまじき行為なのだ。今さら手段にこだわったところで何になる。

秀則は自嘲《じちょう》しながら、自分が少しずつその選択肢に引き寄せられていくのを感じる。もう、これしか方法はないのではないか。これが一番単純で、無理のない方法なのではないか。

秀則は、ゆっくりと両手を下ろした。

——そう、子どものいたずらに見せかけるのだ。

たとえば——夏休みのプール教室で学校を訪れた児童の誰かが、ふざけて水道の蛇口を開けっ放しにしたまま帰った。誰も気づかないまま時間が経ち、それが誰なのか、いつのことなのかはもはやわからない。

秀則はポケットの中に手を入れた。

子どもがやったことなら、徹底して犯人探しをしようとはならない。特定の誰かのせいにするわけではないから、傷つく子どもは出ない。自分や管理職が自己弁済を迫られることもなく、教育委員会から厳重注意を受けることもない。教育委員会だって、教員への指導不足だと外部から糾弾《きゅうだん》されずに済む。

つまり、誰も不幸にならないのだ。

——もしかしたら、よくあることなんじゃないか。

そう考えた瞬間、ぐらりと思考が傾くのを感じた。

そうだ、同じようなミスは、これまでに何度も起こってきたはずだ。それらがすべてきちんと報告されてきたとは限らない。

ニュースになるほどの大きな額であれば、ごまかすことは不可能だろうが、今回は、ただプールの水を半分にしてしまっただけだ。

学校の水道代が市民の税金だから問題になるのであって、そもそも一般企業であれば上司から叱責されるくらいの単純なミスだろう。

なのに、たまたま学校のプールの水というだけで自己弁済を迫られ、恥を晒《さら》し、査定にも大きく響く。それなら、何とかしてごまかしてしまおうと考える人間は少なくないに違いない。

秀則はスマートフォンをずるりと引き出す。真っ暗な画面に虚《うつ》ろな顔をした男が映り、ほとんど反射的に電源ボタンを押した。


問題は、プール半分もの水を普通の蛇口で出すにはどのくらいの時間がかかるのかということだった。

秀則は、石鹸置きの横に置かれた古い牛乳瓶をつかむ。子どもが通学途中に摘んできた花を挿すのに使い、枯れた後もそのままになっていたものだ。

水道の蛇口を全開にしてからスマートフォンのストップウォッチアプリを開き、スタートと同時に牛乳瓶を蛇口の下に置いた。一、二、と数えたところで既に牛乳瓶が一杯になっていることに気づき、慌てて水を止める。

すり切りで約二百ミリリットル入るから――と計算しかけて、途中で小さく頭《かぶり》を振った。こんなに大雑把な数字では、拡大したときに誤差が大きくなりすぎてしまう。

——俺は何をやってるんだ。

濡れた手をジャージの太腿で強く擦った。スマートフォンで検索すると、すぐに〈水道の蛇口を全開にすると一分間に約二十リットル〉という答えが見つかる。

だが、再び電卓アプリを開いたところで、プール半分の水がどのくらいの量か忘れていることに気づいた。

秀則は教室に戻って机の引き出しからメモ帳とボールペンを取り出す。〈一分、二十リットル〉と書き込んでから、もう一度検索をし直した。先ほどと検索ワードが違ったのか、事故の検証サイトがなかなか出てこない。

秀則は頭を掻《か》きむしり、ハッとして壁時計を見上げた。

十七時十三分——ダメだ、さすがにそろそろ一度職員室に戻らないと。

スマートフォンとメモ帳とボールペンをポケットにねじ込み、階段を駆け下りる。

踊り場を曲がったところで用務主事の鶴野《つるの》が上がってくるのが見えた。会釈をしながらすれ違うと、

「千葉《ちば》先生」

と呼び止められて肩が跳ねる。声が上ずりそうになるのを必死に堪えて、「はい」と振り返った。

「ダメじゃないですか、先生が廊下で走ったら」

は、と訊《き》き返すよりも早く、「なんてね。メモ帳、落としましたよ」と笑われる。

「すいませんね、拾ってあげたいけど、手が空《あ》かないもんで」

鶴野が両手に抱えた大量のトイレットペーパーを示すように持ち上げた。秀則は「いえ」とかすれた声で答える。

「ありがとうございます」

――俺は、何をやってるんだ。

落ち着け、落ち着け。言い聞かせるほどに心拍数が上がり、どうすればいいのかわからなくなる。

廊下に落ちたメモ帳を引ったくるようにして拾い上げた。めくれ上がったページを戻すと、ひどく乱れた字で〈一分、二十リットル〉と書かれている。

――そうだ、四百立方メートルの半分だから二百立方メートルだ。

ふいに、先ほど思い出せなかったことが思い浮かんだ。二百立方メートルは二十万リットル、一分間に二十リットルだとすると、一万分、一万割る六十、割る二十四は六・九――約七日間。気づけばメモの端にたくさんの筆算を書きつけていて、その見慣れた光景にほんの少し思考が落ち着いてくる。

――つまり、一つの蛇口で二百立方メートルの水を流失させるには、一週間かかる計算になる。

一週間もの間、水が流れ続けていて誰も気づかないのは、いくら夏休み中とはいえ不自然だ。だとすると、やはり現実的なのは複数の蛇口が開けっ放しになっていたという線だろうか。七個の蛇口が開いていたことにすれば、丸一日で済む。

秀則は視線を宙で泳がせた。

――蛇口の数を増やせばそれだけバレる確率も上がるだろうが、何も本当に流し続けるわけではない。

出してすぐ止め、たまたま水音に気づいて止めたふりをすればいい。いつから開けっ放しになっていたのかはわからないと証言すれば、水道代が明らかになったときに、それに合わせて逆算してもらえるだろう。

そう、勝手に辻褄《つじつま》を合わせてもらえるのだ。

秀則は職員室の後ろ側のドアをそっと開けて、足を一歩踏み入れる。途端に冷えた風が全身に吹きつけ、息を大きく吸い込むとやっと少しまともに呼吸できたような感覚がした。

遅れて頭痛と吐き気を感じ、まずい、と思う。以前にも経験したことがある熱中症の初期症状だ。

秀則は慌《あわ》てて冷蔵庫を開け、麦茶をコップに注いだ。一気に飲み干し、棚を探って食卓塩の小さなボトルを見つけると、手のひらに振りかけて舐める。口内に唾液が湧き出てくるのを感じながら、目頭《めがしら》を強く揉んだ。

少し横になりたい。だが、熱中症かもしれないと言えば、ほとんど強制的にタクシーでも呼ばれて帰されてしまうだろう。まだプールの水を入れ終えてすらいないのに――

「あら、千葉先生、まだいたの」

真横から声がして、ハッと振り向くと、そこにいたのは図工担当の伊東《いとう》だった。

面倒見がよく、情に厚いベテランの伊東は、産休に入った同僚のフォローを買って出て、夏休み中も毎日のように出てきている。

「ダメよ、授業がない日くらい早く帰らないと」

「あの……教頭は」

「教頭？　もう帰ったけど」

その言葉に、腹の底で何かが蠢《うごめ》く。後悔なのか安堵《あんど》なのかは自分でもわからなかった。

「何か用があった？」

「いえ……」

「長く教師を続けるコツはね、仕事が途中だろうが何だろうが、時間になったら無理やり帰っちゃうことなのよ」

別の教員が「伊東先生は本当にきっぱり切り上げるわよねえ」と笑い交《ま》じりに重ねた。

その教員にも「千葉先生もたまには早く帰りなさいよ」と促《うなが》され、秀則はつい「じゃあそろそろ」と口にしてしまう。流れでひとまず更衣室へ向かったところで、そう言えば今日はそもそも早く帰る予定だったのだと思い出した。

飲み会の日程調整の際に〈小学校の先生って子どもたちが夏休みの間何してんの？もしかして一カ月まるっと休み？〉と尋ねられたことを職員室でも話した記憶がある。

誰もが口を揃えて「自分も言われたことある」と苦笑し、いかに実態と離れた誤解かということでひと盛り上がりしたのだった。

小学校の先生は子どもたちがいないときはやることがないと思われがちだが、実際には授業がないタイミングだからこそやらなければならないことが無数にある。

各種研修が入るのもこの時期だし、学芸会のための仕込みや教材研究、備品の点検も休みの間にしておかなければならない。プール教室の指導も持ち回りで担当するし、今日の自分のように日直になればさらに電話番や来校者対応、鶏の世話、プールの水質管理などの仕事が加わる。夏季休暇として与えられているのは五日間だが、それすら取りきれない人も珍しくないのだ。

それでもやはり授業がある日よりは早く上がりやすいのも事実で、二日酔いになっても大丈夫なようにと明日に夏季休暇を充《あ》ててまで楽しみにしていた飲み会だった。

だが、こんな状態では、飲み会に参加する気になど到底なれない。

秀則は重く痛むこめかみを指の腹で押した。

――いや、そもそも飲み会になど行っている場合ではないのだ。

廊下で物音がしないのを確認してから更衣室を出て、職員玄関へと向かう。外履きに履き替えるのももどかしく、上履きのままプールの方へ走り、鍵を開けようと入口の前で立ち止まったところでぎくりと全身を強張らせた。

――水音が大きすぎる。

どうして自分が先ほど気づかなかったのかわからないほどの音量だった。こんな音がしていたら、誰かが異変に気づかないわけがない。

秀則は中へ駆け込み、給水口を閉めた。音が消え、現れた静寂が先ほどまでの音の大きさを浮かび上がらせる。

バルブを最大に開けていたことが功を奏して、一見して明らかに異常だとは感じない程度には水が溜まっているようだった。しかし、これ以上こんな調子で水を入れ続けるわけにはいかない。夜間になれば、少しの音でも響きやすくなる。

秀則は周囲を見渡してから、再びそっと給水口のバルブをひねり始めた。三十度ほどうしたところでダダダダ、と水が水面を叩く音が響き始めて慌てて閉め直す。

——ダメだ。

やはり、このまま水を入れ続けるのは危険すぎる。

第一、給水口を開けっ放しで帰れば、夜中に止めに来なければならなくなる。夜間の学校には警備システムが入っているし、プールだけならフェンスを乗り越えれば入れるけれど、近隣住民に目撃されないとも限らない。

秀則はバルブから手を離し、また辺りをうかがいながら外へ出た。本当にここで帰ってしまって大丈夫なのか、と自問する。水道料金のことがいつ発覚するかわからない以上、できるだけ早く事を起こすべきなのではないか。

だが、先ほど伊東たちにそろそろ帰ると話してしまった。今日これから校内巡回をして蛇口が開けっ放しになっているのを見つけるのは不自然だ。

結局、仕方なく学校を後にし、友人に体調不良のため行けなくなったという連絡を入れて帰宅したのが十九時半。

すぐに体調を気遣う文面がきたが、返す言葉が見つからず、スマートフォンを床に置いた。

両手で頭を掻きむしり、指に絡《から》まった髪の毛を見下ろす。

——とにかく今は、どうすればいいのか考えるべきだ。

自らを駆り立てるように考え、押し入れから今の学校に赴任してきたばかりの頃のノートを取り出した。ページをめくり、覚えるために描いた校舎の見取り図を開く。

一番のポイントは、蛇口の場所をどこにするかだ。

子どもが最もいたずらしそうな場所といえば教室の前の手洗い場かトイレだが、そんなところで水が大量に流れ続けていたら廊下に水音が響く。自分の教室に出入りする先生の誰かが気づいていなければおかしい。

では理科室や家庭科室などの特別教室ならどうだろう。夏休み中であれば人の出入りが数日なくてもおかしくはないのではないか。――いや、ダメだ。特別教室はどこも鍵がかかっているから子どもが無断で入ることができない。

子どもが手を出しやすい場所といえば――やはり校舎の外にある水場だろうか。校庭のトイレ、水飲み場、飼育小屋横の蛇口、体育館裏の手洗い場、体育館内のトイレ――いや、体育館に入るにも鍵が必要だ。

秀則は一つ一つの場所に丸をつけ、さらに一つ一つ上からバツ印を重ねていく。

水飲み場は昇降口の前にあるから人目につきすぎる。体育館裏の手洗い場も、職員が出勤時に通る道から見える以上、避けるべきだろう。飼育小屋横の蛇口も、毎日日直が飼育小屋の掃除をするときに使うからありえない。

立て続けにバツ印を書き加えてから、秀則はハッと小さく息を呑んだ。

――残った蛇口が、校庭のトイレしかない。

秀則はもう一度見取り図にかじりつき、端から順番に指でなぞり始めた。他に水が出て人目につかない場所はないか。会議室には水道はない。放送室もダメ、給食室は入れない――

「あ」

喉から声が漏れる。

視線の先には、多目的トイレ、という文字があった。

そうだ、行事のときなどに外部に向けて開放される多目的トイレは、普段はほとんど使用されない。夏休み中ともなればなおさらだ。

じんわりと腹の底が温かくなるのがわかった。

――もしかしたら、何とかなるかもしれない。

朝一番に出勤するためにも早く寝ようと思ったのに、気持ちが高ぶってまったく寝つけずに夜が明け、結局そのまま家を出た。

一応横にはなっていたものの全身がだるく、頭が乾いた綿を詰め込まれたかのようにかすんでいて上手く働かない。

バスを乗り継いで職場の最寄りのバス停で降りると、まだ六時前だとは思えないほどの陽射しに目が眩《くら》んだ。

下り坂だというのに、一歩一歩がひどく重い。少しでも気を抜くと膝が崩れて転がり落ちてしまいそうな気がした。

どうして、こんなことになってしまったのだろう。

開店前の婦人服店のガラスウィンドウにひどい猫背の男が薄く映っているのが見えて、ふいに、自分が自分ではないような錯覚に襲われる。

どう考えても、最初にすぐ報告してしまうべきだったのだ。潔《いさぎよ》く謝り、受けるべき罰は受けて、今後同じ失敗は犯さないようにしようと気を引き締めるべきだった。

だが、報告せずにプールに水を入れ直し、さらに日をまたいでしまった以上、もう遅い。

学校に着いて職員玄関へ向かうと、警備システムが解除されていた。

股間がヒュンと縮み上がる。

——まさか、こんなに早く誰かが来ているのか。

もし、既に誰かが出勤してきていたら、これから気づかれずにプールの水を入れるのはかなり難しくなる。

やはり、昨日最後まで残ってできるだけの作業を進めておくべきだったのか——

階段を上る足に力が入らず、職員室のドアに伸ばした手がなかなか動かなかった。それでも、ずっと立ち尽くしているわけにはいかない。ほとんど断罪されるような気持ちでドアを開ける。

中には、誰もいなかった。

電気もついておらず、普段最初に出勤したときに見る光景と変わらない。

——それはそうだ。

学期中ならばまだしも、夏休み期間中に、出勤時刻よりも二時間以上早く来る人間なんて、そうそういるわけがない。

大方、昨日の最終退勤者が警備システムをセットし忘れたというところだろう。

秀則は詰めていた息を漏らした。

もしそうならば、むしろ自分には好都合だ。出勤したら警備システムが解除されていたから、念のため校内を巡回したところ水道の蛇口が開きっ放しだと気づいたというのは、いかにも自然な話だろう。

秀則はまだ収まらない鼓動に胸を押さえながら、鍵を取り、プールへ向かった。

給水口のバルブをゆっくりとひねり、水が出始めたのを確認してから立ち去る。これで、あと一時間ほどすれば水面は元通りの高さにまで上がるはずだ。

秀則は唇を引き締め、小走りで職員室に戻った。教頭の席へと駆け寄り、机の上に置かれている出勤予定表の束を手に取る。顔を近づけて目を走らせ、用務主事の鶴野の名前を探した。

今回の計画で一番のネックになるのは、校内の清掃や整備をしている鶴野の存在だ。下手な場所の蛇口を選べば、そこは直前に異変がないのを確かめたと証言されてしまう可能性がある。できることならば、鶴野が休暇を取るタイミングで決行したい。

しかし、出勤予定表を見てわかったのは、鶴野は昨日が一週間ぶりの出勤だったようで、これから再来週まで休む予定はないらしいということだった。再来週の休みも一日だけだ。

——少しでも安全にいくためには、再来週まで待つべきだろうか。

しかし、それまでに水道局の検針が入ってしまったら最後だ。それにこんな状態のまま再来週まで待っていたら、こちらが参ってしまう。

では、やはり今日決行してしまうか——と、そこまで考えたとき、視界に養護教諭の名前が飛び込んできた。休、休、休——表の一昨日、昨日、今日の欄に並んだ文字にハッと息を呑む。

——そうだ、保健室横のトイレも、夏休み中はほとんど使われない。

さらに養護教諭が休みであれば、水が流れ続けていたとしても不自然ではないだろう。

校庭のトイレ、多目的トイレ、そして保健室横のトイレ。この三カ所が使えるのならば、期間は二日半で済む。たとえば今朝、これから誰かが出勤してきたら「今発見して止めた」と言う。その際に「子どものいたずらだろうけど」とつけ加えてしまえば、聞いた相手はそうした先入観を持って考えてくれるのではないか。

秀則は勢いよく踵《きびす》を返すと、まずは保健室横のトイレに向かった。扉を開けた途端、快哉を叫びたくなる。

——手洗い場が二カ所ある。

試しに二つの蛇口をひねって全開にしてみると予想通り大きな音が響いたが、トイレを出て耳をすませながら後ずさっていくと、十メートルも離れないうちに聞こえなくなった。

秀則はトイレへ戻って水を止め、口角を微《かす》かに持ち上げる。これは、いけるかもしれない。

身を翻して同じ一階の反対側にある多目的トイレへと向かい、同様に蛇口をひねってみると、廊下の手洗い場とは素材が違うためか、思ったよりも音が響かなかった。そのまま急いで外へ出て、耳をすませながら後ずさっていく。一、二、三、四、五——五メートルほどの距離でほとんど聞こえなくなり、さらに下がるとわからなくなった。

秀則は続いて校庭のトイレへ行き、蛇口に飛びつく。だが、バルブの調節が悪いのか、水がチョロチョロとしか出ない。全開までひねってもやっとどうにか手が洗えるほどの水量で、とても毎分二十リットル流れるようには思えなかった。

秀則は眉根《まゆね》を寄せたが、すぐに短く息を吐く。

――まあ、いい。

ここがおまけ程度にしかならなくても、保健室横のトイレに蛇口が二カ所あったわけだから何とかなるはずだ。

保健室横のトイレのことを思いつかずに、最初にこのトイレに来ていたら、パニックになっていただろう。

そう考えると、自分はギリギリのところでツイているのかもしれないという気がしてきた。警備システムが解除されていたこと、養護教諭が一昨日から連続して休んでいるのに気づけたこと、その保健室横のトイレに蛇口が二つあること、用務主事は昨日出勤していたものの、一昨日は休んでいたわけで他の日よりは気づかれなかったという状況が作りやすいこと。

――やっぱり、今日かたをつけてしまうべきだ。

秀則はきゅ、と音を立てて蛇口を閉めた。

まずは、何と言うべきだろう。大変です、蛇口が開きっ放しになっていて――それはさすがに大げさすぎだろうか。発見した時点ではどのくらい長い間流れ続けていたのか想像もつかないはずだ。もっとさり気なく、世間話の延長線上のような口調で言った方がいいかもしれない。出しっ放しになっていたから止めたんですけど、あれ、いつから出ていたんですかね――そうだ、そのくらいぼんやりと投げかけた方が、相手が思考を進めてくれやすいかもしれない。会話の流れの中で、一応教頭に報告しておこうという話に誘導して――そう言えば、最初に出勤してくるのは誰だろう。教頭か、日直――今日の日直は誰だったたか。

一度職員室に戻って確認しようと、トイレを出た瞬間だった。

人影が目の前を通り過ぎて、思わず悲鳴を上げそうになる。何とか堪えたはずだったが、人影はくるりと俊敏に振り向いた。

「あれ、千葉センセイじゃん」

そこにいたのは、五木田だった。

――やっぱり、出勤してきている人間がいたのか。

しかも、よりによってこの男が。

この学校で唯一同い年の男性教員だというのに、いや、そうだからか、秀則はこの男が苦手だった。とらえどころがなく、いつも飄々《ひょうひょう》としていて、話していると落ち着かなくなる。この学校では教師同士でも互いに「先生」と呼び合っているが、なぜかこの男から呼ばれると男子高校生からふざけ交じりに「センセイ」と呼びかけられているような気持ちになるのだ。

「どうしたの、早いじゃん」

「いや……五木田先生こそ」

そう質問で返すのが精一杯だった。

「俺？」

五木田はひょろりと長い首を前に突き出す。

「俺はさあ、奥さんに離婚するって言われて家追い出されたから朝飯食いっぱぐれちゃって」

両手で卵を二つ掲《かか》げてみせ、顎で飼育小屋を示した。

「トサの卵をいただこうかと」

「え」

秀則は目を見開く。

「それ、大丈夫なのか？」

「生じゃなきゃ平気でしょ」

やっぱり目玉焼きがいいかねえ、と呑気《のんき》な口調で続ける五木田に、「いや、そっちじゃなくて」と脱力した。

「家を追い出されたって。大丈夫なの？」

「大丈夫じゃないねえ」

五木田はまったく大丈夫じゃなくはなさそうに言う。

「俺、奥さんのこと好きだもん」

そう続けられ、「ああ、そう」としか相槌を打てなくなった。

「だからさあ、俺、奥さんには頭上がんないの。家出てっちゃった、じゃなくて、家追い出されたってのが俺らしいでしょ？」

「じゃあ何で離婚云々《うんぬん》って話になるんだ」

「んー？　これ」

五木田はそう言いながら両手を招き猫のように動かす。

「これ？」

「わかんない？　お馬さん」

――お馬さん。

身体からますます力が抜けた。

「競馬か」

「あれ、言ったことなかったっけ？　俺の唯一の趣味」

「趣味は前に卓球だって言ってなかったか」

「そうだっけ」

こういうところが、苦手なのだ。

「奥さんからは競馬はやめろって言われてるんだけどさ、やめようと思ってもやめられないのが趣味だよね」

五木田は悪びれる様子もなく、またヘラヘラと笑う。

「一昨日は三十万負けちゃって」

「三十万？」

思わず声が裏返った。

「一日で？」

「すろうと思えばもっとすれるけど」

わけのわからないことを言う五木田に、秀則の方が頭を抱える。こいつは一体何なのだろう。何だか急に、自分のやっていることが馬鹿らしく思えてきた。

この男ならばきっと、プールの水を間違えて流失させてしまっても、あっさり白状して謝ってしまうのだろう。そして、それで何かを失ったり傷ついたりすることもないに違いない。

「前にも怒られてはいたんだけど、さすがに離婚するって言われたのは初めてでさ」

「それは三十万もすったら離婚くらい切り出されるだろう」

「いや奥さんには五万としか言ってないんだけどねえ」

秀則は「は？」と訊き返した。

「何でそんな中途半端な」

な、と他人事《ひとごと》のように同意され、こいつは一体何なのだろう、ともう一度思う。五木田が歩き始めたので後に続くと、五木田は前を向いたまま「それにしても千葉センセイは真面目だよねえ」と口角を持ち上げた。

「昨日は飲み会だったんだろ？　どうせ今日は授業もないんだしもっとゆっくりにすればいいのに」

何で、と口にしそうになって、自分が職員室で話したからだと思い至る。あんな話をするんじゃなかったと悔やみながら、何でこいつは日にちまで覚えているんだと八つ当たりのように思った。

「いや……終電がなくなったから友達の家に泊まったんだ。そいつが朝早いからダラダラしているわけにもいかなくて」

「でも何か顔色悪いよ？　二日酔い？」

——やはり、飲み会の翌日に早朝出勤など不自然すぎただろうか。

「まあ……あと寝不足だし」

何とか答えながら、職員室に着いたら、こいつが席を外した隙に出勤予定表を書き直しておこうと考える。今日は休暇を取っていたと知られたら、余計不審に思われかねない。

「なら一回家に帰って休めばいいのに」

「……家に帰ったらもう起きられないから」

「俺なら迷わず寝るけど」

揶揄《やゆ》するような響きにムッとした。だが、寝る、という言葉でふと思いつく。

「いや、実は一度家に帰ってからまた来るより、いっそ保健室のベッドで休ませてもらう方が時間が取れると思ったんだよ」

「ああ、なるほど」

「それでさ」

秀則は続けてから唇を舐めた。

「保健室で横になってたら、何かどこからか水音が聞こえてきて」

「お、学校の怪談？」

五木田がそれまでと打って変わって興味津々《しんしん》に振り向く。目が合ったことにぎょっとして「違うけど」と答えると、五木田は「何だ」と心底つまらなそうな顔をしてまた前を向いた。

　そこでちょうど職員玄関に着き、五木田は卵を器用に持ち替えながら上履きに履き替える。勝手に話題を終えてしまいそうな気配に、秀則は慌てて「どこから聞こえてくるんだろうって思ったら、保健室の横のトイレからで、手洗い場の水が流しっ放しになってたんだよ」と続けた。

　五木田は、ふーん、とどうでもよさそうな相槌を打つのみで、そのまま職員室に向かってしまう。秀則は少し駆け足になり、五木田の隣に並んだ。

「あれ、いつから流れてたんだろうな？　ずっと何日も流れてたんだとしたら水道代が結構な額になるよな」

　仕方なく考えを誘導するためにそう続けるが、五木田は二つの卵をくるみを回すかのように回し始める。結構難しいな、とひとりごちて落としそうになり、おあ、と大声を出してつかんだ。

「あっぶねえ」

「しかもさ、念のため校内を巡回してみたら、他にも二カ所も水が出しっ放しになってたんだよ。多目的トイレと校庭のトイレ。ほら、今さっき俺校庭のトイレから出てきただろ？　慌てて止めたところだったんだけど」

　とにかく言うことを言ってしまわなければと思うと自然早口になる。

「校庭のトイレなんてますますいつから流れっ放しだったのかわからないしさ。とりあえず教頭に報告しておこうと」

「何で？」

遮《さえぎ》る形で問われ、言葉に詰まった。

「何でって……そりゃあ報告しといた方がいいかなって」

「というか、何で巡回してみたの？」

五木田は職員室の端にあるコンロの前に立つと、フライパンにサラダ油をさっと回しかける。左手でフライパンを動かしながら、右手だけで卵を割った。

「何でって……」

秀則は視線を彷徨《さまよ》わせる。なぜ、そんなことを訊いてくるのか。

「いたずらだったら他にも被害があるかもしれないだろう」

「何でいたずらだと思ったの？　普通は閉め忘れだと思わない？」

「それは……」

何なんだろう、こいつは。どうしてそんなことにいちいち突っかかってくるのか。

「蛇口が二つとも開きっ放しになってたんだよ。しかもどっちも全開になってたんだ。ただの閉め忘れならそうはならないだろう」

「ああ、なるほど」

五木田はあっさりうなずいて菜箸《さいばし》を手に取った。フライパンの上で卵をかき混ぜてから、あ、目玉焼きにするんだった、と大仰《おおぎょう》なほどに顔をしかめる。

秀則はその横顔を見ながら数秒待ったが、五木田は他には何も言おうとしなかった。なるほどってそれだけか、と言いたくなったものの、これ以上変に突っかかられても面倒だと思い直す。とりあえず、これで話題にはしたわけだから、この後他の教員が出勤して来たら、その人にも同じ話をすれば不自然ではないだろう。

そう考えて踵を返した瞬間、

「千葉センセイ」

五木田がフライパンを揺すりながら呼びかけてきた。秀則はぎくりと立ち止まる。

「……何」

「千葉センセイもスクランブルエッグ食べる？」

五木田は火を止めてフライパンを片手に振り向いた。その呑気な表情に、秀則は強張っていた身体から力を抜く。

「いや、俺はいい」

「そう？」

五木田は小首を傾げた。秀則は今度こそ身を翻し、自席へと向かう。

だが、椅子の背もたれに手をかけたそのとき、

「それにしても、誰がやったのかねえ」

五木田が世間話のような口調で言った。秀則は一瞬身構えてから「さあな」とできるだけさり気ない声音になるよう気をつけながら答えて席に座る。

「たぶんプール教室に来た児童の中の誰かだろうが、さすがにそこから先は絞れないだろう」

「子どもじゃないでしょ」

五木田が間髪をいれずに言った。秀則は「え？」と顔を上げる。五木田はフライパンを手に持ち、菜箸で直接スクランブルエッグを口に運びながら「昨日はプール教室の後、誰も登校してきてないからね」と続けた。

秀則は頬が引きつるのを感じる。

「だったらプール教室の前、もしかして一昨日から出てたかもしれないだろ」

「それはないよ」

五木田は短く否定した。その確信に満ちた口調に、胸がざわつく。何でそんなことが言えるのか。

「何で……」

「だって、昨日の昼間、鶴野さんがトイレ掃除してたでしょ」

ぐ、とみぞおちに圧迫感を覚えた。

――そんな、まさか。

「……掃除してたのか」

「たぶんね」

五木田は小さく肩をすくめる。

「直接見たわけじゃないけど、昨日の夕方に職員室前のトイレに入ったときトイレットペーパーが三角になってたからさ。トイレ掃除をするなら、普通校内全部のトイレを一気にやるでしょ」

――そう言えば。

たしかに、昨日、自分も見たではないか。さらに、トイレットペーパーを両手に抱えている鶴野にも会った。

「それに鶴野さんは久しぶりの出勤だったから、そういうときはまず補充系の仕事をするでしょ」

だからまあ、どっちにしても水道代とかはそれほど気にしなくていいだろうけど、と続けられた言葉が頭の中で反響する。どうしよう。どうすればいい。

――他に、今からでも流れっ放しになっていたと言える場所はないか。

飼育小屋横の蛇口はありえない、昇降口前の水飲み場も通ったばかり――いや、こうなったら子どもが入れる場所に限らず、どこでもいいから水が流れていたとして気づかれにくい場所はないか。理科室は――いや、理科の担当は他でもないこの男だ。

図工室は、昨日伊東が出勤していたし、家庭科室は――そうだ、ちょうど一学期末で担当教員が産休に入ったばかりだ。

「あとは、家庭科室も」

「家庭科室？　千葉センセイ、ほんとに学校中巡回したの？」

驚いたような声音に、またしても馬鹿にされているような印象を受ける。けれど否定するわけにもいかないので「まあ」と答えると、「どこを回ったの？」とさらに尋ねられた。

「どこって……校舎内をひと通りと、校庭のトイレと、体育館」

「それで、家庭科室で見つけたってこと？　でも、だったら鍵がかかってるはずだしやっぱり子どもがやったって線はありえないじゃん」

「ああ、そうだよな。うっかりしてた」

答える声がかすれる。

「誰がやったのかはわからないけど、俺が見たときには蛇口が開きっ放しになってて
……」

「いつ？」

「え？」

「いつ見たの？」

——なぜ、そんなことを訊くのか。

背中の中心を汗が伝う。どう答えるのが一番自然だろう。先ほどからの話の流れであれば、朝保健室で休んでいてトイレの異変に気づき、それから他の場所も回ったわけだから、それほど前なはずがない。

「正確にはわからないけど、校庭のトイレへ行く前だから十分前とか」

「十分前」

なぜか五木田はこちらを真っ直ぐに見て真顔で復唱した。秀則は胸の内に嫌な予感が広がるのを感じる。

「いや、だから正確にはわからないから大体だけど」

そうひとまず言い足すと、五木田はふい、と視線を外してコンロの上にフライパンを戻した。「やっぱり塩コショウだけだと味が物足んないなあ」とつぶやきながら醤油のボトルを手に取る。

一体何なんだ、と考えた瞬間、

「嘘でしょ」

五木田がスクランブルエッグに醤油を回しかけて言った。

バン、と強い波に叩きつけられたように全身が痺れる。

「嘘って？」

何とかそれだけ訊き返した。

五木田は「これ」と言って醤油のボトルを掲げる。

「俺、ほんとは卵は醤油派なのよ。ここにはないからさっき二十分くらい前に家庭科室にないか見に行ったんだよね。だけど、水なんか特に流れてなかったんだよなあ」

「それは……」

秀則は視線を彷徨わせた。あ、と思いつき、顔を上げる。

「いや、水は流れてたんだけど、そこは全開じゃなくてチョロチョロとしか出てなかったから気をつけて蛇口を見ないと気づかないかもしれない」

「粘るねえ、千葉センセイ」

五木田が苦笑した。カッと頭に血が上る。

「自分が気づかなかったからって……」

「そこじゃないよ」

五木田は人差し指を立てた。

「千葉センセイ、本当は今朝家庭科室になんて行ってないでしょ」

「何でそんなこと……」

「百聞は一見に如かず」

有無を言わさぬ口調で言って、廊下へ出た。そのまま大股で進んでいく五木田に続きながら、胸の内の不安がどんどん膨らんでいく。本当に、一体何なのだろう。自分は、何かミスを犯したというのか。

五木田が勢いよく音を立てて扉を開けた瞬間、あ、という声が漏れそうになった。

家庭科室の作業机の上には、たくさんのミシンやガスコンロが並んでいた。

「たぶん伊東センセイが昨日備品チェックしてたんだろうね」

五木田が言いながら、ミシンの脇に開かれたまま置かれているファイルを手に取る。そのファイルの表紙には〈家庭科室備品〉と書かれていた。

そうだ、備品の点検は休みの間にしておかなければならず、家庭科の担当教員は産休に入っている。

伊東は、産休に入った教員の代わりに、家庭科室の備品を点検する仕事を引き受けていたのか。

「一日じゃ終わんなかったから、今日も続きをやるつもりなんでしょ。水が出てたら、伊東センセイが止めてるよね」

五木田がファイルを机の上に戻した。

——何か言い逃れる方法はないか。

わななきそうになる唇を懸命に動かす。

「伊東先生が帰った後に、誰かが蛇口を開けたとか……それか、伊東先生も気づかなかったとか」

「ここでこれだけ作業していて?」

呆れたような五木田の口調に頬が熱くなる。自分でもそんな馬鹿なとは思ったが、ここで引くわけにはいかなかった。

「俺がさっき見たのは、そこの端のシンクだから」

秀則は家庭科室の一番奥のシンクを指さす。五木田は「ここ?」と言いながら歩いていき、シンクを覗き込んだ。

「濡れてないけど」

「乾いたんだろう」

十分前なのにか、と言われるだろうと身構えたが、意外にも五木田は、ふうん、と言いながら出入口へ向かう。なぜ、ここでは突っかかってこないのか。

そう思った瞬間、五木田が振り向き、にやりと口角を持ち上げた。

「千葉センセイ、気づかなかった? ここ、鍵かかってなかったんだよ。今も、さっき俺が来たときも」

——鍵がかかってなかった?

そのことの何が問題なのかがわからない。鍵がかかっていなかったということは、むしろ好都合ではないのか。やはり子どもにも可能だったということになるのだから

──と、そこまで考えて、ハッと息を呑む。

『だったら鍵がかかってるはずだしやっぱり子どもがやったって線はありえないじゃん』

『ああ、そうだよな。うっかりしてた』

自分が本当に家庭科室に来ていたなら、施錠されていないことに気づかなかったはずがない。そして、先ほどの五木田の言葉に「鍵はかかっていなかった」と言い返したはずだ。

──あれは、罠だったのか。

「千葉センセイさあ、さっきから何で嘘ついてんの」

五木田の問いに、秀則は答えられなかった。

「どうして嘘をついてまで、俺に水道の水が流れ続けていたと思わせたいのか」

五木田が、それまでよりも一段声のトーンを落として言った。

「可能性としてはいろいろ考えられるよな。誰か特定の子どもを陥《おとしい》れようとした。昨日から誰も三つのトイレを使っていないと思わせたかった。あるいは学校の怪談を作ろうとした」

一つ一つ言いながら指を折っていく。そこで秀則を見据《みす》え、

「子どもを陥れようとしたってのは、あっさり子どもがやった線を手放したことから

して考えにくい。三つのトイレを誰も使わなかったってのも面白い線だと思ったけど、トイレが否定されたらすぐに家庭科室でもって言い出したってことは別にトイレにこだわっているわけじゃない。学校の怪談を作ろうとしたんならさらに面白いけど、まあそのためにここまで粘るキャラじゃないよね、千葉センセイは」

今度は一つ一つ指を開いていった。開ききった両手を叩き合わせて、リズミカルに擦り合わせながら、「だとすると」と続ける。

「単純に、水が長時間流しっ放しになっていたと思わせること自体が目的だったか」

秀則は、反論することもできなかった。違うと言わなければならないのに、口が動かない。

「問題は、何でそんなことをしたかったのかなんだよね。実際に流しっ放しにするのならともかく、思わせるだけってのはあまりに意味がない」

五木田はそこまで言って、突然黙り込んだ。

沈黙が落ち、窓の外から蟬の声が聞こえ始める。秀則は唾を飲み下し、もうここで嘘をついたことだけでも認めてしまった方がいいだろうか、と考えた。プールの件は改めて別の方法を考えるとして――

「プールの水、流しちゃったんでしょ」

喉が小さく鳴る。それがほとんど自白を意味することに気づいたけれど、どうする

 こともできなかった。五木田は、お、ビンゴ、と声を弾ませる。

「だって千葉センセイ、さっきどこを巡回したのか訊いたとき、なぜかプールにだけ全然触れなかったでしょ。あれは不自然だよ。だって、今の時期、校内で子どもが一番出入りしているのはプールなんだから」

あとは昨日の日直が千葉センセイだったってことを考えれば、まあ可能性は絞り込まれてくるよね、と続けられ、秀則は奇妙な虚脱感を覚えた。

――そこまでバレていたのだ。

もはやこれ以上白《しら》を切り続けたところで無意味なのは明らかだった。そこまでわかっていたのなら、自分はさぞ滑稽《こっけい》に見えただろうとなぜか他人事のように思う。嘘を重ねてがんじがらめになっていた自分。

五木田と会う直前に、自分はツイているのだと感じたことが心底馬鹿らしく思えた。どこがツイているというのだろう。この男に会ってしまったことが運の尽きではないか。

どちらにしても、昨日トイレの掃除がされてしまっていた以上、その前から蛇口が開いていたことにするのは不可能だった。だが、よりによってこの男に自分の隠蔽工作を知られてしまうなんて――

「で、いくら分くらい流しちゃったの」

「たぶん、半分だから十三万円分くらい」

「ツイてなかったねえ」

五木田が、どこか面白がるような口調で言う。秀則は長いため息をついた。

「……はっきり馬鹿だって言っていいけど」

「何で？」

返ってきた言葉の意味がわからず、秀則は顔を上げる。すると五木田はキョトンとした顔をして首を傾げていた。

「むしろ賢いでしょ」

「え？」

「だって俺、こんなこと思いつかないもん。俺だったら普通に白状しちゃうか、何も言わないでバレて後から怒られるかしてるなあ」

そっちの方が明らかに正解だと思うと、褒《ほ》められている気がしない。

だが、五木田は「ほんと感心したよ。なるほど、その手があったかって」と続けた。

「よくこんなこと思いつくよなあ。たしかに、他の原因が先に見つかれば、本当の出所は探られずに済むもんなあ」

そうしみじみとつぶやかれて、自分はこの男に感心されているのだと気づく。

　秀則は目をしばたたかせた。

　――本当に、呆《あき》れていないのか。

「トイレとか家庭科室がダメだったのはツイてなかったけど、まあ考えようによっちゃ他の先生たちに言う前にわかったわけだし、そういう意味ではツイてるよな」

「でも、結局他に都合が良い場所がないから……」

「理科室でいいでしょ」

　五木田はあっさりと言った。

「理科室なら少なくともここ数日は俺以外入っていないはずだからさ、俺がそれこそ備品チェックしようとして入ったらなぜか鍵が開いてて水が流れているのに気づいたとでも言ってやるよ」

　秀則は大きく目を見開く。こいつは、何を言っているのだろう。もしかして――自分に協力してくれるというのだろうか。

「……いいのか」

「だって千葉センセイが言うより俺が言った方が自然でしょ。それに、俺はしばらく日直はやってないからプールのこととは結びつけられないだろうし」

　ヘラヘラと笑う五木田に、秀則は胸が熱くなるのを感じる。やっぱり俺はツイていたのだ、と思った。見つかったのがこの男で本当によかった。

ありがとう、と心の底から言うと、五木田は「礼には及びません」とすました口調で言う。

「じゃあとりあえず理科室で証拠作っておくか」と家庭科室のドアを閉め、「あ、そう言えば」と秀則を振り向いた。

「千葉センセイ、水は入れ終わったの？」

「たぶんそろそろ入れ終わるから、これから止めに行く」

「塩素は入れた？」

あ、と秀則は口を開く。

「……入れてない」

そうだ、プール教室の前には必ず残留塩素濃度を計ることになっている。このまま計られたら明らかに異常な数値が出ていただろう。

「あっぶねえ」

五木田は胸を押さえてのけぞる。

「そしたら、これから俺が入れてきてやるよ。千葉センセイはプールに近づかない方がいいでしょ？」

「ありがとう、助かるよ」

「千葉センセイは理科室のシンクをちゃんと濡らしておいてよ。さっきみたいに、乾いたんだろってのは通用しないよ」

はい、と答えながら頬が熱くなった。これからこいつに何度もネタにされるのだろうかと思うと、既に少し憂鬱《ゆううつ》になる。

だが、それでも助かった、という気持ちの方が強かった。五木田のおかげで、今度こそすべて解決するかもしれない。

軽快な足取りでプールの方へと向かう後ろ姿に、秀則は自然と頭《こうべ》を垂れた。

夏休み期間中だからか、他の教師が出勤してきたのは八時近くになってからだった。

おはようございます、という挨拶に、ごく普通におはようございますと返しながら、ちらりと横目で五木田を見る。

だが、五木田はなぜかパソコンに向かって作業をしているだけで、動こうとはしなかった。

――今報告しないのだろうか。

ヤキモキしたが、考えてみれば朝一番に理科室に向かう方が不自然かもしれない。あくまでも自然な流れで発見した形にしようとしているのだろう。

五木田が動かないうちに教頭や校長も出勤してきて、やがて職員朝会が始まった。今日の日直が司会を進め、すぐに終わる。

五木田が、ファイルを片手に席を立った。あれは備品ファイルだろうか。これから、さりげない流れで理科室へ行こうとしているのだろうか。

もう心配することはないのだ、と思うのに、やはりどうにも落ち着かなかった。早くかたをつけてしまいたい。

五木田が再び席に戻ってきて、舌打ちが出そうになる。何をやっているんだ、まだ動かないのか――

秀則が腰を浮かしかけたとき、

「大変です！」

今日の日直の教員が、叫びながら職員室に飛び込んできた。

「今プールに行ってきたんですけど、排水バルブが開いたまま給水されていて」

え、という声が喉の奥で詰まる。

――そんな馬鹿な。

何が起きているのかわからなかった。昨日、排水バルブはちゃんと閉めたはずだ。今朝だってたしかに確認したし――

意識するよりも早く、目が五木田を探していた。

五木田はつい一時間半ほど前にプールに行ったはずだ。何か異常があったのなら、どうして気づかなかったのか。なぜ何も言ってくれなかった――自分に背を向けていた五木田がくるりと振り向き、目が合った瞬間、にやりと笑う。

秀則は目を見開いたまま硬直した。

――今のは、何だ。

今、五木田は笑わなかったか。

五木田はまた排水バルブが開いてしまっていることを知っていたのだろうか。いや、違う。また開いていたということは、自分が今朝確認した後に誰かが開けたのだ。

それが、何を意味するのか。

「昨日の日直は誰だ」

誰かの声が、妙にくぐもって聞こえた。

――五木田が、やったのだ。

そうとしか考えられなかった。タイミングから考えて、それしかありえない。

だが、なぜそんなことをしたのか。協力してくれるんじゃなかったのか――

『なるほど、その手があったか』

ふいに、五木田の言葉が蘇った。

事故を報告する教育委員会からの通知には、実名が出ない。出るのはたしか、学校名、年齢、性別だけ——

ガン、と後頭部を殴られたような衝撃が走る。

五木田は、ただ感心していたのではなく、本当に文字通り「その手があったか」と考えたのではないか。

五木田は、自分のアイデアを聞いて思いついたのだ。

他の原因が先に見つかれば、本当の出所は探られずに済む。

——競馬で負けてお金が減ってしまったのを、プールの水を間違えて抜いてしまった弁償によるものだと奥さんに思わせることができる。

千葉先生、という声がどこかで聞こえた。だが、それが誰の声か、どこから聞こえてきているのかわからない。

『三十万もすったら離婚くらい切り出されるだろう』

『いや奥さんには五万としか言ってないんだけどねえ』

——ああ、だから。

十三万円では足りなかったのだ。

自分に協力をするふりをして、もう一度水を抜いてしまえば、さらに額を増やすことができる。

秀則は、五木田に向かって口を開きかける。

だが、何を言えばいいのかわからなかった。問い詰めたところでしらばくれるだけだろう。

そしてそれを誰かに訴えれば――自分が隠蔽工作をしようとしたことが明るみに出てしまう。

五木田は軽やかに立ち上がった。秀則は、その姿を目で追うことしかできない。

にやりとした横顔に『礼には及びません』という声が重なって響いた。

ホームに佇《たたず》む

有栖川有栖《ありすがわありす》

1959年大阪府生まれ。『月光ゲーム』でデビュー。大学の推理小説研究会の部長・江神二郎が探偵役で、作者と同名の後輩がワトソン役を務めた。後に〈学生アリス〉と呼ばれシリーズ化された。他に『双頭の悪魔』『女王国の城』などがある。一方、臨床犯罪学者の火村英生とミステリー作家の有栖川有栖がコンビを組む一連の作品が火村英生シリーズで、私淑するエラリー・クイーンをならって、国名がタイトルに付く作品（主に短編集）が多く発表されている。その中の一冊『マレー鉄道の謎』で第56回日本推理作家協会賞長編及び連作短編集部門を受賞した。作品の内容も初期のクイーン同様に、ロジックを重視した本格ミステリーであり、デビュー以来その姿勢は一貫して変わらない。火村シリーズの実績により2018年には第3回吉川英治文庫賞を受賞した。『有栖川有栖の密室大図鑑』（磯田和一・画）などのエッセイも多数。（N）

通過する新幹線を見上げた。

車窓は青みがかっているが、乗客の一人一人の顔はどうにか判る。

――いないや。

あの人はこの列車にも乗っていないようで、がっかりする。この前、目が合ったのは五日前のこと。この次は、いつ出会えるのかは判らない。

――もし、会えなかったら？

考えたくもないことだが、あり得る。相手がどこの誰かも自分は知らないのだ。会えたとして、どうなるというのか？　新幹線の窓から飛び降りて、ここに助けにきてくれるわけもない。おかしな子が立っているな、とぐらいにしか向こうは思っていないだろう。

心細さにはだいぶ慣れてきたが、それでも日が暮れてくると淋《さび》しくてたまらなくなる。プラットホームには家路に就く人たちの姿が増え、ラッシュアワーになろうとしていた。父や母が迎えにきてくれるのでは、という期待をするのは、悲しくなるからやめた。

東京駅を出た新幹線が、また近づいてくる。これに乗っていないだろうか、と目を凝らしかけたところで、京浜東北線の電車が入線してきて彼の視界を遮った。

「先生、いらしたようです」

窓から外を窺《うかが》った志摩《しま》ユリエが言うと、ボスの濱地《はまじ》健三郎《けんざぶろう》は机上のランプスタンドを乾いた布で拭《ぬぐ》う手を止め、「ああ、そう」と返す。さる事件を解決した謝礼として受け取ったエミール・ガレ作のもので、赤や緑の色ガラスをまぶした笠《かさ》が美しい。

「ちょっと、ためらっているみたい。うちにくる依頼人さんにはよくあることですけれどね。予約なさった二時までまだ一分あるから、几帳面《きちょうめん》に時間調整をしているのかなぁ」

「志摩君、窓から離れた方がいい。依頼人が二階を見上げたら目が合って、お互いにバツが悪くなるよ」

ボスは布を抽斗《ひきだし》にしまい、オールバックの髪を撫《な》で上げながら忠告する。

「そうですね。——あ、きます」

スーツ姿が動いた。階段を上る音が近づいてきて、チャイムが鳴る。ユリエはドアを開き、口元に笑みを作って迎えた。

「昨日、お電話をいただいた吉竹《よしたけ》様ですね？　お待ちしていました。どうぞ」

半身になって事務所の中に招くと、左手にブリーフケースを提げた来訪者は「失礼します」と頭を下げた。三十代前半に見える細身の男性で、常ならざる相談事にやってきたのだから当然ながら表情が硬い。右手を腹部に当てていることに格別の意味はないのかもしれないが、緊張と不安がもたらす神経性の胃痛に耐えているようにも見えた。

「濱地健三郎です」

ボスは短く言って、〈心霊探偵〉と記された名刺を差し出す。依頼人は両手で押しいただいてから、自分の名刺を返そうとしてまごつく。

「あれ、違うな。こっちだったかな？」

上着やズボンのポケットにものを入れてしまうタイプのようで、名刺入れを取り出すのに焦っていた。ようやく名刺交換が完了したところで、あらためて濱地からもらったものを見て唸《うな》る。

「心霊探偵……。こんな変わった肩書の名刺を頂戴《ちょうだい》したのは初めてです。噂は本当だったんですね」

「どこでどんな噂をお聞きになったんですか？——お答えいただく前にどうぞ。そちらにお掛けください」

濱地は応接スペースのソファを勧め、真向かいに自分も腰を下ろす。ユリエは、コーヒーを淹《い》れながら二人のやりとりに耳を傾けた。彼女が受けた昨日の電話でも、吉竹は少し言いにくそうに「濱地先生のお噂を聞いて」と話していた。

「ひょんなことから知ったんです。先日、日本橋《にほんばし》のショットバーにふらりと入ってカウンターで独り飲んでいたら、隅っこの席にいた年配の男性二人が、ぼそぼそとしゃべっているのが聞こえましまして」

密談のごとく話しているのがかえって気になり、グラスを傾けながら耳を澄ませていると、こんな会話だったという。

――そんな具合でね、インチキじゃないかと半信半疑で相談に行ったら、すっきり解決してくれたんだ。俺は幽霊だの祟《たた》りだのこれっぽっちも信じていなかったけれど、宗旨替えするしかなかったよ。

――ふーん、世の中には不思議なこともあるもんだなぁ。そのハマジ先生とやらは、おかしな宗教に勧誘したりしなかったか？

――違う、そんなんじゃない。あの先生は探偵なんだよ。南新宿のくたびれたビルの二階に小さな事務所を構えている。インターネットで検索してもウェブサイトは出てこないんだが。

「すみません。『くたびれたビル』だなんて」

吉竹は失言を詫《わ》びたが、そんなことで気分を害する濱地ではない。

「かまいませんよ。その調子で、わたしの前では事実をありのまま正確に話してください。——これはアシスタントの志摩君です」

濱地に紹介されてユリエも依頼人と名刺を交換する。もらった名刺には、〈株式会社リリックフーズ・営業企画室係長　吉竹創《そう》〉とあった。〈抒情的《じょじょう》な食品〉とは風変わりな会社名だ。住所は名古屋《なごや》市になっている。昨日の電話によると依頼人は名古屋在住で、東京出張のさなかに時間をやりくりして、ここへ相談にやってきたらしい。

「つまり、ふらりと入ったバーで心霊現象を専門に扱う探偵の存在をたまたま知った、というわけですか」

「はい。バーの会話の中で語呂《ごろ》合わせになっているこちらの電話番号が出てきたので、それを記憶して、昨日、お電話を」

「半信半疑で、ですね？」

「いやぁ」と吉竹は困った顔になる。「わたしは正しい場所にこられたようです。先生からいただいたお名刺にはちゃんと〈心霊探偵〉とあるし……バーで聞いたとおりです。濱地先生は年齢不詳の紳士。そして、若くて美人でスタイルのいいアシスタントがいる。あの、わたし、ありのまま正確に話しています」

ユリエは表情を変えず、無言のままわずかに頭を下げた。正直なところ悪い気はしないし、紳士と評された濱地も同様であろうと想像する。年齢不詳と言われたことについては、当人がよく承知しているはずだ。このボスのもとで働くようになってから半年以上が経つが、身近にいても自分よりひと回り上の三十代半ばなのか五十路《いそじ》に手が届いているのかさえ見当がつかないのだ。古い映画から抜け出してきたような浮世離れした雰囲気をまとい、ミステリアスと言うよりない。

「わたし、ここにきてよかったんですね？」

吉竹の問いに、探偵はにこやかに応じる。

「もちろんです。わたしはプロの探偵だから拒む理由などないのに、何故そんなふうにお考えになるんでしょう？　きてもらいたくないのならば、昨日のお電話ではっきりとお断わりしましたよ」

「本当は紹介状が要るのかと思っていました」

バーにいた男は、「そんな探偵がいることは、よそでは話さないでくれ。興味本位の客が押し寄せたりしたら濱地先生が迷惑する」と真剣な顔で語っていたのだそうだ。

「そんな会話を漏《も》れ聞いたのは、天の配剤とお考えください。この事務所は〈一見《いちげん》さんお断わり〉のお茶屋ではありません。わたしがご相談に乗ったことがある方に紹介された方以外に、あなたのような形でたどり着く方が珍しくないのです」

「不思議ですね。失礼ですが、そんなことでやっていけるんですか？」

「やっていけるんですよ。不思議ですねぇ、世の中というのは。どういう仕組みで動いているのだか」

それは日頃から思っていることなので、ユリエはこっそり頷《うなず》いた。

「前置きはこのへんにして、あなたのご相談について伺いましょう。拝察するに、何かを怖がっておいでのようですが」

濱地の声は穏やかで、口調は羽根で掃くようにソフトだ。ふだんからこんな感じではあるが、ここでは聞き手としての技巧を弄《ろう》しているのだろう。吉竹創の答えは意外なものだった。

「先生のおっしゃるとおり、わたしには怖いものがあります。有楽町駅《ゆうらくちょう》です」

「有楽町駅ぃ」思わずユリエは訊《き》き返してしまった。「——ですか?」

吉竹は彼女の方を向く。

「はい、JRの有楽町駅です。恐ろしくて電車で通過することもできません。もしもJRで東京駅から品川《しながわ》方面に行かなくてはならないとしたら、中央線に乗って新宿経由にするでしょう。……まぁ、わたしが東京に出張してきた際は、日本橋界隈《かいわい》で仕事がすむので実際に困ったことはまだないんですけれど」

特定の駅が怖いなどというのは何かの強迫観念だろうから、心霊探偵より心療内科の門を叩《たた》くべきだろう、とユリエが思ったところで、依頼人は説明を補足する。

「有楽町の駅自体が怖いというのではなく、あの駅に出現するあるものが恐ろしいんです。おそらくこの世のものではありません」

濱地はコーヒーをひと口、いとも優雅に飲んで小さな吐息をつく。気取っているわけではなく、相手を落ち着かせるために間を取っているのだ。

「どういう事態があなたを悩ませているのか、くわしく話していただきましょう。ことの発端から順序を追ってお願いします」

促されて、吉竹創は語りだす。


ここ二カ月ほど、名古屋から東京へ頻繁にきています。わたしが勤めている〈リリックフーズ〉という会社は輸入食材の取り扱いから調理器具の販売、クッキング・スクール、レストランの経営まで手広くやっておりまして、先月の初めに初めて東京に創作料理のレストランをオープンさせました。場所は日本橋で、これが首都圏での一号店となります。その店の成績が期待をかなり下回っているため、営業部とともに予算未達の原因を調査・分析しています。そのため、オープン後も新規店舗の企画・開発を担当しているわたしが出張する機会が多くなっているわけです。たいていは慌ただしく日帰りをしますけれど、一泊することもあります。店長との面談が長引いて、うっかり最終の新幹線に乗り遅れてしまったことも。昔からそそっかしくて、いけません。

名古屋と東京……というより名古屋と日本橋を行ったり来たりするばかり。泊まりがけになる時のホテルも日本橋界隈で取っていましたから、出張族にはよくあることながら敷かれたレールの上を往復しているみたいなものです。

だったら有楽町なんてまるで縁がないじゃないか、と不審に思われるでしょうね。

ええ、わたしはあの駅を利用することはおろか通過する機会もありませんが、そのすぐ横を通ることはあります。新幹線と在来線の線路が、田町《たまち》あたりから東京駅までぴたりと寄り添っているためです。特に有楽町駅では距離が近いし、列車は速度を落とす。

だから……視《み》えてしまったんです。この世のものではない何かが。

最初にそれに気づいたのは、えーと、手帳を見ながらしゃべらせてください。——九月二十日、朝8時2分に名古屋を出発する〈のぞみ〉に乗っての出張がありました。東京駅着は9時43分。わたしは真ん中あたりの車両のE席に座っていました。上り列車の進行方向に向かって左側、二つ並んだシートの窓側。窓側が好きなので、新幹線ではいつもE席の指定を取ります。

品川駅を出たあたりで使っていたパソコンを終了させ、下車する支度をしながら何気なく窓の外を見た時のことです。有楽町駅のホームに、真っ赤な野球帽をかぶった男の子が立っているのに目が行きました。広島カープの帽子か。最近のカープは強いから東京の子供にもファンがいるんだろうか、広島方面から遊びにきた子供だろうか、なんて思った覚えがあります。その子と視線が合ったような気もするんですけれど……終点の間際でスピードが落ちているとはいえ、向こうの姿はあっと言う間に車窓を流れ去ってしまいますから、目が合ったというのは錯覚かもしれません。これが、ことの始まりです。

その日の帰り。わたしはやはりE席に掛け、駅弁をどのタイミングで食べようかと考えながら車窓を見ていたら、有楽町駅のホームにまた赤い野球帽の男の子がいた。時間は手帳に控えていませんが、午後七時半ぐらいに東京駅を出る列車でした。通勤帰りの人でホームが込み合う中、小学生がぽつんと立っていたんですから場違いで、けっこう目立ちます。行きと帰りで同じ子供を見掛けるというのも、かなり確率の低い偶然です。おかしな感じがしました。

この世のものでない何かとは、その子供です。あれは何なんでしょう?

十月三日にも日帰りの出張をしました。乗ったのは行きも帰りも前回と同じような時間の〈のぞみ〉です。あの赤い野球帽の子供をまた見るのではないか、という予感めいたものがあったため、有楽町駅の横を通過する際ホームに注目していたら、本当にいました。立っている場所はやはり新幹線に近いホームの端で、しかも、はっきりこちらを見ていたんです。

これは変だ、おかしい、と気になって仕方がなくなり、午後八時前の帰りの新幹線から見てみると、朝と同じように立っていたので、ぞっとしました。向こうがわたしを見ているらしいのも無気味です。

単なる偶然だと思っても、気休めになりません。だって、極端な偶然というものはそれ自体が恐ろしいじゃないですか。意味があっても、なくても。

同じ子供だったのかどうか、赤い野球帽をかぶった別の子だったのではないか、と疑いもしたのですが、そうではないことが判っていきます。

翌週の十月十日にも東京に行くことになったので、「まさか、また立っていたりはしないだろう。そうでないことを確かめよう」と思い、有楽町駅のホームを見たら、ちゃんといたんです。車窓からその子までは、距離にして十数メートルしか離れていない。だから、神経を集中させれば男の子の顔や表情、服装などもかろうじて判るようになったんです。

わたし、スポーツで鍛えたわけでもないのにとても動体視力がいいんです。そのせいもあって視えてしまうのかもしれません。

背恰好《せかっこう》からして小学校の三、四年生ぐらい。十歳になるかならず、といったあたりでしょう。これといった特徴はなく、やや平坦《へいたん》な顔立ちの子なんですけれど、表情は独特です。淋しげというか、それを通り越して悲しげというか、希望をなくしたような目をして、わずかに口を開けているんですよ。何かを訴えているようでもあり、それすら諦《あきら》めているようでもあり、見る者を不安にさせる顔です。

　赤い野球帽には広島カープのCのロゴではなく、別の模様が入っているようでした。黒っぽいシャツの上に白い半袖《はんそで》のシャツを重ね着していて、下はネイビーの半ズボン。この季節には似合わない薄着です。

　いくら目を凝らしていても、一瞬のことなのでそれ以上のことは観察できません。その子からは言葉で説明できない奇怪な気配が立ち上っていて、まわりとは別の空間に存在しているみたいに思えます。たとえば……幽霊。

　ここでは、幽霊と口にするのをためらわなくてもよかったんでしたね。正体の判らない幽霊めいたものを、わたしは子供時代からたまに視ているんです。そして、幽霊のようなものを視てしまうと、しばらくしてから身辺によくないことが起きました。祖母が死ぬとか、体育の授業中に腕を骨折するとか、父に重い病気が見つかるとか……。今回もよくないことの前触れではないか、と考えてしまいます。

　その時の出張では東京に泊まり、翌十一日の午後一時台の帰りの列車からもその子を視たので、わたしは取り憑《つ》かれてしまったようです。恐ろしいのですが、新幹線が有楽町駅の横を通過する時には、どうしても車窓に目がいってしまうし、反対側の席に座る気にもなりません。何故だか見なくてはいけない気もするからです。有楽町駅に立っている子供がこの世のものかどうかを確かめるため、実験をしてみることにしました。といっても、有楽町駅まで出向いたわけではありません。ある時、営業部の者と一緒に東京へ出張することになったので、彼にも視えるかどうかを試してみたんです。

「新幹線を間近に見られるホームの端に立って、新幹線を眺めている赤い帽子の男の子を有楽町駅でよく見かける。電車の写真を撮っているふうでもないし、あれは何をしているんだろうな。今日もいるかもしれない」などと下手な作り話で興味を引き、車窓をよく見ているように言ったら……。どうせそうなるだろうと予想したとおり、彼には何も視えませんでした。あれがこの世のものでないことは証明された、と思います。

物的証拠だってあるんです。その時にわたし、スマートフォンで駅のホームをビデオ録画してみたんですが、間違いなくいたはずの男の子が映っていない。再生したら丸っきり怪談なので、笑いそうになりました。

不可解なことは、まだあります。昨日になってわたし、その子が着ているシャツの胸にプリントされている文字をやっと読むことができたんです。たったひと文字。漢字の〈死〉です。しかも、それが炎に包まれているようにデザインされていました。

「あんた、もうすぐ死ぬよ」というメッセージに思えてなりません。何故、見たこともない男の子がメッセンジャーとなり、有楽町駅のホームの端に立つのか、さっぱり判りませんが。

　子供の頃からおかしなものを視ることがあり、それを不吉な前兆として恐れているくせに、そんなことを軽々しく話す人間によくない印象を抱いています。何と言うか……軽率に感じるんです。だから親しい友人に「どう思う？」と相談することもできない。独り身の独り暮らしなので、家族にそっと打ち明けることもできない。悶々《もんもん》として過ごしていたところ、さっき申したとおり濱地先生のお噂を行きずりのバーで聞き及び、ご相談にきた次第です。


　メモを取りながら聞いていたユリエは、吉竹の話に区切りがついたところで腰を上げ、自分の机からタブレット端末とスケッチブックを取って戻った。ボスは有楽町駅の構内がどうなっているのか知りたがり、依頼人が視るものを絵にしたがるだろう、と指示を先読みしたのだ。

　そんなユリエの予測に反して、探偵は吉竹の過去の霊的な体験について尋ねる。依頼人は、はきはきと答えた。

「『あれは何だったんだろう？』という曖昧《あいまい》なものを除くと、いるはずのない人間を視たことが人生で三度あります。学芸会の時に舞台袖で出番を待っていたら幕の陰に知らない子供が立っていたり、キャンプに行って川岸の岩場に若い女の人が蹲《うずくま》っているのを視たり。その人は、とてもではないけれど人間が立ち入れないような場所にいたんです。二階の部屋の窓の向こうをお爺さんが悠然と横切ったこともあります。『ああ、人間じゃないな』とひと目で判りました」

濱地は膝《ひざ》の上で手を組み、さらに問う。

「その者たちが、いるはずがない場所にいたから、ですか？」

「はい。それに、何か様子がちぐはぐなんです。着ているものがまるで時期はずれだったりして」

「有楽町駅のホームであなたが視る少年の服装についても『この季節には似合わない薄着』とおっしゃっていましたね」

「十月半ばを過ぎて半袖のシャツとTシャツの重ね着に半ズボンというのは、天気のいい昼間でも肌寒いでしょう。日が暮れた後でもその恰好というのは変です」

「しかも、いつも同じ服装」

「はい。そして、Tシャツの胸には〈死〉――です」

「その少年を新幹線の車窓以外から見掛けたことは？」

「ありません。わたし、その子が駅から抜け出して、行く先々に姿を現わしたらどうしよう、と心配していたんです。けれど、幸いそういうことは起きてません」

「今のところは、ね」

「先生、嫌なことを言わないでくださいよ。外を歩くのも家に帰るのも怖くなるじゃないですか」

「失礼」と軽く詫びてから、濱地はユリエに言う。

「駅のホームがどうなっているのか見たいな」

「こうなっています」

すでに構内図をタブレットの画面に呼び出していた。それを吉竹に示しながら、探偵は少年がどこに立っていたのかを確認する。最初に見掛けた時に立っていたのは、新幹線から見て手前の3、4番線ホームだ。

「そのホームと新幹線の間には、三本の線路があります。あれは特急や快速が通過する線なのかな」

吉竹は、スマートフォンで録った動画を再生してみせる。車窓とホームの距離がどんなものなのかが摑《つか》めた。

「あのぅ……先生。調査をお引き受けいただけるんですね？」

「わたしが手掛けるべき案件のようです」

依頼人は胸を撫で下ろす仕草をしてから、なおも暗い声で問う。

「わたしが視た男の子の正体は何なんでしょうか？　よからぬメッセージだとしても、自分と縁《ゆかり》も所縁もない有楽町の駅に現われるのが理解できないんですが」

「よからぬメッセージを伝えるために立っているかどうか、まだ判断できません。たとえば、何事かを訴えたがっている霊が、たまたま通過する新幹線に霊視の能力を持つあなたを見つけたので、すがりつこうとしているのかもしれない」

吉竹は納得しなかった。朝から深夜まで大勢の人間が有楽町駅のホームに立つし、電車に乗ったまま通過する者の数は夥《おびただ》しい。月に何度か新幹線で通り過ぎる自分にすがろうとするのはおかしい、という理屈はユリエにも首肯できたし、濱地も理解していた。

「おっしゃるとおり。少年があなたに目を向けるのには、特別の理由があるのかもしれません。あなたの何かに反応している可能性もある」

「何か……とは？」

「あなたに関するありとあらゆる情報を集めたとしても、それの何に少年が反応しているのかを知るのは困難です。あなた自身がそれに無自覚だったり、忘れていたりする可能性もある。――まあ、有楽町駅に行ってみますよ。わたしなら会えるでしょう」

「お願いします」と依頼人は頭を下げた。

そろそろ出番だな、とユリエがスケッチブックの白紙のページを開くなり、探偵は言った。

「吉竹さん。あなたが視る謎の少年を絵に描いてみましょう。心細げな顔をなさらずとも大丈夫。これまでお話を伺ってきたところ、あなたは言語能力が高くて表現力が豊かな方ですし、志摩君はこういう技能に長《た》け、わたしは情報を聞き出すのが得意です」

戸惑いながら依頼人は語りだし、ユリエは「こうですか？」と逐次確認しながら鉛筆を走らせる。少しずつ絵ができていき、吉竹にしか視えないものが可視化されていく。完成するまで二十分を要した。

「淋しそう……」

描き上げた自分の絵を見ながら、ユリエは感想を洩らしたが、〈淋しげというか、それを通り越して悲しげというか、希望をなくしたような目〉という吉竹の表現がより的確に思えた。彼に救いの手を差し伸べることができるのは、濱地をおいて他にいないだろう。

何とかしてあげたいが、胸に大きく書かれた〈死〉が恐ろしげで、関わりを持ってよいものだろうか、とも思う。

吉竹は絵の出来映えについて満足し、「うまいものですね」と再現度の高さに感心してくれた。しかし、それゆえか気味悪そうに絵から視線を逸《そ》らす。

「わたしに何か訴えているみたいですが、窓越しに見られるだけでは手を貸してやりようもありません。あの駅のそばを通る際に窓さえ見なければ済む話とはいえ、助けを求めているのなら見捨てるのも薄情ですよね……」

——何とかしてあげましょう。

ユリエは胸の裡《うち》で呟《つぶや》いた。依頼人の悩みを払うのが最優先だが、濱地に少年を助けてやってほしい。

「思ったより時間が経っていました」吉竹は腕時計を見て慌てる。「仕事に戻らなくてはなりません。調査料について教えてください。着手金がお入り用でしたら、その額も」

濱地が説明している間、ユリエは少年の絵をじっと見つめていた。

依頼人が帰った後、二杯目のコーヒーを飲みながらボスは指示を飛ばす。

「この夏頃から、有楽町駅で小学生の男の子が巻き込まれた事件や事故がないか、ざっと調べてくれるかな」

「今年の夏以降でいいんですか？　吉竹さんに視えたのはこの秋からですけれど、その子はもっと前から有楽町駅にいた可能性もあります」

「今年の夏以降でいい。そんな事件や事故は記憶にはないんだが」

ユリエにも覚えがなかったが、ネットで検索してみると一つヒットした。九月十四日に、九歳になる小学三年生の男児が階段から落ちて大怪我をしていたのだ。頭を強く打って意識不明の重体とあるだけで、詳細は不明だ。

「その子の顔写真がニュースに出ていれば、きみが描いた絵と突き合わすことができるんだが」

「残念ながら、ありません。名前は安川《やすかわ》コウキ君。コウキは光り輝くと書きます」

「駅の階段で後ろから何者かに突き飛ばされた、というわけでもないんだね？」

「事件性はないようです。どこにもそういうことは書かれていません」

続報がないかと探すと、九月二十日に一つ。クラスメイトが折鶴を作って病院に持って行った、という。安川光輝少年は日暮里《にっぽり》在住で、月島《つきしま》のお祖母《ばあ》ちゃんの家に台湾旅行のお土産を持って行こうとして奇禍《きか》に遭った、ということも。

「その後に亡くなったとも出てきませんね。もしかしたら、まだ入院しているのかも」

「意識が戻らないまま、ね」

濱地は、カップをそっと受け皿に置く。

「じゃあ先生、有楽町駅に立つ少年というのは、この光輝君の意識が実体化したものなんですか？」

「実体化はしていないが、病床にある肉体から遊離して特殊な人間には視える状態になっているんだろう。現時点では憶測にすぎないけれど」

やはり生身の人間ではなかった、ということか。

「的中していたら、記録的なスピード解決です」

「いいや。その子が駅で迷っているうちは解決ではない。もとの場所に戻してやらないと不憫《ふびん》じゃないか。そのせいで肉体が意識を失ったままなんだ」

少年の身内のことを思うと、居ても立ってもいられない。

「先生、今から有楽町駅に行きましょう。光輝君の魂だか何かを早く体に戻してあげてください。できますよね？　必要なものがあるなら、急いで揃えます」

「特にない。いや、あるけれどわたしは持っている」

「何ですか？」

「さて、何かな」

推理力を試されているらしい。

「うーん、へっぽこアシスタントなので判りません。先生が有楽町駅での事件や事故について調べるのは『今年の夏以降でいい』とおっしゃった根拠も」

「それについては、漫画家を目指していたこともあったんだから、きみの方が気づくと思ったんだけれどね」

ボスは、スケッチブックに描かれた少年の胸を示す。

「これを描く時、吉竹さんは炎の形についても正確を期すべく細かな描写をしただろ。『先が尖《とが》っていて、中ほどが大きく揺らいでいる』という具合に。この炎の特徴的な形に見覚えは？」

〈死〉のインパクトが強すぎて、そこまで注意が向いていなかった。

「言われてみたら、ありますけれど……」

去年から漫画やアニメで子供たちに大人気の『フシわん』のロゴによく似ている。文字のまわりが、こんなふうにめらめらと燃えているのだ。死んでも飼い主のそばを離れない可愛い犬たちの物語で、子供に害をなすものと勇敢に戦うというファンタジーだ。

「あのアニメは、今年になってから海外のテレビでも放映が始まって、世界各国で子供たちの人気を呼んでいる。台湾や中国でのタイトルは『不死狗《フシワン》』というんだ」

卓上メモに書いてみせる。

「先生、なんでそんなことまでご存じなんですか？」

漫画やアニメのオタクだったとは思えない。実は小学生の子供がいるのか、と訊いたら苦笑いが返ってきた。

「妻も子供もいないよ。ただ、その……幽霊が登場するのでね」

それって重度の心霊オタクじゃないですか、と噴き出しそうになったが、ボスは素早く真顔に戻っている。

「そうか。子供が着るTシャツの胸に〈死〉なんて変だと思ったら、台湾旅行で買ったシャツだから〈不死狗〉の〈死〉だけが羽織ったシャツの間から不吉なメッセージみたいに覗《のぞ》いていたわけですか。キャラクターのイラストもシャツで隠れていたんでしょうね」

「とにかく駅に行ってみよう。うまくいけば、依頼人と少年の二人を同時に解放してあげられる」

濱きみは事務所に残れ、と言われないことに感謝しつつ、ユリエはコートを着た。濱地に比べたらまったく未熟ではあるが、彼女にも霊を視る能力はある。それが吉竹に劣るということはないだろう。

肩を並べて新宿駅に向かい、南口から山手線のホームへ。電車がやってくると、車両の隅に立った。

「小学三年生の時、独りで電車に乗るなんて、わたしにはできませんでした。先生はどうですか？」

「どうだったかな。覚えていない」

「私立の小学校に電車通学している子を駅のホームで見たら、まだ小さいのに偉いなあ、と感心するんです。ちょっと心配にもなりますけれど。——光輝君だって、お父さんやお母さんといっしょだったら事故に遭わなかったかもしれません。独りで電車に乗るなんて、よっぽど早く月島のお祖母ちゃんのところに行きたかったのかなぁ」

「子供というのは、気が逸《はや》ると我慢できなくなることがあるからね。ご両親の許可をもらわずに出てしまったのかもしれない」

目黒駅を過ぎる。

「光輝君は日暮里駅から山手線に乗り込んだんですね。目的地が月島ということは……有楽町で地下鉄・有楽町線に乗り換えか。やっぱり小学三年のわたしにはできません。JRからメトロへの乗り換えが無理」

五反田《ごたんだ》駅を出る際、ホームに立つ人々の姿が車窓を流れていくのを見ているうちに、ユリエはあらためて疑問に思った。

「吉竹さん自身もおっしゃっていたことですけれど、光輝君はどうして新幹線で通り過ぎるだけの人を訴えるような目で見るんでしょうか？　他の人には視えないから、そうするしかないのかもしれないけれど……」

「彼はまだ九歳の子供だよ。他にどうすることもできず、立ち尽くしていたんだろう」

「有楽町の駅に囚われたまま、なす術《すべ》もなく——ですか？」

「おそらく、その表現は正しい」

品川駅を過ぎ、田町駅の手前で新幹線の高架橋が寄り添ってくると、有楽町駅は近い。ボスに訊きたいことがあったが、ユリエは黙ることにした。まもなく結末が見られそうだから。

電車が2番線ホームに着くと、二人は急いで階段を下り、隣の3、4番線ホームに向かう。はたして赤い帽子の少年は、いた。体を新幹線が通る方に向けて、所在なげに佇《たたず》んでいる。

生身の人間ではないことだけは、ユリエにも感覚で理解できた。まわりの風景に溶け込んでおらず、仕上がりのよくない合成写真のように見える。駅員も含め周囲の大人たちは誰も彼に注意を払わず、一瞥《いちべつ》もくれない。視えていないのだ。

「きみは、ここにいなさい。わたしが話しかける。驚かせると消えていなくなってしまうかもしれないのでね」

「……消えたら大変なことに？」

「あるいは。消え方にもよる」

光輝の生命の灯《ひ》を吹き消すことになったら、取り返しがつかない。ユリエは頷いて、濱地の背中を見送った。

少年は、見知らぬ男が近づいてくるのに気づいて、そちらに目をやる。怯《おび》えとも戸惑いともつかない表情を浮かべて。

濱地が何か言葉を投げたが、声が小さすぎて聴き取れない。少年は頷き、また濱地が話しかけ、少年が短く答え——。

西へ向かう新幹線が通り過ぎていく。こちらに視線を投げている乗客も見受けられたが、どの顔もたちまち去っていった。あの中の誰かに望みを託すなど儚《はかな》すぎて、ユリエは想像しただけで慄然《りつぜん》とする。

体の陰になってよく見えないのだが、ボスは少年に何かを差し出しているようだ。少年はそれを半ズボンのポケットに入れ、こちらに歩きだす。ユリエの存在に驚いた顔をして傍らを過ぎ、駆けだしそうな早足で階段の方へと。

「走っては駄目。ゆっくり気をつけて下りるのよ」

彼女の声は、その耳に届いたかどうか。少年の姿は、階段に差しかかったところで輪郭がにじみ、虚空に消えていった。

「これでよかったんですか？」

振り向いて問うと、探偵は人差し指で小鼻を掻《か》いている。

「最善の措置を講じたつもりだ。迷っていた魂をここから解放してあげることはできたよ。彼は必要としているものを得た」

「それって何なんです？　先生は、あの子のポケットに入るぐらいのものを手渡していましたけれど」

「なんだ、見ていなかったのか。――駅に囚われた者を解放してくれる魔法のアイテムだよ」

ユリエは、ハンドバッグからＩＣカードを取り出した。

「これ……ですか？」

「正解だ。あの子が自分に付きまとわないか、と依頼人は恐れていたけれど、そんなことにはなっていなかっただろう。きみが言ったとおり、光輝君は『有楽町の駅に囚われたまま』だった。切符をなくしたせいで出られなかったんだ。ここへくる前から、そんなことじゃないかと思っていたよ」

話している相手が濱地でなければ、このボスのもとで働いて数々の不思議を目撃していなかったら、一笑に付しただろう。

「もしかして、階段から落ちたのも切符をなくして慌てていたから？」

「少しの会話しか交わしていないけれど、そのようなことを話していたね。どうしよう、どうしよう、と焦ってパニックに陥っていたらしい。『このカードがあれば平気だ。どの駅の改札も通れるから、メトロに乗り換えてお祖母ちゃんちにも行ける』と安心させてあげた」

どうやら一件落着のようだが、一つだけ問題が生じる。

「光輝君にあげたICカードはどうなるんですか？」

濱地は恬淡《てんたん》としている。

「あの子といっしょに消えてしまったね」

「ですよね。先生は、どうやって駅から出るんですか？」

「大人だから半べそをかいたりしない。『新宿から乗ったのですが、切符を落としました』と駅員に申告して、裁定に従うよ。わたしが新宿から乗ったことを、同行者のきみに証言してもらおう」

「そのために連れてきたんですか？」

「いやいや、そんなわけはない。銀座のはずれにケーキがおいしい店がある。そこに行って、今日の仕事は終わりだ」

濱地は破顔してから、東京駅に向かう新幹線を目で追う。

「ポケットにやたらとものを入れる癖は、なかなか直らない。そそっかしいことを自認していた吉竹さんは、子供時代にポケットに手を入れたり出したりしているうちに切符を落とす、という怖い経験をしたのかもしれない。それが光輝君を引き寄せた……というのは推理ですらなく、物語だね」

物語だとしたら、まだ続きがあればいいのに、とユリエは希《ねが》った。

彼がうっすらと目を開けると、天井の蛍光灯が見えた。自分がどこにいるのか判らないが、ベッドで仰向《あおむ》けに寝ているらしい。駅のホームではない。

ついさっきまで何かを手にしていた感覚が残っているのに、その何かは消えてしまったようだ。

「意識が戻った!」

女の人が叫ぶ。

あれは誰?

イミテーション・ガールズ

逸木《いつき》 裕《ゆう》

1980年東京都生まれ。学習院大学法学部法学科卒。プログラマーの傍ら小説を執筆、2016年『虹を待つ彼女』で第36回横溝正史ミステリ大賞を受賞した。2020年代という当時は近未来を舞台にしたこの受賞作に顔を見せる女性探偵の森田みどりは、父の興した大手探偵会社サカキ・エージェンシーの跡継ぎで、現代に設定された第3長編『星空の16進数』(2018年)では育児休暇中ながら、さらに重要な役割を負う。本作「イミテーション・ガールズ」はさらに時を遡《さかのぼ》り、高校時代の旧姓榊原みどりとして初めて主役を演じている。本作を冒頭に据えた連作集『五つの季節に探偵は』(2022年)では2018年まで16年に亘る、みどりの成長と変遷が追われる。みどりの登場しない作品には、長編『少女は夜を綴らない』(2017年)などがある。(S)

1

子供のころから、熱中というものを知らなかった。

小学校、中学校と、わたしの周りには何かに熱中している子がいた。隣に住んでいる瀬崎《せざき》さんはヴァイオリンに熱中していて、ずっとコンクールに挑戦していた。中学のソフトボール部で一緒だった斎木《さいき》さんは、わたしがけろりとしていた引退試合で声を上げて泣いていた。

二週間前、わたし——榊原《さかきばら》みどりは、高校二年生になった。

この十七年弱を振り返ってみると、わたしの人生は〈常温の水道水〉という感じだ。運動も勉強もそれなりに好きで、それなりに得意。好奇心もあるほうだし、友達もそこそこいて、家族関係も良好。成績表はほとんどが五段階の四で、特別に得意な科目も、格段に苦手な科目もない。口当たりがよく、温度もちょうどよく、それなりにミネラルも入っていて、まあまあ美味《おい》しい水道水。

飲み下せないほどの熱湯や、甘すぎる砂糖水や、舌にびりびりとくる炭酸水、そういうものを求めているわけじゃない。コンクールで落選したときの瀬崎さんと道端ですれ違ったことがあったけれど、魂が抜けているというか、そこにいてもそこにいないような、なんとか形だけがこの世に存在している感じがしたものだ。ああはなりたくないとか、逆にあそこまで打ち込めることがあって羨《うらや》ましいとか、そんなことも感じない。ただ、自分は熱中とは無縁で、これからもそうだろうという現実認識だけがあった。

高一からずっとやっている図書委員も同じだった。一生懸命活動している人はいたが、わたしはクラスの中に成り手がいないからやっているだけで、毎日ただなんとなく仕事をこなしている。

そんなわけで、わたしにとってはその文庫本も、いつもの日常業務のひとつだった。

「ごめん。返却期限、切れちゃった」

昼休み、図書室のカウンター。クラスメートの本谷《もとや》怜《れい》に差しだされた文庫本は、バーコードリーダーを当てると一ヶ月も延滞していた。春休みの前から借りていたようだ。

「次から気をつけてね」

と言った瞬間、怜は不愉快そうに眉《まゆ》をひそめた。そこまで強く言ったつもりはなかったので、わたしは当惑した。怜は無言で踵《きびす》を返すと、わざとらしく足音を立てて去っていく。

そこで、わたしは気づいた。

文庫本の背表紙。カバーに巻かれているビニールに、ほんの爪の先ほどの、小さな穴が開いていた。しかも、穴の縁が、わずかに黒ずんでいる。

「怜」

熱中していないからこそ、仕事はきちんとやらなければいけない。そんな使命感があった。わたしは図書室を出て、怜を捕まえた。

「何、これ。どうしたの」

本を見せて言ったが、怜はそちらを見ようともせず、わたしのほうを睨《にら》む。

「だから、遅れてごめんって言ってるでしょ」

「そうじゃなくて。本のここ、何？」

「は？」

背表紙の破れを指差したが、怜はわたしを無視して再び踵を返す。これ以上問い詰めても意味がないと思い、わたしは遠ざかる背中を黙って見つめた。

ビニールの穴から、何かが漂った。鼻を近づけてくんくんと嗅《か》ぐと、古本の黴《かび》臭さに混じって、わずかに焦げたような臭いがした。

火だ。

これは、火で炙《あぶ》られた跡だ。

昼休みが終わりかけ、教室に戻る途中で、もうひとつ事件に出くわした。松岡好美《まつおかよしみ》の一派が、新入生と思われる女子を取り囲んでいた。

好美は、わたしたちの学年のボスだ。一年生のころから人脈が広く、上級生や教師にもパイプがある。仲間意識が強く、身内に対しては優しいが、敵と判断した相手には容赦がない。

わたしはいまのところ、どちらでもない。クラスの中でなんとなく生きているわたしは、仲間にしたいほどのピースではないし、排除するほどの存在感もない。

「何泣いてんだよ。被害者ぶりやがって、テメーのせいだろ」

好美に凄《すご》まれ、新入生の女子は涙ぐんでいる。一方的な暴力を、廊下を行く生徒たちは見て見ぬふりをして通り過ぎていく。別にそれは責められることじゃない。強いものに不用意に逆らわないというのは、処世術の基本だ。

「好美」

わたしは話しかけた。にこりと笑い、腕時計を示す。

「そろそろ昼休み終わるよ。ほら、教室行こう?」

「入ってくんなよ、榊原。関係ないだろ。消えろよ」

タイミングよく、チャイムが鳴った。毒気を抜かれたのか、好美はちっと舌打ちをして、教室に向かっていく。取り巻きの女子たちがわたしを睨《ね》めつけてから、好美のあとに続く。わたしは新入生の女子に笑いかけた。彼女は怯《おび》えたようにびくっとして、足早に去っていった。

わたしはたまに、こういうことをする。誰かが怒っている現場に入っていって、適度な温度の水を差す。差された側は少し白けたような感じになって、散り散りになる。場を適温に調整するための、言葉、表情、行動。昔から、こういうことは得意なのだ。

別に正義の使者を気取っているわけじゃない。人を助けたいという気持ちはあったけれど、感謝されたいという下心も当然ある。面倒くさくて通り過ぎることもあるし、気が進まなくても声をかけてしまうこともある。ぐちゃぐちゃと絡まった感情の総体。要するに、ただの、気まぐれだった。

教室に入ると、隅にいる怜の姿が目に入った。怜は外を見ていて、目を合わせようとしない。わたしは自分の席に座る。

「授業をはじめるぞー。Stand up, please!」

タイミングよく英語の清田《きよた》先生が入ってきて、全員が立ち上がって礼をした。

——清田先生、髪切ったね。

座ると、隣の席の進藤萌音《しんどうもね》が囁《ささや》きかけてきた。言われてみると、いつもよりツーブロックの髪が短くなっている。よく気づいたねと応《こた》えると、彼女は満更でもない顔をした。

萌音は、恋愛に〈熱中〉している子だ。

昔からの付き合いだが、小二のころにはもう彼氏がいて、それから何人もの男子とくっついたり別れたりしている。恋をしているときの萌音は、判りやすい。髪の分け目から口の端、身体の隅々に至るまでベストな〈進藤萌音〉をビシッと作り、キープする。わたしにはとてもこんなことはできない。

清田先生に目をやった。

相変わらず、太陽のような先生だった。去年、今年と、わたしたちの代の学年主任をやっている。長身で若く、明るくて理知的。アメリカからの帰国子女で、英語の発音も流暢《りゅうちょう》。実際に清田先生が赴任してから、この学校の英語力はかなり伸びたらしい。萌音ならずとも、女子から人気があるのも頷《うなず》ける。

——ね、この前のこと、それからどうなった？

萌音が聞いてくる。授業中にする話か——と呆《あき》れつつも、無視するわけにもいかない。

——だから、その話は無理だって言ったでしょ。

——お父さんに話してくれた？　清田先生、結婚してないことは知ってるんだけど、もっと情報が欲しいんだよ。好きなものとか、彼女がいるかとか。

——話してないよ。父さんはプロだから、タダでなんか動いてくれないって。

——そうかなあ？　みどりが言えば、やってくれるんじゃない？　可愛い娘なんだし。

「進藤！　榊原！　What's going on!?　こそこそと話さない！」

「あ、ソーリーティーチャー！」

萌音が冗談めかして答えると、教室がどっと沸く。注意を受けたことすらも嬉《うれ》しそうだった。全く、恋しているときの萌音は無敵だ。

——ね、お願い、みどり。とにかく頼んでみてよ。だって……。

萌音はさらに声のボリュームを絞った。

——みどりのお父さん、探偵なんだし。

2

夕食を終えて、わたしは自分の部屋に戻ってベッドに寝転がった。

〈みどりのお父さん、探偵なんだし〉

萌音のみならず、学年中の生徒が知っている。わたしの父は、私立探偵だ。

父はサカキ・エージェンシーという探偵事務所を、ひとりで経営している。大手の探偵事務所から三年前に独立し、いまはここ自宅の一階が仕事場だ。〈浮気調査／行方不明者の捜索／ストーカー・嫌がらせ対策／その他なんでも、お気軽にご相談ください。お見積もり無料〉。そんな看板が家の前に出ているせいで、わたしは友達を自宅に呼べなくなってしまった。

父の仕事は、わたしも少し変わっていると思う。だから、親の職業をいじられるのは全然構わない。〈探偵ってどんな仕事をしてるの？〉と好奇心をぶつけられるのも平気だ。困るのは、萌音のようなケース、間接的な仕事の依頼だった。

先輩のカップルを別れさせて。公園で飼っていた野良猫を捜してくれない？　三歳のときに離婚して出ていった母親を見つけてほしい。いままで全部、わたしのもとに実際に持ち込まれた依頼だ。萌音のように友達関係がある場合は穏便に断れるけれど、よく知らない相手からの場合はそうもいかない。断り続けていると〈こんなに頼んでるのに人でなし〉とか〈下手に出てれば調子に乗りやがって〉とか、いきなり相手が豹変《ひょうへん》する場合もある。

〈探偵ってさあ、盗みとかもできんの？〉

ふと、わたしは二ヶ月くらい前のことを思いだした。一年の最後の期末テストの前、好美から相談を持ちかけられたのだ。

〈盗みって？　人の家のゴミを漁《あさ》ったりすることはあるみたいだけど……〉

〈例えば……学校に忍び込んで試験問題を盗んだりとか、そういうことはできんのかなって〉

〈カンニングしたいってこと？〉

わたしは呆れた。好美は成績はよくないが、こんな馬鹿な依頼をする人だとは思っていなかった。当然そんなこと、できるわけがない。普通に考えれば判りそうなものなのに、好美は執拗《しつよう》だった。

〈じゃあ、ハッキングは？　ネットから学校のパソコンに入っていって、試験問題を盗んだりとか、できないの？〉

〈できるわけないでしょ。探偵をなんだと思ってるの？〉

呆れるを通り越して感心するしかなかった。トンチンカンなことを言ってくる子はいるけれど、あそこまでのケースは珍しい。ただ、これでも最低のケースでないのが恐ろしいところだ。世の中にはもっとひどいことを言ってくる人もいるのだ。

「みどり」

いつの間にか、うとうとしていたらしい。母の声が眠気を破った。

時計を見ると、二十時を過ぎている。わたしの脳裏を、恋する少女の顔がよぎった。

「なんか困ってるみたいだったけど」

「友達？」

「お友達がきたわよ」

「友達って、誰？　まさか、萌音って子？」

「さあ、よく聞き取れなかった。下で待ってるから、早く出なさい」

　父は、まだ帰ってきていないようだ。探偵の仕事時間はバラバラで、夜に家を空けていることも多い。萌音に直談判《じかだんぱん》されることにはならなそうだと思い、わたしはベッドから腰を上げた。

「あ……」

　玄関から外に出ると、そこに立っていたのは萌音ではなかった。

　訪問者は、暗い表情でうつむいた、怜だった。

「どうしたの？　こんな時間に……」

「ちょっと話したいことがあって。学校じゃゆっくり話せないから、直接きた」

　家に上がる？　と目で合図をしたが、怜は黙って首を横に振った。親に聞かれたくない話なのだ。「お母さん、ちょっと出かけてくるね」と言い放ち、わたしはスニーカーを履いた。

本谷怜。

一年生のときも同じクラスだったけれど、きちんと話したことはない。

怜はもともと、好美の取り巻きのひとりだった。運動神経がよくて陸上部で活躍しているだけでなく、百七十センチを超える長身で、ボーイッシュな美形。わたしなんかとは違い、好美が周りに置いておきたがるような、ハイスペックな女子だった。

そんな彼女が好美たちから「外され」だしたのは、三ヶ月ほど前のことだ。

理由はよく判らないが、気がつくと怜は好美たちに迫害されるようになっていた。無視され、木偶《でく》の坊だの男女だと嘲笑《あざわら》われ、持ちものを捨てられたりしていたのだ。好美の排除は執拗で、怜と仲よくしている人までターゲットにされるので、周りからもどんどん人がいなくなっていく。怜はすっかり暗い顔つきになり、四月からは部活動も休んでいるらしい。

ふたり肩を並べて、夜の街を歩く。春の夜の、乾いた暖かい空気がわたしたちを包む。吹く風は心地よかったが、わたしたちの間に漂う沈黙は、どこかいたたまれない。

「実は、折り入って頼みがあって」

しばらく歩いたところで、怜が口を開いた。

「さっき、家の前にあった看板を見たよ。みどりのお父さん、本当に私立探偵なんだね」

　やはり、その話だった。

「なんでも気軽に相談してくださいって、書いてあった。ほんとになんでも、相談できるの？」

「何か困ってるの？　学校の宿題は見てくれないよ」

　わたしの軽口に、怜は全く反応を見せなかった。その瞳《ひとみ》が、暗く沈んでいく。

「清田のことを、調べてほしいんだ」

「え？」

　好美絡みの話だと思っていたので、わたしは意表を突かれた。

「清田の弱みを握ってほしいんだ。そういう依頼って、できる？」

「弱み？　素性の調査はできると思うけど……なんでそんなこと？」

「好美とのことを、解決したくて」

「どういうこと？」

「私が好美たちに何をされてるかは、知ってるよね？　いままで我慢してきたけど、二年生に上がってまで同じクラスになっちゃったから、もう限界で……この前、清田に相談に行ったんだ。クラスを替えてほしいって。私が好美からさんざん嫌がらせを受けてることも、説明した」

「清田先生は、なんだって？」

「笑われたよ。進級したばかりなのにクラス替えなんて、認められるわけがないって。好美とのことは、お前の勘違いじゃないかとも言われた。笑っちゃうよね。ジャージ切られたり、自殺のやりかたを考えてきたとか言われて手紙とカミソリを渡されたりするのも、冗談なんだって。好美たちは私と仲よくなりたいから、そういうことをして気を引いてるんじゃないかって」

「清田先生がそう言ったの？」

「好美と一対一で話す機会を作ってやろうかって、そんなことも言われた」

怜は下唇の端を噛《か》んだ。その歯が、肉を噛んだまま少し震えている。彼女の悔しさと恐怖が、伝わってくるようだった。

わたしは清田先生と授業以外であまり話したことはないが、そんな不誠実な対応をする人だとは思わなかった。彼の太陽のような雰囲気を思い出す。

「でも、清田先生の弱みを握ってどうするの？　弱みを握るなら、好美のほうじゃない？」

「好美相手にそんなことしたら、何されるか判んない。それよりも、清田に好美たちを注意してもらうほうがいいと思う」

「なんで？」

「清田って、人気あるでしょ。好美はああいうタイプに弱いから、清田が言えば話を聞くと思うんだ」

「なるほどね」

清田先生を動かして、間接的に排除を止めようということのようだが、本当にそんなことができるのだろうか。好美が清田先生のことを慕っているのはなんとなく知っているが、注意されて話を聞くかはよく判らない。

それに。

「お金はどうするの？　父さんにそんな依頼をするなら、それなりにお金がかかるよ」

「ちょっとならある」

「ちょっとって、どれくらい？」

「まあ、一万円かな」

「話にならないよ」

桁《けた》がひとつ違うことくらい、わたしにも判る。だが怜は臆《おく》さずに、言葉を重ねてきた。

「じゃあ、みどりがやってよ」

「え、わたし？」

「探偵の娘なんだから、人を調べたりするの、得意でしょ？　道具もあるだろうし」

わたしは天を仰ぎそうになった。まさか〈最低〉の依頼をされるとは思わなかった。

じゃあ、みどりがやってよ。依頼を断り続けていると、そんなことを言いだす子が稀《まれ》に現れる。探偵などやったことがない、探偵は伝統芸能とは違う、探偵の能力はDNAに乗って遺伝しない——色々な角度から説明しても、この手のことを言う人はなかなか引き下がらない。父のせいにできない分、断るのに格段に骨が折れ、心底ぐったりしてしまう。

「絶対無理。わたしは探偵なんかやったことがない」

「でも、お父さんの仕事を近くで見てるよね？お父さんに質問もできるでしょ？」

「父さんと仕事の話なんかしないよ。やりたければ自分でやりなって。わたしも怜も変わらないと思うよ」

「無理。私、身長高いでしょ？　みどりと違って、どこにいても目立っちゃう。お父さんと仕事の話をしたことないなら、いまからやったら？　親子の会話のきっかけにもなると思うよ」

「余計なお世話。父さんとはよく話してるから」

「ついさっきは話してないって言ってたのに」

「仕事の話はしてないってこと。怜、判ってて言ってるでしょ？　いい加減にしてよ」

「あっそ」

怜の口調が、一瞬で変わった。

「じゃ、いいや。燃やしてやるから」

「燃やすって、何を？」

「全部」

弱気だった怜の表情に、芯《しん》が入ったような気がした。

「最近、放火のことを調べてるんだ。火事の三条件って知ってる？　可燃物、酸素、高い温度。好美の家をやるついでに、みどりの家もやっちゃおうかな」

「放火？　なんでいきなりそんな話になるのさ。どうかしてるよ」

「どうかしてるのは好美たちと学校だよ。私がいじめられてるのを知ってるのに、誰も何もしてくれない……。どうせやるんなら、学校もみどりの家も、全部燃やしてやる。クラス中から無視されて、頼った相手にも見捨てられた、哀れな高校生の放火犯。みんな同情してくれそうじゃない？」

逆恨みにもほどがある。怜を睨むと、怜はより強い目線で睨み返してくる。

　わたしは、文庫本のことを思いだしていた。

　怜が返してきた文庫本に、焦げたような跡があった。あれは「放火のことを調べてる」過程で、できてしまったものなのだろうか。

「本気だよ」

　怜の語気に、わたしは怯《ひる》んだ。

「口だけだと思ってるよね？　私は本気だから。あとで後悔しても、遅いからね」

　憑《つ》かれたような口調に、恐怖を感じた。眠っている間に家に火をつけられ、起きると周りが炎に包まれている――現実感のないイメージが、怜の瞳を見ているとありえそうな気がした。

「みどり、助けてよ」

　怜の口調が、また変わった。

「前に一度、助けてくれたこと、あったよね」

「前に……？」

「ほら、二ヶ月くらい前に」

　確かに一年の最後のころ、廊下で怜に絡んでいた好美たちを、軽くたしなめたことがあった。

「あのときに私を助けてくれたのは、本気だよね？」

「本気って……どういうこと？」

「偽善じゃないよね。私のことを本気で心配して、やってくれたんだよね」

すがるような口調に、わたしは困った。助けたい気持ちはあったけれど、怜を助けたのはどちらかというと気まぐれだったからだ。だが、それを口にしていいかどうか、判断がつかない。

「あのとき、私は嬉しかったんだよ。いままで誰も助けてくれる人がいなかったから、すごく救われた。みどりに頼みたいんだ。みどりの善意が偽物じゃないのなら、もう一度、私を助けてほしい」

怜はそう言って、わたしに向かって頭を下げた。

「お願いします」

断るべきだと頭では判っていたものの、長身の腰を折り、真摯《しんし》に頭を下げる怜を前に、わたしはそれ以上拒絶の言葉を思いつかなかった。

「無理だと思うよ。それでも、いい？」

気がつくとわたしは、〈最低〉の依頼を呑《の》んでいた。

3

次の日の夜──わたしは清田先生の家の前に立っていた。

教員の住所は、公開されていない。たぶん、生徒が押しかけたり色々と不都合があるのだろう。怜は年始に清田先生に年賀状を送っていて、そのときにこっそりと住所を教えてもらったらしい。

清田先生の家は、大通りに面した平屋の一軒家だった。家は塀で囲まれていて、「KIYOTA」という表札が出ている。

塀に郵便受けがついている。とりあえず通行人がいない隙を見計らって中の郵便物を引きだしてみる。入っていたのはダイレクトメールばかりで、私信は見つからない。それ以上やることが判らず、わたしは郵便物を戻して家から離れた。

──で、何をすればいいんだろう？

早くもやることがなくなった。父ならここから何をするのだろう？　部屋に忍び込んで盗聴器を仕掛ける？　望遠カメラで部屋の様子を撮影する？　どちらもやりかたが全然判らない。わたしは大通りをまたぎ、家の反対側に立った。

デジカメを取りだし、とりあえず家の写真を撮ってみる。去年買ってもらったお気に入りのカメラが、カシャリと綺麗《きれい》な音を立てた。でも、撮れたのは何の意味もない写真だ。

　十分くらい立ち続けたところで、わたしはこれがかなりつらいということに気がついた。単純に立つことも大変だが、集中力を切らさずに家を見張り続けることが、思いのほかきつい。清田先生がいつ現れるのか、現れたとして何か意味があるのか、すべてが未定だ。多くの未定を抱えたまま、ただただ立つというのは、初めて味わうタイプの苦痛だった。父はいつも、こんなことをやっているのだろうか。

　へとへとになりながら三十分ほど待っていると、ようやく清田先生が帰ってきた。わたしは街路樹の陰に身を隠す。あれ、これ、何をすればいいんだろう。考えてみたものの、何も思い浮かばない。スーツを着た先生は門をくぐり、玄関を開けて中へ入っていく。長い間待ったのに、わずか十秒で先生の姿は見えなくなってしまった。

　——何をやってるんだ、わたしは。

　家の中に明かりが灯《とも》る。こういうときは、塀を乗り越えて盗撮をすればいいのだろうか？　でも、勝手に敷地に入ったらたぶん犯罪になってしまうだろう。

　自分が想像していた以上に、何をどうすればいいのか判らない。

　やっぱり、こんなことは無理だ。明日、怜に謝ってきちんと断るべきだと思った。

　ただ、断ったら怜は怒るだろう。彼女の憑かれたような目が、記憶の奥からわたしを睨んでくる。

思考がぐるぐるしだしたそのとき——清田先生の家の明かりが、消えていることに気づいた。

門から清田先生が出てくるのが見えた。

ガラリと雰囲気が変わっていることに、わたしは驚いた。黒いライダースジャケットとジーンズを着込み、夜なのにサングラスをしている。上背があってワイルドな服装からは、学校での爽《さわ》やかなイメージとは違う、粗野で暗い印象を受けた。

わたしは、我に返った。これは——たぶん、尾行のチャンスだ。

やりかたなど知らないが、やるしかない。わたしはとりあえず適度に距離を取り、先生のあとをつけることにした。

五分ほど尾行をしたところで、判ったことがあった。清田先生はたぶん、あとをつけやすい。歩く速度は遅く、誰かとメールをしているのか、ずっとケータイを見ながら指を動かしている。わたしは距離を一定に保ちながら、先生のあとを歩いていく。

清田先生が向かった先は、最寄りである浦和《うらわ》駅だった。先生は切符を買って改札の中に入っていく。十九時半。こんな夜に電車に乗って、どこに出かけるのだろう？

わたしは一番安い切符を買い、あとを追った。

先生が電車に乗るのを見て、同じ車両の違うドアから乗った。京浜東北《けいひんとうほく》線の大宮《おおみや》行き。電車に乗ってからも、先生はケータイを見つめたままだ。サングラスは外さずに、売店で買ったおにぎりを頰張っている。

電車の窓ガラスに、わたしの姿が映っている。

一応なんとなく、変装らしきものは施してきた。いつも下ろしている髪の毛をアップにし、口元をマスクで覆う。普段は地味な恰好《かっこう》をしているので、母から派手な花柄のワンピースを借りてきた。だが、ガラスに映っているのは別人というよりも、単に変な恰好をしたわたしだ。先生に近づくのは、やめておいたほうがいいだろう。

清田先生は、終点の大宮で降りた。ここで乗り換えてさらに遠くに行くことも覚悟したが、先生は改札を出て夜の街へと歩いていく。わたしは差額分を精算して、そのあとを追った。

大宮で降りてからの先生は、様子が一変していた。

歩くスピードは速くなっていて、時折立ち止まってあたりを見回す。何かを警戒しているようだった。少し見回されるだけで、尾行とはこれほどまでにやりづらくなるものなのか。もっと地味な恰好をすればよかったと思いつつ、先生を見失わないぎりぎりまで距離を開ける。

先生の様子が変わった理由は、やがて判った。大宮駅は駅前に繁華街があるのだが、先生が向かったのはその奥の、猥雑《わいざつ》なエリアだった。

ここは、風俗街だ。

「そこのキミ、暇？　お金、困ってない？」

黒いスーツのおじさんが話しかけてくる。わたしはそれを無視して、清田先生のあとを追う。こんな場所にきたのは、初めてだった。けばけばしいネオンサイン。性的なものを連想させるお店の名前。大事なところを隠した女性の裸がプリントされている看板。なんでこんなところまできてしまったのかと思いつつ、わたしは清田先生のあとをつける。

先生が向かった先は、ホテルだった。たぶんこれがラブホテルというやつだろう。先生はひとりで中に入っていく。わたしは持ってきたデジカメを取りだし、シャッターを切った。

——風俗だ。

ラブホテルに、先生はひとりで入っていった。予約を取り、中で風俗嬢を待つ——そんなシステムがあると聞いたことがある。

——これって、弱みを握れたってこと？

爽やかで人気のある教師が、風俗に通っている。それ自体は犯罪ではないにせよ、教師としての清田先生の印象は、ダメージを受ける。生徒には知られたくないだろう。

「おい、お前」

　怜に手土産ができたと安心したそのとき、背後から声をかけられた。

　振り返ると、熊のような男性が立っていた。半袖《はんそで》のポロシャツを着ていて、太い二の腕にいかついタトゥーが彫り込まれている。わたしは思わず、後ずさった。

「お前、いま、何を撮った？」

　男性は苛立《いらだ》っていた。生まれてから、こんなに迫力のある声は浴びたことがない。

「ここ、どこだと思ってんだ。好き勝手に撮影していい場所じゃねえぞ。常識ってもん知らないのか、ガキ」

　全身が震えるほどの声だった。きゅっと内臓が縮こまる。どうやら、撮影したこと自体に怒っているようだが、そんなルールがあるのだろうか？　それとも、この男性のほうがおかしいのか。

「質問に答えろ。いま、何を撮影してた？」

「ええと……」

　喉《のど》がからからになる。頭が真っ白になったまま、わたしは口を開いていた。

「あに、です」

「あに？」

　聞き返す男性の声が、自分の心の声とシンクロした。あに？　何を言ってる？　わたしに兄などいない。

「そうです。兄の彼女さんから、兄が浮気をしてるんじゃないかって相談をされているんです。誰にも頼れないと言っていて、それでわたしが調査をやることになって……」

言葉がするすると出てきた。こうなったらやけだ。わたしは続けた。

「大宮駅から兄を尾行して、気がついたらここまできてました。それで、兄が、そこのラブホに入っていくのが見えて、それを撮影してたんです」

わたしはデジカメの画面に先ほど撮った写真を表示させた。男性は、大きな身体をかがめて覗《のぞ》き込んでくる。

「すみません、わたし、こういうところにきたことがなくて……写真を撮るのがマナー違反ってことを知りませんでした。ごめんなさい。ここで生活をしている皆さんに、本当に失礼なことをしてしまいました」

「いや……まあ、そういうことか」

「本当にすみません。次から気をつけます」

男性は気勢を削《そ》がれたようだった。ぽりぽりと顎《あご》をかきながら言う。

「まあ、判ったよ。でもな、注意しなよ、お嬢ちゃん。誤解されるぞ」

「はい、本当にすみませんでした」

もう一度頭を下げる。「早く帰んなよ」と呟《つぶや》き、男性が向こうへ去っていく。遠ざかる靴先を見ながら、わたしは驚いていた。

思ってもいないことが、ぺらぺらと口をついて出てきた。人と話すのは得意なほうだと思っていたが、自分にこんなことができるなんて、初めて知った。

いや、それだけじゃない。

清田先生を、浦和から大宮まで見つからずに尾行した。写真の撮影も上手《うま》くいった。わたしは今日、色々なことに成功した。

知らなかった。わたしは、こういうことができたんだ――。

そのとき、わたしのすぐ脇を、ひとりの女性が通り過ぎた。

その姿を見て、わたしは息を呑んだ。女性は清田先生が入っていったラブホテルの前で立ち止まり、店名を確認するように見てから中に入る。わたしはデジカメを取りだし、目立たないように、おなかのあたりに構えてシャッターボタンを押した。彼女の姿を、目に焼きつけるように見つめる。

派手な私服を着ていたが、間違いない。

ラブホテルに入っていったのは、好美だった。

4

「これ、見て」

翌日。わたしは怜を自宅に呼び、写真を見せていた。

「昨日の清田先生。大宮のラブホテルにひとりで入っていくところ」

怜は興味深そうにデジカメの画面を見ている。「もうひとつ、あるよ」。わたしは、写真を切り替えた。かなりぶれていたが、そこには同じラブホテルに入っていく好美の姿が写っていた。

「こういうホテルって、恋人と一緒に入るはずじゃない？　でも、清田先生も好美も、それぞれひとりで入っていった。ふたりは、中で合流したんだと思う」

目を大きくして写真を見る怜に、わたしは言った。

「前に好美から、カンニングの相談を受けたことがあるんだよ」

「カンニング？　答案を見せろって言われたの？」

「違う。好美は父さんの力を借りて、先生の机とかパソコンから試験問題を盗もうとしてたんだ。付き合いの浅いわたしのところに相談にきたんだから、相当困ってたんだと思う」

「好美、頭は悪くないんだけど、要領悪いからね……」

「ふたりがホテルで会ってるんだとしたら、それが理由かもしれない。好美は清田先生に試験問題を教えてもらって、代わりにこういうことをしてる。もしそうなら、弱みになるよね」

「まあ、そうかもね」

「この写真を持っていけば、きっと先生は、怜の言うことを聞いてくれると思うよ」

「そうかな？」

怜の反応は、鈍かった。乗ってきてくれると思っていたので、その反応は意外だった。

「そもそも……いまの話、全部憶測だよね？」

「そりゃ、まあ……。ふたりが本気で恋愛をしてる可能性も、あるけどね」

「それ以前に、本当に中で会ってるのかも判らない。たまたま、お互い別の人と待ち合わせをしてたのかもしれない」

「でも、同じ学校の先生と生徒が、同じ時間に、同じホテルに入ってるんだよ？　そんな偶然あるかなあ？」

「可能性は低いかもしれないけど、清田が白《しら》を切ろうと思えば切れる。それだと意味ないよ」

「そんなこと言ったら、どんな写真撮っても無理でしょ」

「そうかな？　ふたりが手をつないで歩いてるところでも撮れれば、言い逃れのできない証拠になるよ」

「ふたりが出てくるまで外で待ってればよかったってこと？　何時間も？」

「そうだね。今回のケースで言えば」

怜は臆した様子もなく言う。

「惜しいんだよ。もう少し、決定的な証拠が欲しかった。清田が言い逃れできないような」

「ちょっと待ってよ。いくらなんでも、あんな場所に何時間もいるのは無理だよ。勝手すぎない？　わたしにだって、都合ってものが……」

「あっそ。私は、どっちでもいいんだよ」

怜はそう言って、親指と人差し指をしゅっしゅっとすり合わせた。彼女の指の腹が、ほのかに赤く染まる。

「今日も好美に学校でいじめられた。日に日に憎しみが強まってる。なんか、色々どうでもよくなってきてる」

「怜……わたしはちゃんとやったじゃない」

「それだよ。みどり、めちゃくちゃセンスあるよ」

怜はパッと明るい表情になる。

「だって、昨日の今日だよ？　なのに、もうこんな写真が撮れてる。すごいよ。天才じゃん」

「持ち上げても駄目だよ」

「本心だよ。本当にすごいと思う。尾行も撮影も、なんでこんなことができるの？　みどり、探偵の才能あるよ」

あからさまにおだてられていることは、百も承知だった。おだてられているということは、馬鹿にされているということだ。餌をあげれば芸をする――そう思われている。

「みどり、お願いだよ。平和な学校生活を取り戻したい。もう少しだけ、調査を続けてくれない？」

怜は頭を床にこすりつけるように下げる。わたしはふーっとため息をついた。

清田先生の行動パターンは、学校の時間割のように正確だった。

先生はいま、部活の顧問をやっていない。帰宅するのは十九時ごろで、それからそのまま家の中に居続けるか、すぐに着替えて外に出る。後者の場合は、駅の売店でおにぎりやチョコレートバーを買い、ホームで食べながら電車を待つ。

先生の行き先は、毎回違っていた。近くの赤羽《あかばね》に行ったり、少し離れた池袋《いけぶくろ》や西日暮里《にしにっぽり》といったあたりまで足を延ばすこともあった。

目的地は違うが、目的は同じだ。先生は、毎回、デートをしていた。

呆れたことに、デートの相手は、好美だけではなかった。

先生の相手は毎回違い、どの人も若かった。先生と同年代くらいの女性もひとりいたが、ほかはどう見ても女子高生だったり、下手をすると中学生に見えるような子もいた。知らないだけで、わたしの学校の生徒も交じっているのかもしれない。

わたしの尾行は、二週間にわたった。会った女性は全部で六人。先生たちはホテルに直行することもあるし、レストランで食事を取ってから行くこともある。清田先生は持ち前の甘いマスクを使って、多くの若い女性と関係を結んでいるのだ。萌音につ出くわすかとひやひやしていたが、幸い彼女の姿はまだない。

〈人間〉が、見えている。

上手く言えないが、そんな感じがした。爽やかな若手教師としての表皮をめくった奥にある、彼の素《す》の〈人間〉。匂い立つようなオスとしての魅力を放つ清田先生を見ていると、彼の本質がこちらにある感じがした。

「もうちょっと、調査を続けてほしい……」

成果は着実に挙がっていたのに、怜はなかなかオーケーを出さなかった。

「ここまできたら、好美とのツーショットが欲しい。大勢の相手と関係してるってだけじゃ、ちょっと弱いと思うから」

「この、女子高生と会ってるやつは？　援交かもしれないよ、これ」

「これ、ほんとに女子高生かなー？　童顔の大学生かもしれないよ？」

怜の要求はしつこく、わたしはなかなか調査をやめさせてもらえなかった。わたしの家を含めてあちこちを燃やすという彼女の話を、恐れていたのは確かだ。でも、それ以上に。

わたしは、探偵というものを楽しんでいた。

変装をし、尾行をし、写真を撮る。透明になり、覗き穴から世界を見つめ、ふと発生する隙間に顔をねじ込み、その奥に潜む〈人間〉を見る。甘美で、密《ひそ》やかで、背徳的な愉悦。趣味が悪いと自分でも思う。でも、そこには、抗《あらが》いがたい魅力があった。

夜、駅前のカフェでコーヒーを飲むのが、すっかり日課になっていた。清田先生は出かけるとき、必ず電車を使う。夜の街に向かうのなら十九時半ごろに駅までやってくるし、それまでにこなければその日は何もない。

カフェのガラスに、変装した自分の姿が映っていた。

変装のやりかたがだんだん判ってきている。奇抜な恰好をすればいつもの自分から遠ざかることができるが、風景から浮いてしまっては意味がない。街の景色に溶け込むように、自然さを保つこと。普段の自分から、距離を持った他人になること。いい変装というのは、そのふたつが満たされているものだ。

ガラスの中のわたしは、黒のキャスケットを被《かぶ》り、ぶち模様の伊達《だて》眼鏡をしている。わたしはいつもより大人びていて、クールで、風景にしっかりと溶け込んでいた。

自分の像の向こう、駅前に先生の影が現れるのを見て、わたしは席を立つ。

切符を買い、改札をくぐる。清田先生は京浜東北線のホームに向かい、大宮行きの電車に乗った。わたしはいつものように隣のドアから乗り込み、扉の脇に立つ。

今日は、好美と会うのだろうか。

先生が大宮方面の電車に乗り込むのは、最初に尾行した日以来だ。好美とのツーショットが撮れたなら、怜もさすがに調査を打ち切るだろう。わたしもそこで、解放される。怜は放火をせずに済み、いじめの問題も解決する。めでたし、めでたしだ。

――でも。

胸の奥が、少し疼《うず》いた。

「次は北浦和。北浦和。お出口は右側です」

次の駅で電車が停まる。開くドアから身をかわすように、わたしは少し動いた。

そこで、わたしは固まった。

わたしの目の前に、吊革《つりかわ》に摑《つか》まった清田先生がいた。

どうして？　わたしは呆然《ぼうぜん》としたまま、清田先生を見た。さっきまで向こうのドアのあたりにいたのに、どうしてここに？

たぶん、なんとなく移動しただけだ。周囲が混んでいる。ほんの気まぐれ。電車の中を移動する理由なんて、それで充分だ。でも、ここまで距離を詰められてしまった理由は明白だった。わたしが、清田先生から目を離していたからだ。

ふと、清田先生が顔をこちらに向けた。わたしはその視線に、もろにぶつかった。

終わった。

そう思った。清田先生はじっとわたしのことを見る。わたしは目を見開いたまま、死刑宣告を待った。

何も、起きなかった。

清田先生はわたしと目を合わせたあと、視線を外し、中吊り広告に目を向ける。わたしはゆっくりと頭を動かし、先生から顔を背けるように窓の外を見る。ほっと息をついた。どうやら自分が思っているよりも、変装が上手くいっているらしい。

次の駅、与野《よの》に着いたのを機に別のドアに移る。もう目は離さないと誓い、わたしは先生の姿を捉《とら》え続けた。

清田先生は大宮で降り、最初の尾行のときと同じく歓楽街に向かっていく。わたしはキャスケットを脱ぎ、リュックサックからクリーム色のベレー帽を出して被り直した。帽子の色を変えるだけで、変装の印象をだいぶ変えることができる。これも、この二週間で得た技術だ。

清田先生は以前と同じラブホテルに向かい、中に入っていく。わたしはおなかのあたりにデジカメを構え、その姿を撮影した。アクシデントはあったが、ここまでは順調だ。以前はたまたま成功したこの撮影方法も、きちんと練習して精度を高めてある。撮れた写真を見なくとも、上手くいった感触が指先ごしに伝わってきた。

ひと仕事終えた脱力感が、身体に満ちる。そのときだった。

「榊原？」

いきなり背後から声をかけられ、全身がびくっと反応した。

「何やってんの、お前」

声色で誰かが判り、背筋が冷たくなる。わたしは振り返った。

そこにいたのは、好美だった。

ノースリーブにミニスカート。スタイルのよさと艶《つや》やかな素肌を強調するような服を着て、好美はわたしのことを睨んでいた。女子のリーダーをずっとやっているだけのことはある、迫力のある目つきだった。ハンドバッグの中に、ミネラルウォーターのペットボトルが突っ込んである。

「何、その恰好。なんか化粧もしてるし……それにお前、目、悪かったっけ？」

とぼける間もなかった。わたしを丸裸にするように、好美は上から下までチェックしていく。

「もしかして……変装してるの？」

致命的なミスだった。好美が後ろからくることを、当然想定しておくべきだった。

写真を撮ったらぼさっとせずに、さっさと立ち去るべきだったのだ。

「聞いてんのかよ。こんなとこで、何やってんだよ」

もう選択肢はない。わたしは、口を開いた。

「好美、お願い。秘密にしてくれないかな？」

「は？　何を？」

「だから、ここで会ったことは、秘密にしておいてくれない？」

言葉が出てくるのに、わたしは任せた。秘密を共有するように、声量を絞る。

「その……ちょっと、人と待ち合わせをしてるんだ。だから、わたしに会ったこと
は、内緒にしておいてほしいんだ」

「待ち合わせ？　誰と？」

「そりゃ……彼氏、だよ」

「彼氏？　榊原、男いたの？」

敵意に染まっていた好美の目に、好奇心が一滴垂れる。

「そう。学校の人じゃないよ。前にやってた、バイト先の先輩。去年、ちょっとコンビニでバイトしててね……」

「へえ。相手、どこの高校？」

「高校生じゃないんだ。早稲田《わせだ》の大学生。あ、バイトやってたときは高校生だったけど」

「そうなんだ。全然知らなかったわ、そんな話」

「学校で広まると面倒だから、言ってないんだよ。ちょっといまの彼氏、うちの学校の先輩とも色々あった人でね、だから悪いけど、いまの話は……」

「嘘つくんじゃねえよ」

好美に言われ、背筋が凍った。

「お前、駅からずっと清田のことつけてただろ。あたし、見てたんだよ」

「清田って……清田先生のこと？　清田先生が、どこにいるの？」

「しらばっくれやがって。清田とあたしのこと調べてんのか？　面白半分にやってんなら、やめろよ。気持ちわりいな」

「えっと……」

尾行していたつもりが尾行されていたとは、ひどい失策だ。自分の仕事に夢中で、周りのことが目に入っていなかった。

「好美、その……」頭が真っ白になる。

「……先生のこと、本気で好きなの？」

「はぁ？」

「いや、その、清田先生はやめといたほうがいいよ。ほら、先生と生徒ってこともあるし、あの人、モテるだろうし……」

自分でもわけが判らない言葉が口から出てくる。好美は、怪訝《けげん》な表情になった。

「好きなわけないだろ、あんなオッサン」

「あ、そうだよね……やっぱり、カンニングが理由、ってことだよね」

「はあ？　カンニング……？」

「そう、ほら、試験問題を見せてもらいたいとか……」

好美は何を言われているのか判らないようだった。なんだろう。会話が噛み合わない。

しばらくじっと見つめあったあとで、沈黙を破るように好美が盛大にため息をついた。

「まあ……いいや。とりあえず、見なかったことにしてあげる。あたしもここにいなかった。いいね？」

「うん……判った」

「あたし、行くわ。それじゃね」

好美はそう言うと、持っていたペットボトルを道端のゴミ箱に捨て、ホテルのほうに向かっていく。撮影する気力もなく、わたしは駅までの道を歩きはじめる。

「もしもし、怜？」

わたしは怜に電話をかけた。「どうしたの、みどり？」。電話口の向こうから、寝起きのような声が聞こえた。

「ごめん、失敗した」

「は？」

「ミスったよ。尾行して、ラブホテルの前まできたんだけど、その……」

「もしかして、見つかったの？　何やってんのよ、みどり。ここまできて……」

「ごめん。きちんと準備してたつもりだったんだけど……」

そのとき、道の脇に立っているカーブミラーが目に入った。薄暗がりの奥、クリーム色のベレー帽を被った女性が映っている。一瞬遅れて、それが自分だと気づいた。

何かが引っかかった。

何か、違和感がある。鏡の中の、ベレー帽を被ったわたしの姿。

——もしかして。

ある仮説が、わたしの中に芽生えた。いままで感じていた様々な違和感。それらを巻き込んで、仮説は雪だるまのように膨らんでいく。これは、もしかして……。

「ちょっと、どうしたの？」

「……ごめん、ちょっと、舐めてたよ」

わたしは考えながら、口を開いた。

「あの人が鋭いっていうのは知ってたけど、わたしの予想を超えてた。きちんと変装してたのに……。でも、避けられる手段はあったと思う。こんなことになったのは、わたしのせいだよ」

「みどり……」

「せっかくここまでやってきたのに、それを台無しにしちゃった。ごめんね。怜のことは、別の方法でなんとかしよう？　わたしも、協力するから」

「うん……」

少しの沈黙のあと、怜が答えた。

「仕方ないよね。みどりが言うように、好美は鋭いし、みどりもプロの探偵じゃないし……」

「でも、原因はわたしが好美を舐めてたことだよ。本当にごめん」

「謝らないで。いままでの写真もあるし、それを使って清田のこと、なんとかやってみるよ。こっちこそカッとなっちゃってごめん」

「じゃあ、調査は、もう終わりでいい？」

「うん。私、欲張りすぎてたみたい。また明日話そう。ありがとう、みどり」

電話がぶつりと切れた。怜が言葉通り感謝をしているのかは判らなかったが、これ以上わたしに調査を頼むつもりがないことは確かなようだった。

——でも。

わたしの調査は、まだ終わっていない。最後にひとつ、やらなければいけないことがあった。

5

深夜。

闇に包まれた通りには、わたしと彼女以外の誰もいない。前を行く彼女は、尾行されていることに気づいていないようだった。

彼女はスニーカーを履いている。ぱたぱたという控え目な足音が、夜の街に響く。

わたしは足音を完全に消しながら、それについていく。この二週間で、こういうこともできるようになった。

ひとつの足音を響かせながら、わたしたちは夜の中を歩いていく。

ある建物の前で、彼女は足を止める。大きな門が、その行方を閉ざしている。わたしはそっと電柱に身体を隠した。タイミングよく、彼女がきょろきょろと周囲を窺《うかが》う。その視線から身を隠すように、電柱の陰に潜む。

彼女は門に手をかけ、ぐっと身体を押し上げた。門を乗り越えようとしているのだ。

その瞬間、わたしは彼女の前に、身を躍らせた。

彼女が、ぎょっとした様子でこちらを見る。わたしはデジカメを構え、フラッシュを焚《た》いて撮影をした。

「みどり……」

信じられないという口調だった。門に登った恰好のまま固まっている彼女に、わたしは歩み寄った。

「計画はよかったけど、詰めが甘かったね。でも、ぎりぎりだった。気づくのが遅かったら、危ないところだった」

わたしは愕然《がくぜん》としている彼女に向かって言った。

「ちょっと話そうか、怜」

とにした。

適当な場所がなかったし、ファミレスの明るい照明の下で話す気分でもなかった。わたしたちは、学校——怜が忍び込もうとしていた建物の周囲を、歩きながら話すことにした。

「いくつか、不思議なことがあったんだ」

黙っている怜に向かって、わたしは口火を切った。

「まず、初日の調査のこと。わたしは運よく、最初の日に清田先生と好美の写真を撮ることができた。その時点で目的は充分に果たしていたのに、怜は、清田先生と好美のツーショットにこだわった」

「……それは、言ったよね。清田と好美は、別々に写真に写ってた。ふたり一緒じゃないと、完全な証拠にならない」

「完全な証拠にはならないかもしれないけど、清田先生を脅す目的なら、充分使えたはず。その後の調査も同じだよ。色々な女の子とのツーショットが撮れたのに、怜は納得しなかった」

「だから、大勢と付き合ってるのはそんなに大きな問題じゃないし、援交だって証拠もない。それも言ったでしょ」

「苦しい言い訳だね。じゃあ、なんで怜はこんな深夜に、学校に忍び込もうとしてたの？　忘れものを取りにきたとか、そんな話は、なしだよ。あと七時間すれば校門が開く」

怜は、今度は答えられなかった。

「怜の目的は、知ってるよ」

「目的？」

「そう」

怪訝な表情の彼女に向かい、わたしは言った。

「好美のターゲットを、わたしに変更させる。それが本当の目的だったんだよね」

怜は驚いた表情でわたしを見た。

何を、どう話すか。わたしは頭の中を整理しながら言った。

「これは推測なんだけど……前提として、怜は何かのときに、清田先生と好美が身体の関係を持っていることを知ったんだと思う。そして、これを好美との関係改善に使えないか、考えた。最初はストレートに清田先生を脅して、好美をなだめてもらう……っていう計画だったのかもしれない。でも、そんなの上手くいくか判らないよね。清田先生が介入してきたからって、好美が言うことを聞く保証はないもの。怜は、もっと確実な計画を考えた。好美の憎悪を抑えるんじゃなくて、膨らませて、別の誰かに向けてしまえばいいって」

怜は、わたしから目を逸《そ》らす。わたしは構わずに続けた。

「好美に誰かを憎ませる。その方法を、怜は思いついたんだ。誰かが、清田先生と好美の関係を暴露して、好美に恥をかかせる、そういう状況を作ればいい。親が探偵をやってるわたしは、怜にとって都合のいいターゲットだったんだね。本を焦がしたのも、わたしの気を引くためだったのかな?」

「あの本は、放火の研究をしてるときに……」

「もうそんな脅しには乗らないよ。怜は、わたしに調査を依頼する。第一段階として、わたしにふたりのことを目撃させて、写真を撮らせる。第二段階は、わたしが調査しているところを、好美に目撃させること。あれだけたくさんの写真が撮れたのに、怜が調査を引き延ばしていた理由は、それ。好美がわたしに気づくのを、待ってたんだ」

「私が好美を操ったっていうの? そんなこと、できるわけない」

「できるよ。怜は好美に密告したんだ。榊原みどりが清田先生とのことを探ってるから、気をつけろって」

「だから、無理だよ。私がそんなこと言って、好美が聞くと思う?」

「面と向かって言う必要はないでしょ。わたしは、匿名の手紙を送ったんだと思ってる。ひょっとしたら、清田先生を尾行しているわたしの写真をこっそり撮って、一緒に送ったりしたのかな？」

怜は反応を見せなかった。少し想像が過ぎたようだったが、本筋は外れていないはずだ。

「今日、わたしは清田先生のことを尾行してた。密告を受けた好美は、わたしのことを見つけた。なんとかその場はごまかしたけど、好美の中には変な調査をされているかもしれないっていう疑念が生まれたはず。わたしは怜に、見つかったことを報告した。そこで、怜は最後の仕上げに走った。怜は学校に忍び込んで、清田先生と好美の写真を、教室に貼りだそうとしたんだね」

怜のハンドバッグが、ぴくりと揺れる。その中に、写真が入っているのだろう。

「朝、登校してきたみんなは、密会の写真を見る。学校中が大騒ぎになるよね。メンツを潰《つぶ》された好美は、犯人捜しをはじめる。そのときに疑われるのは、わたしに決まってる。〈怜に頼まれた〉なんて言っても、好美には通用しないだろうね。怜は赦《ゆる》され、好美のターゲットはわたしに変わる。怜の計画は、そういうものだったんだ」

「……証拠はあるの？」

強い口調で、反論してくる。

「色々言ってるけど、全部想像だよね。調査を延ばしてた理由はいままで説明してきたでしょ」

「じゃあ、なんでこんな時間に学校にきたの？」

「忘れものを取りにきただけだよ。今夜回収しておきたかっただけ。みどりの言ってることには、何も証拠がない」

「証拠は、あるんだな」

怜の目に、驚きが広がるのが見えた。

「何時間か前、電話で怜に謝ったよね。あのときの会話が証拠だよ」

「会話が証拠？　何言ってんの？」

「そもそも、好美がわたしに気づけたことが、引っかかったんだ」

あのときの、カーブミラーに映った自分の姿を思いだす。

「わたしは変装をしていた。自分で言うのもなんだけど、上手な変装だったよ。実際に、電車の中で清田先生と鉢合わせになったけど、先生は気づかなかった。でも、好美はすぐにわたしだと判った。よく考えると、変だよね」

「好美は鋭い。清田とは違う」

「最初はわたしもそう思った。でも、初日の調査のとき、好美はわたしとニアミスをしたけど、気づかなかった。あのときの変装のほうが、全然下手だったのに」

「たまたまでしょ、そんなの。何の証拠になるのよ」

「そう言われると思ったよ。だから、わたしは——あの電話の途中で、罠《わな》を仕掛けたんだ」

　わたしは怜の顔を覗き込んだ。

「怜は言ったよね。〈みどりが言うように、好美は鋭いし〉。これは、どういうこと？」

「どういうも何も……そのままの意味だよ。好美に尾行がばれたんでしょ？」

「そうだよ。でもわたしは、わざと言わなかったんだ。誰に尾行がばれたかをね」

　怜が、あっと声を上げた。

「あの電話の最中、怜がわたしのことを密告した可能性に気づいたんだ。だから、誰にばれたのか、わたしはあえて伏せて話をした。でも怜は、相手が好美だという前提で話をしてた」

「それは……ばれるなら、好美だと思ったから」

「おかしいよ。調査対象は清田先生だったし、好美はしばらく先生と会ってなかった。尾行がばれたと聞いたら、清田先生が相手だって思うのが普通だよね。でも、怜は好美だと思った。好美がわたしを見つけることを、知ってたからだよ」

　怜の目をじっと見つめると、耐えきれないように目を逸らした。

　わたしたちは、歩き続けている。

　怜のスニーカーの足音だけが、あたりに響く。ぱたぱたというどこか軽やかなその音は、わたしたちを取り巻く重い空気とは、別の世界で鳴っている感じがした。

「みどり」

怜の声の調子が、変わっていた。

「そこまで判ってるなら、代わりになってよ」

怜はそう言って、わたしを見つめる。

「私の代わりに、ターゲットになって」

わたしたちは足を止める。そこは、校門だった。怜が乗り越えようとした、門の前。

「みどりには判る？ 私が毎日、学校にくるのがどれだけきついか。くれば百パーセント嫌なことが起きるって判ってるのに、こなきゃいけないことが。うち、親もクソでね。家に引きこもるとか転校するとか、そういう選択肢もないんだ」

「同情はするし、解決するつもりなら協力する。でも身代わりにはなれないよ」

「みどりはすごいよ。まさかこんなに完璧《かんぺき》に調査をやってくれるなんて思ってなかったし、計画が見破られるなんて思いもしなかった。頭もいいし、行動力もある。好美のターゲットになっても、みどりなら上手くやっていける。もう私は、限界なんだよ。だから、写真を貼りに行かせて」

怜はそう言って、わたしの目を覗き込む。

「みどりは、偽物じゃないよね」

怜の声に、すがるような色が混じった。

「前にみどりは、私のことを助けてくれた。今回も、私のために調査をしてくれた。その気持ちは、本物だよね」

「少なくとも、怜を助けたい気持ちはあったよ」

「じゃあ、最後まで本物でいて。私の代わりになって、私を助けて」

怜の声に、湿り気が混じった。暗闇の奥。怜の瞳が、憑かれたように光った。

「ごめん、無理」わたしは言った。

「わたしにそんなことはできないよ。自分を犠牲にしてまで人を助けるのは、無理」

「みどり。がっかりさせるようなことは言わないで」

「無理だって。わたしの善意は、そこまで強くない」

怜はわたしを脅すように、湿り気のある目で睨《にら》んでくる。「でも」と、わたしは言った。

「別の解決策は用意してきたよ」

わたしはそう言うと、肩にかけているリュックサックを下ろした。手袋を嵌《は》め、中に入っているものを取りだす。

「何それ……水？」

手の中にあるのは、ミネラルウォーターのペットボトルだった。

「水じゃない。これは、灯油だよ。これを使って、清田先生の家を燃やす。そうすれば、問題は解決する」

怜がハッと息を呑んだのが判った。

「清田の家を燃やす？　なんでそんなことを……」

「このペットボトルは、好美が捨てたものなんだ。つまりこれには、好美の指紋がたっぷりついてる。清田先生の家に火をつけて、このペットボトルを現場に捨ててくれば、犯人は好美ということになる。生徒と教師が交際した挙げ句、破局。傷ついた生徒がやけになって火をつける——ありそうな話だよね」

「そんなものを置いてきたからって、好美が捕まるとは限らない。警察が調べたら犯人じゃないって判るよ」

「捕まらなくても好美はみんなから疑われるし、清田先生のことも周囲にばれる。先生と破局した挙げ句、火をつけた女——プライドの高いあの子のことだから、そんな風な目で見られることには耐えられないと思う。学校にこれなくなるはずだし、退学しちゃうかもしれない。どっちにしても、怜は平和な生活を取り戻せる」

わたしは、怜の顔を覗き込んだ。

「怜は、わたしの家を燃やすって言ってた。その悪意が本物なら、できるはずだよね」

　怜の目が、大きく見開かれる。わたしはペットボトルを怜のほうに差しだし、ちゃぽ、ちゃぽと鳴らしてみせる。怜は息を呑んだまま、それを受け取ろうとしない。

「怜は、偽物じゃないよね」

　怜の全身が、かたかたと震えだす。

〈人間〉が見えた。

　家に火をつけると言っていたときの、あの危ない怜はもういない。助けてとわたしに言ってきたときの、かわいそうな怜もいない。それらを剝《は》がした先にある、彼女の〈人間〉。隠されたものを見つめる快楽が、わたしの胸を満たした。

「怜」

　怜がびくっとする。わたしは、ペットボトルの蓋《ふた》を開けた。

「ただの水だよ」

　それを口元に持っていき、中身を飲む。冷たい液体が、喉を通っていく。怜の目が、さらに見開かれるのが見えた。

「ここにくる前に、自販機で買ってきた。怜も、飲む？」

「みどり……？　何考えてんの……」

「怜が放火なんかできないことくらい、お見通しだよ。ちょっと意地悪したくなっただけ」

「みどり……」

怜は肩を落とした。一連のやりとりで、一気に疲れてしまったようだった。別にそのことへの同情は湧いてこない。わたしを振り回した報いとして、これくらいは受けるべきだと思った。

だから、これからすることは、怜の言う通り偽善なのかもしれない。

でも、わたしはたまにこういうことをする。そう、これはただの、気まぐれだ。

「怜。もうひとつ、解決策があるんだ」

わたしは言葉を続けた。

6

わたしはリビングのソファに座り、デジカメのモニターを眺めていた。ボタンを押すごとに、写真が次々と入れ替わる。それを、ぼんやりと見つめている。

調査が終わってから、一週間が経つ。

あのとき、もうひとつ、判らないことがあった。

好美がなぜ、清田先生と付き合っていたかだ。

〈好きなわけないだろ、あんなオッサン〉

好美は先生に真剣に恋をしているわけではなさそうだった。試験問題を盗むのに本気なのかとも思ったが、カンニングの話に対してはピンときていなかった。ならなぜ、好美は先生とホテルに行っていたのか。

理由は簡単だった。清田先生は、わたしたちと同じことをしていたのだ。

〈好美がカンニングの相談をしにきたことがあるって、言ったよね。あの子があいうことを言うのは意外だったけど、理由が判ったよ。好美は、清田先生に弱みを握られてたんだ〉

〈弱み……？〉

〈そう。さっき好美に電話して問い詰めたら、泣きながら教えてくれた。一回好奇心で清田先生とデートしたときに、酔わされて裸の写真を撮られたんだって。好美はそれから、清田先生に脅されて無理やり身体の関係を結ばされてた。好美はカンニングがしたかったわけじゃなかった。そのときの写真を、なんとかして取り返そうとしてたんだよ〉

そう告げたときの、怜の表情を思いだす。そこには、好美がひどい目にあっていることへの嘲《あざけ》りなどはなかった。友人を思いやる、痛みをこらえるような表情があった。

〈わたしたちはたくさん調査をしたよね。清田先生の相手の写真も、一杯手に入れた。中には、好美と同じ境遇の子もいると思う。怜、この子たちをまとめてみない？〉

〈まとめる？　私が、なんでそんなことを……〉

〈ひとりでは立ち向かうのが大変でも、何人かが集まれば大きな力になる。好美を助けてあげれば、怜の問題も解決する。わたしを嵌めようとしてたくらいだもの。本当はまた好美と、仲よくやっていきたいんでしょ？〉

わたしの提案に、怜は迷いを見せていた。でも、最終的にどういう選択をするかは、判っていた。怜と好美が図書室の隅で、真面目な顔をして話しているのを見たのは、今日のことだ。〈清田のことを好美の前でかっこいいって褒めたのが、あの子の怒りを買った原因だったみたい〉。怜が安心した様子で報告をしてくれた。

そしてわたしは、日常に戻った。

デジカメの写真を切り替えるごとに、調査の断片が次々と現れる。なんだか、夢を見ていたようだ。沸騰するようだった非現実は、あっという間にいつもの日常に呑《の》み込まれてしまった。

モニターに、学校の前でフラッシュを焚かれ、驚いている怜の写真が映った。こんな人間の表情は、普通に生きているだけでは見ることができないだろう。

ぞくぞくする。普段この世界から隠されている生の人間が、写真の中にいた。

「みどり。何を見てるんだ？」

反対側のソファには、父がいた。ウィスキーのロックグラスを手にして、だらしなく寝そべっている。二十時過ぎ。父とこんな時間に家で会うのは珍しい。わたしはじっと、父の顔を見つめた。

「どうした、そんな目で見て。いい男だと気づいたか？」

冗談を言いながらも、目の奥の奥がリラックスしていない。家にいて娘と話しているときも、髪の毛一本分の緊張感を保っている。

探偵の目だ、とわたしは思った。

〈みどりは、偽物じゃないよね〉

怜の声が浮かんだ。

わたしも怜も、偽物だった。怜は本気で放火するつもりはなかったし、清田先生を脅すつもりもなかった。わたしも本心から、怜を助けたいわけではなかった。あれは偽物同士の、偽物の調査だった。

でも。

あの調査は、楽しかった。その気持ちだけは、本物だ。

「父さん」

わたしにも見つけられるだろうか。わたしの、わたしだけの、熱中を。

「その……。何か、手伝えることは、ないかな？」

クレイジーキルト

宇《う》佐《さ》美《み》まこと

1957年愛媛県生まれ。松山商科大学(現・松山大学)人文学部卒業。2006年、「るんびにの子供」が第1回『幽』怪談文学賞・短編部門の大賞に輝き、同作を含む短編集『るんびにの子供』(2007年)で小説家デビューを果たす。日常にひそむ怪異と人間心理のダークサイドを接ぎ合わせて描く筆力は折り紙付きである。ホラーに軸足を置きつつミステリーの分野にも進出し、2016年刊行の長編『愚者の毒』で第70回日本推理作家協会賞長編および連作短編集部門を受賞している。本作「クレイジーキルト」は、原稿用紙で50枚ほどの短編でありながら群像劇の仕立て。少なくない数の人物を登場させ、ひとつの〝人間模様〟を浮かび上がらせる。ある朝、一人の若い女性が「目的の時間」までのほんの暇つぶしに、キルト教室の展示会にふらりと立ち寄った。まさかその会場で、自分のこれからの運命を大きく左右する出会いがあるなどと予想するはずもなく——。人が未来に起こることを正確に知りえないがため生じる〈疑問〉に触れ、真摯な解答をほの見せる異色のサスペンス小説だ。(K)

「じゃあ、行って来るね」

自分を奮い立たせるように李緒《りお》は言った。シェルフの上の小さな写真立てに向かって。

ダイニングチェアの上に置いたトートバッグの中身を確かめる。忘れ物はないか。大丈夫。持っていくべき物はちゃんと入っている。バッグの内ポケットに、ハガキサイズのカードが一枚入っているのに目が留まった。昨日、マンションの郵便受けに入っていたものを、何気なく放り込んだのだった。

それを取り出して、つくづく眺めた。『大森由紀子《おおもりゆきこ》キルト教室展示会』。

こんなキルト教室には、心当たりがなかった。展示会は、このマンションからすぐ近くのギャラリーで開催されているようだ。今日と明日の二日間だけの展示会。どうしてこれがうちの郵便受けに入っていたのだろう。李緒はちょっと考え込んだ。きっと来場者を呼び込むために、生徒たちがここら辺りの家の郵便受けに手当たり次第に入れて回ったのに違いない。

ダイニングの壁に掛かった時計を見上げる。目的の時間までは間がある。行きがけにちょっと寄ってみてもいいかもしれない。心を落ち着けるために。李緒はマンションを出て、ゆっくりと歩きだした。

ギャラリーは住宅街の中、奥まった場所にあった。三角屋根の平屋建築で、一般住宅と変わりない。気をつけていないと通り過ぎてしまうほど、ひっそりと立っていた。前庭に丸く刈り込まれたギンモクセイがあるので、余計わかりにくい。アプローチの先の玄関前には、小ぢんまりとした看板が出ていて、ここでキルト展が開かれていることを遠慮深く告げていた。

こんな時間だから、そう来場者はいないだろうと、李緒は気後れしつつ足を踏み入れた。会場は、高い天井のせいで案外広々とした空間だった。結構な人が入っていて、思い思いに作品を見て回っていた。壁や衝立《ついたて》に、品のいいキルト作品が展示されている。

入り口の受付で、芳名帳に名前を書き込んだ。小さなチラシを渡される。キルト教室への勧誘の文章が載っていた。それを持って、李緒は会場の中に入っていった。

小机の上に並べられたコースターや鍋つかみなどの小品から、ベッドカバーやタペストリーなどの大作まで、予想していたよりも大掛かりな展示会だ。今までキルトなどに全く興味がなかった。時間を潰すために立ち寄ったつもりだったのに、じっくりと見入ってしまった。パターンにもいろんな形があるのだとわかった。

アイリッシュチェーンだとか、ミックスT、レモンスターにログキャビン。パイナップル、バタフライなどというパターンもあった。造形をとらえてうまくネーミングしているものだ。

李緒は、ひとつのタペストリーの前で立ち止まった。プレートには『クレイジーキルトのタペストリー』と記してあった。名前の通り、気の向くままにランダムに切り取った端切れをつないだものだ。今まで見てきたものが、端の端まで計算しつくされ、角をぴしっと合わせて縫いつけられた作品ばかりだったので、却《かえ》って目新しい気がした。

本当に残り布で作られたようで、生地の種類まで様々だ。綿素材だけではなく、光沢のあるサテンや洋服の残り切れのような綾織り、裏地に利用される化繊、レース、中には着物から取ってきたような縮緬《ちりめん》もある。自由な形を適当につなげただけなのに、魅力的だった。布と布がうまくくっつかなかったのか、刺繍ステッチでつなげているところも含めて味がある。じっと眺めていると、そばに誰かが来て立った。

「どうですか？　いいでしょう？」

そう話しかけられて「ええ」と答えた。相手は五十年配の落ち着いた感じの女性だ。さっき受付にいた人だとわかった。年相応に目尻に細かい皺が寄り、顎《あご》の肉は垂れているけれど、すっと背を伸ばした立ち姿には、どこか凛としたものがある。

「これはね、生徒さんたちがそれぞれ持ち寄った端切れを、気まぐれにつないだものなの」

そうすると、この人がキルト教室の先生なのだろうか。大森由紀子という名の。

「毎週、毎週少しずつ仕上げていったの。全体像なんて考えもしないで、作品作りで余った布や洋服を解《ほど》いた布を合わせていっただけ」

「そうなんですか。私、てっきり計画的に縫いつけていったものかと——。だって、パッチワークキルトってそうやって作るんでしょ？」

今日は誰かと口をきく気分ではなかったのに、ついそう質問してしまう。女性は柔らかな笑みを浮かべた。

「そうね。普通はきちんと型紙に合わせて布を裁《た》って、縫い合わせていくのよね。色合いや寸法も計算して。でも、クレイジーキルトは、そうじゃないの。不定形の布をパズルのように縫いつけていくの。もともとは、余り布を無駄にしないための工夫として始まったものなんでしょうね」

李緒はもう一度、タペストリーを見上げた。そうやって思いつきで仕上げていったものにしては、統一感があって美しい。それぞれの布が、あるべきところに収まっているような気がした。

「本当は、つながるはずのない断片が隣り合っているって、面白いでしょう？」

女性は同じように作品を見上げて言った。李緒は答えない。女性は、気にすることなく言葉を継ぐ。

「突拍子もないつながりってあるわよね。どうしてそれがそこにあったか。そこで起こったか。世界は偶然の寄り集まりだって、思うことはない？　別の状況も選択肢もあったはずなのに、なぜかその一点へ向かって物事が集まってしまうってことが」

李緒ははっとして、女性を見返した。穏やかな表情でタペストリーを見上げている女性の横顔を。

「でも、そういうのって、結構ありふれたことなのかもしれないわね。相反するもの、つながるべきではないものが隣り合うことは」そして、ゆっくり首《こうべ》を回《めぐ》らせて李緒を見た。「こうして違う種類の布をつなげていっても、色は喧嘩しないし、形もしっくり馴染む。一種の調和みたいなものが生まれている――」

そこで女性は、また微笑《ほほえ》んだ。

「どうしてだかわかる？」女性の言葉につい釣り込まれて、首を振ってしまう。「ここにいる布たちは、隣り合うものたちを受け入れているからよ。隣り合うものだけじゃない。つながったこの小さなタペストリーの世界の一部になることを受け入れているからなの」

女性の言葉が、李緒の心臓を刺し貫く。

「そうなると、もう偶然じゃない。配色も配置も、計算された必然になる。そうやって物事は起こっていくの。今日、あなたがここに立ち寄ってくれたことも含めて。どうにもならないことにいつまでもとらわれないで、受け入れた時にね。でも決してそれは受け身じゃないのよ。布たちが生き生きと輝く場所を得たってことだと、私は思うの」

青ざめた李緒は踵《きびす》を返して、キルト展の会場を後にした。

祖母の多栄子《たえこ》が、縁側で背中を丸めて座っている。年取った猫のミヤビが、そのそばに寝そべっている。

「ばあちゃん、寒くないの？」

美南《みなみ》がかけた言葉は、祖母の耳には届かなかったようだ。

「ばあちゃん」

多栄子がゆっくりと振り返った。

「そこ、寒くない？　ガラス戸、閉めようか？」

多栄子は孫娘の言葉をじっくり吟味しているみたいに、こっちを向いたきり何も言わない。老けたなあ、と思う。白髪だらけの頭にこけた頬。まだ七十六歳だというのに。春の光の中で、祖母の輪郭が曖昧になる。

「大丈夫」それだけ言って、また庭に向き直る多栄子の背中を、黙って見詰めた。

高校を卒業して、町のブティックで働き始めた美南だが、給料はそうよくない。本当は、友だちのように都会に出て就職したかったのだが、多栄子を置いていくことはできなかった。祖母は母に代わって、美南と兄の優斗《ゆうと》を育ててくれたのだ。

母は、美南が三歳の時に離婚した。そして六年後に乳癌で亡くなった。多栄子が兄妹を引き取ってくれた。寡婦だった祖母も大変だったろう。兄の優斗は、中学の時に不良グループに引っ張り込まれた。もともと荒れた学校だった。先輩が後輩を顎で使って犯罪の片棒を担がせたり、締め上げて金を巻き上げたりする構造が、もう出来上がっていた。気の弱い優斗は、先輩たちのいいなりに万引きやパシリをさせられていたのだった。

祖母は兄が犯した罪は、全部自分のせいだと思うような人だった。そんな優斗を、「お母さんが死んで寂しいんだろう」という一言で許し、厳しく叱ることもなかった。祖母の言う通りかもしれないと思う。社会から爪《つま》はじきにされたような集団でも、兄には大事な仲間だったのだ。

祖母に引き取られることになって、遠い町へ越して来ることになった。馴染みのない荒《すさ》んだ中学へ転校して、兄は孤独だった。何か、確かなものにしがみつこうとしたのが、アウトローな仲間だったのだ。幼い美南が祖母にべったりだったから、彼は彼でやっていくしかなかった。

兄は、本当は寂しがり屋で優しい人間なのだ。ただ不器用で愚直なせいで、うまく世渡りができないだけだ。それを一番知っているのは美南だ。こうなった今も美南は確信を持ってそう言える。母の葬儀の間じゅう、ぎゅっと妹の手を握っていた優斗の手の温かさを忘れられない。

知らず知らずのうちに、多栄子は伸ばした足の右の脛《すね》をさすっている。またあそこが痛むのだろう。ボルトが入ったままの祖母の脛の近くで、ミヤビが寝返りを打った。

またあの日がやって来た。祖母が階段から落ちて、足を骨折した日。たぶん、今日祖母がぼんやりしているのは、そのせいだ。どうしてあの朝、階段を踏み外してしまったのだろうと、気に病んでいることも手に取るようにわかる。

もう三年も前のことなのに、昨日のことのようにありありと思い出す。兄はいなかった。前の晩から帰って来ていなかった。きっと仲間のところに入り浸っていたのだ。もう二十歳も過ぎていたのに、兄は誰かとつるんでいなければ寂しくて仕方がなかったのだ。

だから家にいたのは、美南だけだった。多栄子は頭も打ったらしく、出血もひどかった。美南はすっかり気が動転してしまった。

呻《うめ》き声を上げる祖母を見て、すぐに携帯電話を手に取った。どうして兄に知らせたんだろう。自分で消防に電話して、救急車を呼べば済むことだったのに。冷静に考えると、自分がいかに間違ったことをしたかがわかる。だが、頭の中が真っ白になり、咄嗟《とっさ》にそうしてしまった。今まで何度も何度も思い返しては後悔した。

なぜあの時、「ばあちゃんが死んじゃう！」と叫んでしまったのか。兄にとって、家族を失うことが、どれほど大きなことか知っていたはずなのに。

そのせいで、あんなことになるなんて——。


柱時計が、眠たそうな音で八時を告げた。

「お茶淹《い》れるけど飲む？」

妻の汐里《しおり》が雑誌を置き、老眼鏡をはずしながら言った。

「食後一時間くらいして、ハーブティーを飲むといいんだって」

隆雄《たかお》の答えを聞く前にもう立って、自宅へ続く引き戸を抜けて奥へ入っていった。

自宅を改装してジュエリーのリフォーム工房を始めて、もう十一年になる。駅前の商店街の一画にあるため、商売としてはそこそこ成り立ってはいた。宝石店から独立したのは、自分の腕に自信があったからだ。それと両親が年を取って、介護が必要になったからだった。十一年の間に、両親を看取り、夫婦二人暮らしになった。

奥のキッチンから、汐里がマグカップをふたつ持って戻ってきた。

「これ、クエン酸がたくさん含まれてるから、肉体疲労の回復に効果があるのよ」

ハイビスカス茶が、カップの中で湯気を立てている。鮮やかなルビーのような色に面食らう。一日中、店に座っているだけだから、肉体疲労の心配なんか無用だろう。だが、「ありがとう」と言って受け取った。

いちいち細かいことで角《つの》を突き合わせることの方が面倒だ。それほどお互い年を取ったということか。

「あら」

汐里はクスクス笑いながら、立っていき、日めくりを一枚めくった。近くの酒屋でもらった日めくりだ。

「バタバタしてて、めくるの忘れてた」

隆雄は、四月二十一日と印刷された日めくりをじっくりと眺めた。夫の視線が、そこに留まったままなのを、汐里は黙って見た。そしてまた雑誌に見入った。いや、見入った振りをした。夫が何を考えているのか、充分すぎるくらい知っているのに、そこには触れないでおく。それが長年夫婦を続けていくコツなのかもしれない。

三年前に隆雄がリフォームを依頼されたダイヤの指輪のことは、忘れようとしても忘れられない。依頼主は、実直で純朴な感じの青年だった。母親の形見の指輪を持ってきた。それを恋人へ贈りたいのだと言った。婚約指輪として。

そういう依頼は滅多にないから、隆雄も張り切った。

汐里も加わって打ち合わせをするうちに、おとなしかった青年は、少しずつ口を開いた。婚約者とは、もうこの近くのマンションで一緒に暮らしていて、五月の彼女の誕生日に、二人で市役所へ出向いて籍を入れるのだと言った。

母親の遺したダイヤの指輪は、立て爪の古いデザインだったから、カジュアルにも使えるようにと、デザイン画を見せたり、描いてみせたりしたものだ。結局、メインのダイヤを囲むように、小粒のダイヤをちりばめたデザインに決まった。

「どんな女の子かしらね。あんないい人の恋人だもの。きっと素敵な娘さんに決まってるわね」

青年が帰っていってから、汐里は言った。そんな妻の言葉にも背中を押されるように、隆雄は腕によりをかけて、指輪のリフォームに励んだのだった。思い描いたような出来になって、青年に連絡を入れた。取りに来る日が四月二十一日になった。彼女も一緒に連れて行きます、と彼は言った。

それを汐里に伝えると、満面に笑みをたたえて喜んだものだ。会いたいと思っていた恋人の顔を見られることを、とても楽しみにしていた。だけど実際は、汐里は女性を見ることはできなかった。

指輪は、一ヵ月以上も経ってから隆雄が一人で女性に届けた。彼女は、恋人からの贈り物を見るなり、玄関先にしゃがみ込んで泣き崩れた。自分たち夫婦が思い描いていた通りの美しい娘が、嗚咽《おえつ》を漏らして泣き続けるのを、隆雄はなす術《すべ》もなく見下ろしていたのだった。

四月二十一日——あの日、青年との約束の時間、差し支えができた。まだ生きていた母が、その日の朝、歯が痛むので歯医者に連れていってくれないかと言った。予約が取れたのは、午前十時だった。それで青年に電話して、十時だった来店の時間を、九時に早めてもらった。なぜ早めてしまったのだろう。午後にずらしてもよかったではないか。それか、汐里から渡してもらうのでもよかったのだ。だが、思いつくままその時間を選んでしまった。

あの日、なぜあの時間を選んだのか。人生は疑問符で溢れている。よく考えもせずに選んだことが、人生を根底から変えてしまうことがある。

まさかあんなことになるなんて——。

「おい、圭太《けいた》、スパナを取ってくれ」

車体の下から、油で汚れた手が延びた。その手に、床に転がっていたスパナを握らせる。

事務所の方で電話が鳴った。慌てて事務所に走っていった。自分の手のひらも汚れている。ツナギの膝に手をこすりつけて受話器を取った。

「はい、笠井《かさい》自動車修理工場です」

「あー、社長いる?」

名乗らないが、いつも車のメンテを頼まれる丸尾《まるお》スポーツの店長だ。社長の飲み友達でもある。

「社長! 電話っす」

車体の下から台車ごと、笠井が出てきた。

「くそ、オイルが漏れてやがる」

顔をツナギの袖で拭いながら、社長は事務所に入っていった。圭太は工場の外に出て、道路端の自動販売機で缶コーヒーを買った。そのまま自動販売機にもたれかかってプルタブを引いた。ぐびりと一口コーヒーを飲む。

工場の鉄扉の横に、二階に上がる金属製の階段がある。もう今は誰も上り下りしないから、赤錆が浮いている。ここの二階には、社長の息子である笠井耕太郎《こうたろう》が住んでいた。今はよそで暮らしている。社長はあまり耕太郎の話をしない。どうせろくでもない暮らしをしているのだろう。

圭太より三歳年上の耕太郎は、イカレた奴だった。ガタイはいいし、根性は最高にねじ曲がっているし、地元では結構知られていた。二十歳を過ぎてもプータローで、ここの二階で仲間を集めてゲームをやったり酒盛りをしたりしていた。社長が住む母屋から離れた場所は、遊び仲間の格好のたまり場になっていた。

耕太郎に呼びつけられて、飛んで来る年下の者もいた。中学時代に幅をきかせていた、そのままの関係性がずっと続いていたのだ。荒れきった中学では、先輩が後輩からカンパという名目で金を巻き上げていて、いつまでもまともな社会人になれない耕太郎の周辺では、その馴れ合いが続いていた。

三年前のことがなければ、耕太郎はまだここに住み続けていて、クズみたいな連中が連日やって来ては騒いでいたに違いない。たまにあの時の連中と、町中《まちなか》で出くわすことがある。どよんと淀んだ目つきで睨んでくるけど、どうってことはない。あいつらだってわかっているんだ。もうあんな子供っぽい時代は終わったってことを。時には、タトゥーを彫り込んだ腕で、平和に赤ん坊を抱いている奴もいて、笑ってしまう。

事務所から、社長の割れ鐘のような笑い声が響いてきた。

「そんじゃあ、明日の晩にすっか？　え？　明日何日だっけ？　二十二日か。水曜日だろ？　なら大丈夫だ。予定、何も入ってない」

缶コーヒーをもう一口。今日は四月二十一日だということに気がついた。

優斗、今年も行くんだろうな。あの現場に花を手向《たむ》けに。

川村《かわむら》優斗と圭太は同い年だった。彼は中学一年生の時に転校してきた。なんでも親が死んで、母方の祖母に引き取られたとかいう事情だったと思う。

優斗は転校当初から不安げで、口数も少なかった。おまけに体格も貧弱だった。あの中学では、そういう奴は虐められるか、グループの一番の格下に組み入れられるかだ。で、奴は後者になった。自分の身を守るためにはそれが賢明な選択だったのだろう。特に面白くもなさそうに、不良グループの後ろにくっついているような感じだった。

圭太は、ああいう連中とはうまく距離を置いていた。兄が二人いたから、そのへんの要領はよくわかっていた。中学でワルのグループに組み込まれると、地元にいる限り、そのヒエラルキーから抜けられないと知っていた。

でも優斗とはなぜか気が合った。好きなアニメのキャラが一緒だったとか、そういう些細なことで口をきくようになった。優斗は絵がうまかった。高校を出て、職を転々とした後、地元の看板屋に就職した。あれは優斗に合った仕事だったと思う。圭太が整備士学校を卒業して、笠井自動車修理工場に入って、二年目くらいの時だった。

ちゃんとした職についたのに、気の弱い優斗は、耕太郎をリーダーとする地元のアウトローなグループから抜けられないでいた。グループと言ったってたいしたことはない。二十五歳にもなった耕太郎が、十代から二十代前半までの奴らを集めて、リーダーぶって悦に入《い》っているだけだった。自分が社会から落ちこぼれていることに、漠然とは気がついているはずなのに、精いっぱい虚勢を張っていた。

優斗は、しだいに仕事が面白くなったり、忙しくなったりで、ああいうグループと一緒にいる時間は少なくなっていた。それで抜けられればよかったのだろうが、そううまくはいかなかった。きっと耕太郎の虫の居所が悪かったのだろう。抜けたければ、三十万円持ってこいと言われたらしい。圭太もそういう事情は後で知ったのだけれど。

優斗はクソ真面目にその金を持ってきた。初めて作った銀行カードのローンで借りたのだ。まったくどこまで律儀な奴なんだろう。それが三年前の四月二十日のことだ。修理工場が閉まった夜にやって来て、耕太郎に渡そうとしたけれど、意地の悪い耕太郎は、他の仲間とずっとゲームをやっていて、「そこで待ってろ」と言ったきり、優斗のことを無視していたと、その場にいた連中の一人から聞いた。一晩中、ゲームをやる遊び仲間の横で正座させられていたのだと。

金さえ渡せばグループから抜けられると一途に思い込んでいた優斗は、じっと我慢して朝まで待った。圭太が修理工場へ出勤して来るのは、午前八時だ。社長はまだ家の中だ。一人でシャッターを開け、道具を整えて、前の日にやりかけていた仕事の続きをやるのが、いつもの朝の風景だ。

でもあの日は違った。三年前の四月二十一日の朝は——。

二階に優斗が来ているのは知らなかった。突然、彼が大急ぎで階段を駆け下りて来るまで。

圭太の顔を見るなり、「車、貸してくれ!」と怒鳴った。相当慌てている様子だった。

「どうした?」と尋ねたら、「ばあちゃんが大けがをして、死にそうなんだ」と答えた。妹から連絡がきたらしい。

それで圭太は、修理工場の車を貸してやった。持ち主から廃車にしてくれと頼まれた古いクラウン。車高を落としてマフラーをぶっとくしたやつ。持ち主の息子が、改造して乗り回していたようだ。まだ車検期間が残っていたから、譲り受けて社長や圭太が用事のある時に使っていた。そのキイを事務所から持ってきて、優斗に渡した。

「ありがとう」と言う声が震えていた。

ことが起こった後、ローカル局がここにも取材にきた。下調べをしてきたらしく、社長に話を通さず、直接工場の二階に上がってしまった。そこでの耕太郎の対応は最悪だった。だらしない格好で出てきて、相手を汚い言葉で罵《ののし》った。しまいには、カメラマンを突き飛ばした。それまでも、加害者の優斗の立場は悪かったのだが、耕太郎が優斗の遊び仲間として出たことで、優斗は、とんでもない極悪人になってしまった。

後追いの取材が殺到して、耕太郎はもう二階に住むことはできなくなって、よそに移っていった。奴がいなくなったので、遊びのグループは自然消滅した。

「お前が車なんか貸すからだ」と社長は自分の息子のことは棚に上げて圭太を叱った。

それはそうだと納得はしている。何べんも悔やんだことだ。でも、あの時は優斗を助けてやったつもりでいたのだ。

あんなことになるなんて、思いもしなかったから。

施設の庭に面したロビーで、マサ江《え》はソファに座っていた。孫娘がプレゼントしてくれた花模様の杖が傍らに立てかけてある。ここまで連れてきてくれた介護職員は、今日はマンドリン演奏の慰問がありますからね、と言い置いて行ってしまった。時間になったらレクリエーション室までお連れしますからと、背後でも誰かが入居者に伝えている。

まだこの老人ホームに入って間がないマサ江には、親しく口をきく相手もいない。

娘夫婦や孫たちが、今までに二、三度訪ねて来てくれた。彼らに迷惑をかけるわけにはいかないからと、自分で進んでここへ来たのに、この決断は正しかったのかどうか、まだ迷っている。

他人に頼ることになると、どんどん自分でやれることが減っていく気がする。一人暮らしをしていた時は、自炊して部屋の掃除もして、たまにパウンドケーキを焼いてお隣さんにおすそ分けすることもしていた。隣の柚木《ゆうき》さんとは年も近く、同じ一人暮らしということで仲が良かった。だが、去年、心臓疾患で突然亡くなってしまった。あの出来事が施設へ入る決心を促したのかもしれない。ちょっとしたおしゃべりや一緒の外出が、生活のリズムになっていたのだ。

地区のふれあいセンターへもよく二人で出かけたものだ。地域の住人向けにいろんな教室があって楽しかった。柚木さんが、パソコンを一緒に習おうと言ってきた時はびっくりした。

「パソコンでね、自分史を書いてみたいのよ」

そんなことを言っていた。もう四年も前のことだ。誘われて習いに行き、パソコンも買ったけれど、マサ江はたいしてそれを使わなかった。柚木さんも自分史を書き上げたようには思えない。パソコン教室には一年間通って、基本の操作はできるようになったのに、フル活用には至らなかった。

「もったいないですよぅ。ちゃんと使ってくださいよ」

パソコン教室の女の先生が聞いたら、そんなことを言いそうだ。

でも——あの恩田《おんだ》先生は、もうパソコン教室の講師をやめてしまった。マサ江の孫といってもいいくらいの年齢だったけれど、親しくなって、家に呼んでお茶会をするくらいの間柄になっていたのに。この三年というもの、パソコンにはろくに触っていなかった。だから、ここに入居する時に思い切って処分した。

「今日は何曜日？」

「火曜日ですよ」

毎日同じことを尋ねる認知症の老人が、職員に問うている。

「じゃあ、今日は何日？」

「今日は四月二十一日ですよ」

面倒くさがることなく、毎日優しく答える職員には頭が下がる。食堂の方から、コーヒーの匂いが漂ってきた。誰でも淹れて飲めるように、食堂にはコーヒーやお茶のセットが置いてある。行きつけだったリラという喫茶店で、美味しいコーヒーが飲みたいとふと思った。

庭に風が吹いてきて、たくさん植えられたバラが揺れた。まだつぼみが多い。連休明けにはいっせいに咲きそろい、かぐわしい香りを漂わせてくれるだろう。空き家になってしまった自宅の庭にも、大きなつるバラがあった。カクテルという品種で、亡くなった夫が苗を買ってきて植えたものだ。真っ赤な一重咲きのバラだった。早咲きで、今頃はもう満開になっているはずだ。あれが咲くのを、毎年楽しみにしていたけれど、この三年間は、カクテルが咲き誇るのが辛《つら》かった。花に罪はないとわかっているけれど。

懇意になった恩田先生は、ふれあいセンターの近くに恋人と住んでいるのだと言った。柚木さんとマサ江は、お相手のことを尋ねたものだ。照れながら話してくれた恋人は、明るくて純真な恩田先生にお似合いの好青年のようだった。パソコン教室の基礎講習が終わる一年が経った頃、二人は結婚することになった。式は挙げないけれど、恋人からは、お母さんの形見のダイヤの指輪を作り替えた婚約指輪をもらうのだと言っていた。

それを二人でリフォームの工房へ取りに行くと聞いた。そういう報告をしてくれる彼女は、幸福感で輝いていた。マサ江も心が浮き立った。改めてお祝いなんかを贈ると気を遣うだろうから、バラを摘んで、花束にして渡すことにした。リフォーム工房に行く前に、二人でうちへ寄ってとお願いした。少し遠回りになってしまうのだけれど、恩田先生は喜んで伺いますと言ってくれた。

まだ朝露の載ったバラを摘んで、丁寧に花束を仕上げた。リフォーム屋さんの都合で受け取りが一時間早まったので、ちょっと焦ったけれど、約束の時間までには仕上がった。白いサテンのリボンを付けて、柚木さんと二人でわくわくしながら庭で待った。

　いつまで待っても恩田先生と恋人は現れなかった。

　どうして花束を渡すことを思いついたりしたのだろう。恩田先生のマンションから直接リフォーム工房へ行っていればあんなことにはならなかったのだ。でも誰が予想しただろう。あんな恐ろしいことが起こるなんて。


　橋の上で李緒は立ち止まった。薄手のパーカのフードをそっと被る。そして欄干に寄りかかって、はるか下の川の流れに目をやった。広い川幅に、ゆったりとした流れ。山奥で生まれた一滴一滴が、こうして流れ下ってゆく。今、この橋の下をくぐり抜け、海へと向かい、もう二度と戻ってくることはないのだ。その不思議を思う。渓流で跳ね、飛沫《しぶき》を光らせ、奔流となって川底を抉《えぐ》り、どこかで別の流れと合流し、長い旅を終えようとしている初めの一滴は、そんなあり様を不思議とも思っていないだろうが。

　どうして今、そんなことを考えるのか。いつも目にしている川の流れなのに。

　――世界は偶然の寄り集まりだって、思うことはない？　別の状況も選択肢もあったはずなのに、なぜかその一点へ向かって物事が集まってしまうってことが。

さっきキルト展で聞いた大森由紀子の言葉が蘇ってきた。

――つながったこの小さなタペストリーの世界の一部になることを受け入れているからなの。

欄干をぎゅっとつかむ。

受け入れる？　それができたらどんなに楽だったろう。この三年間。

李緒は顔を上げた。橋の向こうから、若い男がゆっくりと歩いてくる。近づくにつれ、男が腕に抱えた花束が見えた。白いバラの花束。毎年同じだ。そんなものが何になるというの？　そう言って叩き落としたい気持ちをぐっとこらえた。

男はどんどん近づいてくる。目を伏せているので、李緒には気がつかない。李緒はパーカのフードを深く被り直し、熱心に川を眺めているふりをした。あと五メートル。トートバッグに手を入れて、ナイフの柄を強く握りしめた。

あと三メートル。引きずるような重い足音が聞こえる。ナイフを取り出して、胸に引きつけた。男がすぐ後ろを通る。小刻みに手が震える。さあ、やりなさい。自分に声を掛けた。そしたら、何もかもが終わる。思いを遂げられる。

――そうなると、もう偶然じゃない。配色も配置も、計算された必然になる。

――どうにもならないことにいつまでもとらわれないで、受け入れた時にね。

うなだれた男は、李緒の後ろを通り過ぎていく。一歩、二歩と遠ざかる。

どうしても振り向けない。指が白くなるほど強くナイフを握りしめているのに。花束を抱きしめた男は、橋を渡り切ってしまう。

食いしばった李緒の口から、呻き声が漏れた。涙が頬を伝い、強い風が吹き飛ばす。欄干に全身を預けて泣いた。背後を何台もの車が通り過ぎた。

李緒は手にしたナイフを、川に投げ落とした。水面に小さな波紋が広がった。あまりに遠くて水音は聞こえなかった。

あの日、パソコン教室の生徒だった三浦《みうら》マサ江はどんな花束をくれようとしたのだろう。今まで考えたこともなかったのに、そんなことを考えた。長い間、李緒は橋の上に立っていた。涙を全部風に持っていかれるまで。顔を上げた時、何かが吹っ切れた気がした。

——でも決してそれは受け身じゃないのよ。布たちが生き生きと輝く場所を得たってことだと、私は思うの。

河口付近が、明るく照り輝いていた。

本当は、つながるはずのない断片が隣り合っているクレイジーキルト。

小さな布の世界に、真理はある。李緒は顔を上げ、ゆっくりと橋を渡った。

カランとドアのベルが鳴った。入って来たのは、常連の魚屋の大将だ。軽く頷《うなず》いて、新聞を手にいつもの席に座る。朝の仕入れを終え、店に魚を並べて一段落したらやって来る。和徳《かずのり》は、モーニングセットの用意を始めた。サイフォンをセットして、アルコールランプに火を点《つ》ける。お湯が沸いてロートへと上がっていく間に、厚切りトーストとサラダを用意する。フラスコへコーヒーが落ちてくる間にすべては終わっている。

大将のところにモーニングセットを運んでしまうと、後は手持ち無沙汰だ。和徳がリラという名の喫茶店を始めてもう三十年近くになる。コーヒー好きが高じて、というと聞こえはいいが、サラリーマンが性に合わなかったのだ。黙ってそれを許してくれた妻の悦子《えつこ》は、六年前に癌で亡くなってしまった。今年、七回忌を終えた。以来、一人でリラを切り盛りしている。

よくできたもので、悦子が死んだ頃から客足は鈍った。この町にも全国チェーンのコーヒー店が進出してきたことや、若者の喫茶店離れなど、要因は様々だ。朝の七時に開店して、モーニングの客に備えているが、たいして入らない。それでも三十年続けた習慣で、今もこうして朝早くから店を開けている。やって来るのは、近所の常連さんばかりになってしまった。しかし今さら焦ることはない。このまま、やれるところまでやろうと決めている。

和徳は、カウンターの背後の掛け時計を見上げた。午前八時を十五分過ぎた。今年は来ないのだろうか。来ないに越したことはないのだが、気になってしょうがない。通りを挟んだ向かい側の骨董店。店は開いているのだが、中は暗くてよく見えない。骨董店とは名ばかりのガラクタ屋だ。自分もガラクタみたいな爺さんが営んでいる。その隣は空き店舗。三年前までは居酒屋だったが、車に突っ込まれてよそに移っていった。

あの事故のことは鮮明に憶えている。スピードを出し過ぎた車が、ここから十メートルほど離れた交差点で接触事故を起こした。右折しようと交差点の真ん中で斜めに停まっていた軽自動車が、すこしだけ頭を突き出し過ぎていたようだ。運転していたのは、高齢の男性だというから仕方のないことかもしれない。とにかく、その反動でハンドルを取られた暴走車が、リラの向かいの店に突っ込んだのだ。

悲劇的だったのは、ちょうど歩道を歩いていた男女のカップルを撥ねたことだ。女性は軽傷で済んだが男性は亡くなった。運転者は若い男性だった。川村優斗という名前がニュースで報じられた。皮肉なことに、彼は無傷だった。ここに店を構えてから、あんな大事故に遭遇するのは初めてだった。だから、後追いのニュースも食い入るようにして見た。ローカル局のひとつが大きく取り上げて取材していた。

運転者は地元の若者で、あまり素行のよくない人物のようだった。なにせ、前の晩は一晩中、仲間とゲームをやっていて、寝不足のまま車を走らせたらしい。車も自分のものではなく、友人に借りたもので、ひどい改造を施されたという代物だった。ローカル局が、一緒にゲームをしていたという友人を直撃していた。顔は映していなかったが、いかにも社会をドロップアウトした半端者という感じだった。怒りにまかせたような受け答えも最悪で、こんな奴の仲間なら、改造車で暴走したっておかしくないだろうなと思えた。

ひとつだけ、和徳が気がついたことがあった。骨董店の親父は、拾ってきたものなども修理して売り物にしていた。粗大ごみの収集日に指定地域を回って拾い集めるのだと言っていた。それをする時、親父はこれまたどこかで拾ってきたベビーカーを押していくのが習いだった。あの日の朝も、ベビーカーが店の前に置いてあった。和徳がもの凄い音に驚いて、ガラス越しに前の道路を見た時、暴走車は真っすぐに骨董店めがけて突っ込んでいくところだった。

だが運転者は、店の前のベビーカーを避けるため、ハンドルを切った。それでたまたま通りかかったカップルを撥ねることになってしまった。きっと川村は、あのベビーカーの中に赤ん坊がいると勘違いしたのだろう。それで咄嗟にそういう行動に出た。それはさらに悲劇を生むことになったのだけれど。その事情は、事故処理に来た警察官には伝えた。だが、特に考慮はされなかったようだ。運転していた二十二歳の川村は、過失運転致死傷罪で逮捕された。執行猶予付きの判決が出たのかどうか、その後のことは知らない。

事故直後に飛び出していった和徳は、通行人たちと一緒に車を持ち上げて、下敷きになった男性を助け出す手伝いをしたのだが、だめだった。必死に車を持ち上げようとしていた中に、運転者の川村もいた。気がつきはしたが、その時は夢中で声を掛けることもなかった。被害者の女性が、悲痛な声で男性に呼びかけていたのはよく憶えている。

到着した救急車の隊員が、男性の脈を取り、「心肺停止！」と言うと、女性は短い悲鳴を上げた。それでも気を取り直して救急車に同乗していった。それ以上、和徳にできることはなかった。

骨董店の親父に、もう店の前にベビーカーを置くなと忠告するぐらいが関の山だった。あそこにベビーカーがなければ、川村はハンドルを切ってカップルを撥ねることはなかったのだ。骨董店には突っ込んだかもしれないが、親父はいつも店の奥でテレビを見ているから、たいしたことにはならなかっただろう。今さらそんなことを思っても仕方がないのだが。

それが三年前の四月二十一日のことだ。翌年、そんなことをすっかり忘れていた頃、空き店舗になった元居酒屋前の歩道に、花を手向けに来た若者を見た。あの時の運転者だなと、すぐに思い至った。この一年、どんなふうに過ごしてきたのか知らないが、でも自分が起こした重大事故の被害者のことを忘れずにいて、殊勝にも花を手向けに来たのだ。少しだけ、心が和んだ気がした。

ベビーカーを撥ね飛ばすことを、必死で回避しようとした川村という男の中の、ほんの小さな良心を見たと思った。

しかしその時、和徳は気がついた。リラの店内の、窓際の席に座って、食い入るように川村の行為を見詰めている女性がいることに。はっとした。入って来た時は気づかなかったが、あの事故で恋人を亡くした女性だった。恋人を偲《しの》んで、彼の命日の同時刻に事故現場が見渡せる喫茶店に座っていて、偶然にも加害者がやって来たのを目にしてしまったのだ。女性は大きく目を見開いて、川村が歩道に花束を置き、祈るような仕草をして去っていく一部始終を、じっと見ていた。身じろぎひとつせずに。

それをカウンターの中から眺め、和徳はいたたまれない気持ちになった。加害者にも重い一年だっただろうが、被害者にとっては、身を切られるような過酷な時間だったに違いない。特に愛する人をあっという間に奪われ、地獄に突き落とされたような者にとっては。掛ける言葉も見つからないうちに、女性はふらりと立ち上がって会計をして出ていった。

二年目も同じ光景が繰り返された。川村が花束を持ってやって来た。前の年と同じ白バラだけの花束だった。そしてそれを名前も知らない被害者の女性が、リラの店内から見つめるという光景。まだこの近くに住んでいるのだと思った。この人には、新しい人生は開けない。時間が止まったように、この町に縫い留められているのだ。そう思うと、妻の悦子を亡くした時の心情が蘇ってきて辛かった。

去年は、女性の顔をじっくりと観察することができた。そして和徳は心底慄《おのの》いたのだった。燃えるような眼差しで、加害男性を見詰める女性の強張《こわば》った表情。そこには、一年前の驚愕とは別の感情が見て取れた。

それは——殺意だった。確かにそうだと思えた。憎しみを通り越した殺意。

この人が前に一歩進むために、必要なこと——それは、恋人の命、また自分の人生を台無しにした相手に復讐すること。その決意が厳然と表れた横顔に、和徳は眩暈《めまい》を覚えた。花束を手向けた川村が去り、女性が去っても、しばらくは動くことができなかった。

そして、三年目の今日が巡ってきた。まだ女性は現れない。静かな店内には、魚屋の大将が新聞をめくる音しかしない。通りの向こうに川村の姿が見えた。振り返って時間を確認した。午前八時三十五分。あの事故が起こった時間だ。川村は、腰を折って白バラの花束を事故現場に置いた。首を垂れて手を合わせる。通りかかった人がちょっとだけその姿に目を留めて、歩き去る。

川村がそこにいたのは五分ほどだ。作業着にペンキが付いていた。仕事に行く前なのか。律儀に今年もやって来た。だが、リラの店内には、女性の姿はない。川村が去った後も、とうとう女性は現れなかった。和徳は、ほっと肩の力を抜いた。きっとあの女性は、過去にとらわれ続ける愚かさに気がついたのだろう。そうやって憎しみの感情にがんじがらめになって、相手に復讐することに何の意味もないと。

魚屋の大将が出ていき、客は一人もいなくなった。和徳は、テーブルからカップと皿を下げてきて、流しで丁寧に洗った。歩道にぽつんと置かれた白い花束に目をやる。いつまでこれは続くのだろう。だがもうこの祈りの儀式を見るために、あの女性が来ることはない。それはいいことなのだと自分に言い聞かせた。

あの女性が恩田李緒という名前だということを知ったのは、数ヵ月前のことだ。リラに時折コーヒーを飲みに来てくれていた顔見知りの老婦人、三浦マサ江から聞いた。彼女が老人ホームに入居することになったとお別れを言いに来てくれたのだ。もうここに来るのは最後だという彼女に、ふとあの交通事故とその後の加害者と被害者の関わりのことをしゃべった。それを誰かに話したのは、初めてだった。それまで和徳の胸にずっと納めていたことだった。

それを聞いたマサ江は、顔をくしゃっと歪め、大粒の涙を流した。あまりの反応に、和徳の方が驚いた。

「その人はね、私の知ってる人なの。恩田李緒さんていうお名前なのよ」

恩田李緒は、マサ江が通っていたパソコン教室の講師だった。事故で亡くなったのは、彼女の婚約者だそうだ。あの朝、出来上がった婚約指輪を二人で受け取りにいくところだったらしい。それを聞いて、胸が締め付けられるような気がした。そんな輝かしい日に、愛する人を失うとは。

「私が悪いの。あの日、先生にうちに寄ってから行ってなんてお願いしたから」

マサ江は、結婚のお祝いに庭に咲いたバラで花束をこしらえて渡すつもりだったのだ。それを受け取るために、別の道を通ったせいで、彼女たちは事故に巻き込まれたのだと自分を責め続けてきたようだ。直前になって受け取り時間が早まったことも、二人の上に悲劇をもたらすことになった。様々な偶然が重なり合って、あの日、あの時間、あの場所に立っていた二人に。

「あなたのせいではありませんよ」

そんな陳腐なことしか言えなかった。

「恩田先生は、パソコン教室の先生を辞めても、この町に住み続けていた。どうしてこんな辛いことが起こったところにいるんだろうって思ってた。でも今日あなたの話を聞いて、その理由がわかったわ。彼女はあの若者を許せないでいるのよ。当然だけど、それは恩田先生にとっても不幸なことよね。新しい人生に踏み出せずにいるんだから」

かわいそうな先生、と言ってマサ江はまた泣いた。きっと自分のことも責めながら。

人の身の上に起こることは、予測できない。ある一点に収斂《しゅうれん》していく運命には、抗いきれない。人知の及ばない何かが作用しているのか。それとも自分の中の何かがそれを引き寄せたのか。いくら考えても答えの出ない永遠の自問と苦悩の日々に、恩田李緒は取り込まれてしまったのだ。

そんなことに拘泥《こうでい》する人生はつまらない。起こってしまったことなど忘れて前を向きなさいと言うことは簡単だ。多くの人がそう助言してきただろうし、本人もわかっているのだ。でもそれができずにいる。李緒が落ち込んだ地獄には、安易に救いの手は差し伸べられない。

でも――と和徳は思った。

今年李緒は現れなかった。それはあの人が、ある答えを出したということなのだ。ひとところでうずくまっていた彼女が、辛い三年間を経てようやく自分の足で歩き始めたということだと信じたい。射抜くような眼差しで、憎い男を凝視していた恩田李緒。相手を憎むという行為は、長い間、自分自身をも損ねてきたに違いない。

虚しく寂しい孤独な場所から、あの人は抜け出したのだろう。このことを、マサ江に伝えに行こうと和徳は思った。きっと安堵するだろう。李緒に訪れた救いと平安が、マサ江にもきますようにと祈った。

マサ江がここで泣いた日のことを思い浮かべてみる。まだ寒い時期だった。カウンター席で向かい合って、長い間話し込んだのだった。マサ江は、李緒がずっと住み続けているマンションのことや、空家になってしまう自宅のことなども話していた。

あの時も客は少なかった。もしかしたらマサ江だけだったか。いや、違う。カウンターの端に一人、お客が座ってコーヒーを飲んでいた。女性のお客さんで、たまに来店してくれる人だ。ちらりと女性客の方を見たが、特に表情を変えることもなかった。確か彼女はこの近くでパッチワークキルトの教室を持っている人だったと思う。

和徳は、自分のために丁寧にコーヒーを淹れた。お揃いの二つのカップに注ぎ入れる。ひとつは悦子の分だ。カウンターの上に置いたカップから立ち昇る湯気をじっと見つめる。

通りの向こう側の白バラの花束が、優しい風に揺れていた。自分のカップを持ち上げて、もうひとつのカップに軽く当てた。

「乾杯。今日はいいことがあったよ」

小さな声で妻に囁《ささや》いた。

東京駅発6時00分のぞみ1号博多行き

大倉《おおくら》崇裕《たかひろ》

1968年京都府生まれ。学習院大学法学部卒業後、サラリーマンをしつつ、海渡英祐氏が講師を務める小説講座に通う。1997年『三人目の幽霊』で第4回創元推理短編賞に佳作入選、翌1998年「ツール&ストール」で第20回小説推理新人賞を受賞。2001年『三人目の幽霊』でデビュー。『三人目の幽霊』は後に落語シリーズ、「ツール&ストール」は白戸修シリーズとなっている。他シリーズには、『福家警部補の挨拶』をはじめとする福家警部補シリーズ、警視庁いきもの係シリーズ、問題物件シリーズがあり、『福家警部補の挨拶』や『白戸修の事件簿』、警視庁いきもの係シリーズはテレビドラマ化もされている。ノンシリーズでは、アクションものである『無法地帯』や『生還　山岳捜査官・釜谷亮二』などがあり、その多彩な作風にはファンが多い。また、ノベライズも手がけており、『小説 名探偵コナン　から紅《くれない》の恋歌《ラブレター》』や『GODZILLA　怪獣惑星』『GODZILLA　星を喰う者』がある。(Y)

一

夜明け前の寒さは、骨を凍らせるほどだった。ダウンジャケットを着こんでいても、自然と足が震えてくる。それが寒さのためか緊張のためか、蓮見龍一《はすみりゅういち》自身にも判断がつかない。

倉庫街の向こうに、黒い海がかろうじて見えた。遥か対岸には、キラキラと星のように街の光が瞬く。

道の先にあるのは、水上バスの発着場である。発着場といっても、雨をかろうじてしのげる屋根と券売機、職員の詰所があるくらいだ。屋根に取りつけられた照明が、桟橋へ繋がる通路をぼんやりと闇の中に浮かび上がらせている。ずいぶんと寂れた印象だが、休日ともなれば、湾岸の絶景を求め行列ができるほど人が押し寄せるらしい。実際、券売機の横には、来月、湾岸エリアで開かれるイベント「東京湾炎上」の大きなポスターが貼られていた。真っ赤に染まる東京湾をバックに、二十歳そこそこのアイドルがにこりと笑っている。肌が抜けるように白いことを除けば、これといった特徴のない顔立ちではあるが、まあ、若者には人気があるのだろう。

イベントが開かれるころ、自分はどこでどうしているだろうか。とたんに右手に提げたバッグがぐっと重さを増した。わき上がる切ない気持ちを抑え、蓮見は船着き場の反対側に目を移した。

一帯は倉庫街だ。夜間はまったく無人となるが、そこここに街灯がある。その一つの下で、蓮見は再び女性のポスターを見た。

面影がゆきに似ているな。特に目許が。もし生きていてくれたら……。

人の気配で、我に返った。

せかせかとした革靴の音が近づいてくる。

「時間通りだな」

緊張した面持ちの上竹肇《うえたけはじめ》は、値の張るコートを着て、黒い革の手袋をはめている。靴を磨いたばかりなのか、ピカピカだ。

上竹の全身をチェックすると、蓮見は重々しく頷き、満足げに笑みを浮かべてみせた。その瞬間、上竹は安堵の表情を見せる。

「こっちだ」

蓮見は船着き場に向かって歩きだす。昨夜まで降り続いた雪交じりの雨のせいで、道のそこここに大きな水たまりができている。いくらでも回り道はできたのだが、あえて水たまりの多い道を選んだ。蓮見の靴は泥水でみるみる汚れていく。

上竹は、恨めしげに足許を見ていたが、すぐに蓮見の後に続いた。

たったそれだけのことでも、蓮見には充分爽快であった。

水の染みた靴を気にしながらも、上竹は言った。

「ホント、光栄です。蓮見さんから直々に声をかけていただけるなんて」

「そんなに持ち上げるなよ。大したことないさ、俺なんて」

「そんなことないっすよ。今年の社長賞ですよ。ボルケラー・ジャパンのトップ営業マンっすよ」

「去年は二位に甘んじたからね。今年こそはと思っていたが、本当に獲れるとはね」

「入社五年目でトップなんて、やっぱ、すごいですよ」

「五年目って、よく判ったね」

上竹は照れくさそうに頭を掻き言った。

「実は俺、蓮見さんに憧れてて、業界紙やネットに載った記事、スクラップしてるんですよ。壁に貼って、自分に気合を入れてるんです」

「ほう、それはちょっとした驚きだ。いや、素直にうれしいね。ありがとう」

ボルケラーは、世界に名を知られる証券会社だ。日本に上陸したのが十年前、以来、外資ではトップに君臨している。それを支えているのが、精鋭揃いと言われる営業マンたちだ。給料は完全歩合制で、会社への成果が、即手取りの金額となって表れる。成績によって、通常のサラリーマンでは考えられない暮らしを手に入れることができる。蓮見自身、四十歳になった今年、湾岸のタワーマンションの最上階に引っ越した。

一方の上竹は、今年三十三歳。ボルケラー証券のライバルでもあるトンダイル証券の営業マンだ。入社は二十五歳のときで、営業マンとしてのキャリアは蓮見より長い。しかし、売り上げ至上主義の業界にあって、年齢や在社期間など、何の意味もないのだ。

蓮見は船着き場に一歩一歩近づきながら言った。

「君の評判は聞いているよ。やり手なんだね」

「いやぁ、そんな……」

船着き場のゲート前に来ると、海からの凍りつくような風が頬を刺した。空が白み始めるまで、あと一時間ほどだろうか。

上竹はコートの前を掻き合わせながら、軽く足踏みをして、蓮見を見た。

「あの……それで、今日はこんな時間にいったいどんなお話でしょう？」

期待で弾け飛びそうな表情をしている。相変わらずの自信家だ。判ったよ、いい夢を見させてやろう。悪夢に変わる前の一瞬くらいは。

「上司から、いい人材はいないかときかれてね。ふと頭に浮かんだのが君のことだ。何度かパーティーで話をしただろう？　気になっていたんだ。よければ一度、上司を交えて食事でもどうかと思ってね」

「はい、あの……喜んで」

業界一位の社からヘッドハンティングされたのだ。頭の中でクラッカーが鳴り響き、シャンパンが開いていることだろう。

蓮見は言った。

「ところで君、坂下《さかした》ゆきのことを覚えているかい？」

「坂下……ですか。うーん、聞いたような気もしますけど……顧客の誰かですか？」

「いや違う。考えれば思いだすはずだよ」

「えぇ？　坂下ゆき……ゆき……あっ」

上竹は顔を上げる。

「それは御社の営業をしていた……。たしか彼女は辞めて……いや、違う」

上竹の表情が曇った。

「完全に思いだしたかな？」

蓮見は右手のバッグを開き、中の拳銃をそっと手で包みこむ。

「えっと、自殺……したんじゃなかったでしたっけ。そのぅ、仕事に行き詰まったとかで」

「そうだ。苛酷な営業ノルマに苦しみ、上司のパワーハラスメントまがいの恫喝や、ハイエナのようなトンダイルの営業マンによって、追い詰められたんだ」

「な、何すか、それ」

「ゆきはトンダイルの営業マンに顧客データを盗まれ、大口の得意先を取られたと言っていた。証拠がないから訴えられないけれど、上竹肇に間違いない、と」

「ちょっと、それ……。い、嫌だなぁ、そんなばかなこと……」

蓮見は銃口を上竹に向けた。

「正直に言った方がいい」

上竹は口を大きく開け、がに股になって数歩、後ずさった。

「な、何すか、それ……」

「ゆきの顧客データを盗んだのはおまえか？」

上竹は口をパクパクさせる。その表情がすべてを語っていた。

有罪だ。

蓮見は微笑んだ後、銃を握り直し、あらためて上竹に銃口を向けた。

「あと何年かしたら俺も行く。あの世で会ったら、もう一度殺してやるからな」

上竹は甲高い悲鳴を発すると、こちらに背を向けて駆けだした。

そう、それでいい。

詰所の陰に駆けこむ上竹を小走りで追い詰める。上竹は涙を流しながら、両手を高く上げていた。すぐ後ろは海だ。蓮見は銃口を振り、海から離れるよう指示する。

上竹は言いなりだった。蓮見を避け、大きく円を描くように倉庫側へ移動する。蓮見がわざと銃口を下げると、上竹は再び走りだした。そこにゆっくりと照準を合わせる。弾には限りがある。無駄弾は避けたい。

引き金をしぼった。銃声が静寂の中に響き渡る。

上竹は冷えた地面に横たわり、動かなくなっていた。

コートのポケットから上竹の携帯を取り、海に放った。蓮見は一呼吸置いて気持ちを切り替え、船着き場に戻る。詰所に隠れ、上竹の姿は見えなくなった。

ピシャリと水の跳ねる音がして、暗がりから男が現れた。黒のロングコートに身を包んでいるため、白い顔だけが浮かび上がって見える。痩せていて目が大きく、この場でなくとも、死神という形容がぴたりとはまる外見だ。男はアイドルのポスターを横目で見ながら、近づいてくる。

「あんた、なかなか度胸があるな。闇ん中で銃声を聞いたときにゃ、さすがの俺もブルったよ」

「申し訳ない。わざわざ出張ってもらって」

「いやいや。あんたにはいつも儲けさせてもらってるから。たっての頼みとあっちゃ、断れねえよ」

男の名前は朝倉祐《あさくらゆう》、ヤクザ上がりの自称コンサルタントだ。一匹狼で裏社会の事情に通じており、用心棒から運転手まで何でも務める。それには殺しも含まれるというから、なかなか胆も据わっている。

ボルケラーに入社した蓮見は、朝倉に近づき信頼を得た。本業の合間に投資信託などで助言をし、かなりの儲けをだしたのだ。抜け目ない狡猾な朝倉も、もはや蓮見を信用しきっていた。

「で？　俺の役目は何だい？　ホトケさんの始末か、拳銃の始末か？」

「いや、そんなんじゃない」

蓮見は朝倉に銃口を向けた。一発目はわざと外す。朝倉のかなり左側を狙った。場数を踏んでいる朝倉の動きはさすがに速く、蓮見が銃口を向けた瞬間、ズボンに挟んだ自分の銃を抜いていた。

そう、それが欲しかったんだ。

蓮見は冷静に狙いをつけ、朝倉の胸を撃った。

銃声が消え、静寂が戻るころ、蓮見は銃をバッグの中にしまい、その場を立ち去ろうとしていた。

大の字に倒れている朝倉を見た瞬間、違和感を覚えた。

何だ？ 慌ててここまでの記憶をたぐる。

数秒立ち止まって考えたが、違和感の正体を摑むことはできなかった。

まだやるべきことが残っていた。いつまでもここに留まるわけにはいかない。

蓮見は来たとき同様、ひとり無人の倉庫街を歩いていった。

二

東京駅に着いたのは、午前五時半だった。既に在来線は動き始めていたが、周囲はまだ闇に包まれており、駅構内だけが目映い光に包まれている。日本橋口から入った蓮見は、明るさに目眩を覚えたほどだった。

道々、あまりの寒さに辟易して自販機の缶コーヒーを二本も飲んでしまった。ややだぶついた腹を抱えつつ、蓮見は駅の隅にあるコインロッカーから、昨夜預けておいたフォーマルなスーツが入ったテーラーバッグとパソコンや下着を詰めた大型バッグ、畳んだロングコートを取りだした。

船着き場で身につけていたダウンジャケットと手袋は、それぞれゴミ袋に入れ、コンビニのゴミ箱に捨てた。指紋や硝煙反応は気にすることもないだろうが、念のためだ。

　銃を入れた小型バッグを含めて荷物は三つ。さすがにかさばって動きにくい。蓮見は大型バッグを開き、銃入りの小型バッグを一番上に置いた。

　蓮見が乗る新幹線は、午前六時ちょうど発のぞみ1号だ。新幹線の改札は五時半に開く。ホームに上がると、身を切るような北風が容赦なく吹きつけてきた。首をすくめながらふと見ると、ホームにも「東京湾炎上」のポスターが貼ってあった。また、あの違和感が甦る。落ち着かない気分でじっと考えた。

　判らない。いったい何なのだ。

　ホームにアナウンスが響いた。

「六時発のぞみ号、入線が遅れております。もう少々、お待ちください」

　蓮見は軽く舌打ちして待合室へ向かった。これ以上、寒風にさらされるのはごめんだ。

　待合室は十号車の停車位置前にあった。ガラス張りで、二十人ほどが向き合う形で坐れるスペースがある。暖房が効いていて、一歩足を踏み入れた瞬間にホッとした。

　中ほどの天井近くにはモニターが一台あり、朝のニュースを映していた。

　始発であるにもかかわらず、待合室は混雑しており、空いているのはモニター前の席だけだった。コートを脱いだ蓮見は、両隣に頭を下げつつ、腰を下ろす。どちらも背広姿の会社員で、一方は携帯電話に、一方は新聞に集中して、蓮見の顔を見ようともしなかった。

真向かいに坐っている地味な服装の小柄な女性が、缶飲料を美味しそうに飲んでいる。

ふと目を上げた蓮見の目に、あの船着き場の映像が飛びこんできた。

朝一番のニュースを中継で伝えるコーナーだった。黄色いテープの規制線の前で、女性のリポーターが興奮気味にマイクを握っている。モニターから音声は出ていないので、何を喋っているのかは不明である。カメラは、忙しげに動く鑑識の姿を映しだしていた。

銃声に気づいた誰かが通報したのだろう。早めに引き揚げてよかった。

船着き場の様子がアップになった。ゲート、券売機からあのポスターまでをゆっくりと映していく。その瞬間、ずっと抱えていた違和感の正体が判明した。

そうか、そういうことか。あの位置で銃を構え、撃った。その結果……。

安堵のあまり、笑みが漏れてしまった。

のぞみ号が入線してきた。待合室の客たちが一斉に立ち上がる。さっきまで前にいた女性は、いつの間にか消えていた。

蓮見は八号車に入った。座席番号は17のA。進行方向から見て、車輌の最後部になる。ゆっくりと通路を進んでいく。座席は七割ほどが埋まっていた。コーヒーを手にくつろぐ者がいるかと思うと、既にＰＣを立ち上げキーを叩いている者もいる。

蓮見の席は窓際だった。壁のフックにテーラーバッグをかける。バッグとコートは棚に上げた。

坐ろうとしたとき、携帯が震えた。秘書課の女性からだった。

「申し訳ありません、予定通りか確認するよう、社長から言われておりまして。一時間ほど前、ご自宅にお電話したのですが、お出にならなかったものですから」

「大丈夫ですよ。ただ、正直言うと、昨夜はあまり眠れませんでね、ちょっと寝坊しました。せっかくのモーニングコールに気づかなかったようだ。でも何とか間に合いましたよ。まだ朝のコーヒーも飲んでいません。車内でゆっくりいただきます」

缶コーヒーを飲んだことなど知らぬ女性は、上品に笑って通話を切った。

やれやれ、まるで小学生だ。社長をはじめとして、上層部がいかに社員を信頼していないかの証だろう。社長も来る重要な式典に欠席者がいては、上司が管理責任を問われる。ボルケラー・ジャパンの社長命令として、式典出席者全員に連絡が回っているに違いない。

まったく忌々しい。だが、それも今日で終わりだ。俺が終わらせてやる。

口を固く結び、蓮見はシートに腰を下ろした。

「あら」

鈴の鳴るような声が聞こえた。顔を上げると、眼鏡をかけた小柄な女性が通路に立っていた。

「あ……」

思わず声を上げたのは、彼女が待合室の向かいに坐っていた当人だったからだ。この反応を見ると、向こうもこちらを見ていたらしい。

「もう一本これを買おうと思って売店に寄ったら、もう少しで乗り損ねるところでした」

女性の手には缶コーヒー……いや、違う。お汁粉だ。缶しるこだ。こんなもの、誰が飲むのだろうかと、長年、訝しんでいたのだが。

ガクンと微かな揺れと共に、のぞみ号が発車した。これから京都まで、二時間二十分の旅である。

「お坐りにならないのですか？」

蓮見が声をかけると、女性はハッとした様子で、言った。

「ああ、そうでした」

肩にかけていたバッグを膝に載せ、チョコンと浅く坐った。

妙な女性だ。相手にしないことに決め、蓮見は窓の外に目をやった。

新幹線はすぐに品川駅に着く。品川と新横浜で、席はほとんど埋まるだろう。静かな旅路といきたいのだが。

蓮見は携帯でネットニュースを確認する。様々なサイトを回ってみるが、事件の詳報を載せたものはない。被害者の名前すらまだだ。

いずれにせよ警察は、蓮見の計画通り「朝倉の事件」として初動捜査を開始するだろう。真実が判ったときには、すべてが終わっている。

品川を過ぎて少ししたころ、車内販売のワゴンがやって来た。蓮見は徐々に白み始める窓の外を眺めながら、やり過ごす。

「あのぅ」

優しく肩を叩かれた。反射的に目を開くと、隣の女性が蓮見の顔をのぞきこんでいる。驚いてのけぞったため、後頭部を窓にぶつけた。

「え……あ……」

「コーヒー、行ってしまいましたよ」

「は？」

「車内販売です。コーヒーを買わなくてもいいのですか」

この女は、いったい何を言っているのだろうか。

「あなた、発車前に電話でおっしゃっていましたよね。朝、寝坊してコーヒーが飲めなかった、車内で飲むと」

「……あなた、僕の電話を聞いていたんですか？」

「つい耳に入ってしまいまして。私の場合はこのお汁粉が大好きで、朝は一本飲まないと、どうにも頭が働かないのです」

女は座席前のテーブルに置いた缶を指す。

「前は温かいものがよかったのですが、最近はキンキンに冷えたものでないとダメです。待合室でも一缶飲んだのですが、手に入れるのが大変でした。今の時期、温かいものしかないとのことで。売店に頼みこんで、販売機に入れる前のものを売ってもらいました。箱ごと外に置いてあったので、かなり冷えていました。何しろ、この寒さですから……」

「ちょっと」

延々と続く女のお喋りを、蓮見は遮った。

「おっしゃることは理解しました。実を言いますと、朝のコーヒーは既に飲んだのです。訳があって、電話ではああ言いましたが。それでも、あなたのご親切にはお礼を申し上げます」

女は一瞬、キョトンとした表情で蓮見を見たが、やがて「ああ」と頷き、ぺこんと頭を下げた。

「それは失礼しました」

「いいえ」

蓮見は目をそらし、瞼を閉じようとした。だが、相手は口を閉じてくれない。

「どちらまで、行かれるのでしょう？」

「……京都まで」

「あら、私も京都です。お仕事で？」

「ええ、まあ」

「私も仕事なのです。人材交流の一環ということで、東京から派遣されることになりました。三ヵ月ほど京都暮らしです」

聞き役に徹するのも、もはや限界だった。仕方なく、適当な質問を返す。

「ほう、それはいい。お仕事は何をされているのです？」

「公務員です」

「僕は証券会社で営業をしています」

女は目を輝かせる。

「そうですか。実はそうしたものには前々から興味があるのです。よろしければパンフレットなどいただけませんでしょうか」

蓮見は荷棚のバッグをちらりと見上げる。

「申し訳ない、今日は持っていなくて。後日お送りしますので、名刺か何か頂戴できませんか」

女性は慌ててスーツのポケットを探り始める。

「ええっと、名刺入れ……どうしたのかしら……財布には入れていないし……あ！冷蔵庫の上に置いてきた！」

蓮見は苦笑する。この調子では、職場でもさぞお荷物であろう。公務員でなければ、とっくにクビを切られているかもしれない。

「困ったわ、どうしましょう……あ、では身分証をお見せしますね。それでもいいでしょうか」

「身分証？ ええ、いいですけど」

女はポケットから黒い手帳のようなものを取りだした。それを開き、蓮見に見せる。

「警視庁捜査一課の福家《ふくいえ》と申します」

三

海からの寒風に身をすくめながら、二岡友成《におかともなり》は現場の最終確認を行っていた。昨夜は比較的平穏で、大きな事件もなく勤務を終えられるかなと考えた矢先の、臨場要請だった。

人気のない夜の船着き場に死体が二つ。凶器は拳銃だ。弾は二発とも被害者の体内に残っている。まだ夜明け前ということもあり、現場一帯は巨大なライトで昼間のように照らしだされていた。

「おい、通してくれ。邪魔だ」

威圧的な怒鳴り声が聞こえた。日塔《にっとう》警部補の声だ。性格はきわめて粘着質で、狙った獲物は絶対に逃さない。逮捕のためであれば、多少の違法行為にも目を瞑る――。柔道で鍛えた巨体と威圧感で悪党も同僚も震え上がらせてきた男だが、最近はなぜかダイエットに励んでいるらしく、見違えるほどスリムになった。さらに、桜井という若手刑事が相棒につき、これがなかなかの名コンビと評判で、次々に手柄をたてている。かつては外れクジの日塔とあだ名され、難事件ばかり担当させられていたが、最近はそこそこ運が向いてきたらしい。

「おう、二岡か。悪いな遅くなっちまって」

「いえ、ちょうど検証が終わったところです」

「大体のことは聞いた。被害者二人の身許は？」

「こっちに倒れている男は朝倉祐……」

日塔とその斜め後ろに立つ桜井の顔色が変わった。

「朝倉ぁ？」

日塔は仰向けに倒れた遺体をのぞきこむ。

「間違いない、朝倉だ。この野郎、俺が捕まえる前に昇天か」

桜井がぼそぼそとくぐもった声で言った。

「こいつなら天国より地獄なんじゃ」

「うるせえよ。天国に行ってくれれば、俺が死んだ後、あっちでもう一度逮捕できるだろう」

「警部補、天国に行くつもりなんすか？」

「悪いか」

「いえ」

なるほど、いいコンビかもしれない。

桜井の頬にビンタをかました後、日塔は猟犬の顔に戻る。

「正面から胸を撃たれてるな。右手に握っているのは自分の銃か」

二岡は言った。

「この場所で何者かと待ち合わせ、その後、撃ち合いになった。そんなところでしょうか」

「朝倉は芯から腐った野郎でな、敵も多かった。いつこうなってもおかしくなかったさ。で？　あっちのホトケさんは？　朝倉の仲間かい？」

「上竹肇、トンダイル証券勤務。朝倉との関連はまだ浮かんでいません」

「そんな一般市民が何でこんな場所に？」

二岡は日塔たちを連れ、遺体に向かう。上竹は俯せに倒れ、背中を撃たれていた。

それを見た桜井が言った。

「この人、巻き添えを食っただけじゃないすか？　夜景とか日の出を見に来たんじゃないすかね」

日塔は上竹の上着に顔を近づける。

「携帯は？」

「見つかっていません」

「持ち去られたか、海に落ちたか……。状況から見て後者だろうなぁ。桜井の説が当たりだぜ」

日塔が立ち上がる。

「詰所の陰にいたら、朝倉たちからは死角になる。こいつがいるとも知らず、犯人は朝倉にぶっぱなした。驚いた上竹は、叫び声を上げたんだろう。鳥も鳴かずば焼かれまいだ」

「警部補、キジも鳴かずば撃たれ……」

「うるせえ。わざとだよ、わざと言ってんの」

鋭いビンタが桜井に命中する。

「とにかく、驚いて逃げようとしたところを背後から撃たれた。巻き添えだな。かわいそうに」

左頬を押さえた桜井が目を潤ませながら言う。

「とりあえず、朝倉の昨日の行動と交友関係、当たります」

「そうだな。徹底して洗え。こいつは案外、楽なヤマかもしれん」

二岡の携帯が鳴った。発信者は……

「け、警部補!?」

「おう、何だ?」

日塔が答える。

「いえ、すみません、警部補のことじゃないんです。警部補が電話をかけてきて」

「意味が判らねえよ。ここで警部補といえば俺だろうが」

「警部補は警部補でも福家警部補……」

日塔の眉間に深い皺が刻まれる。

「なにぃ？　あいつはしばらく京都だろ？」

「はい。たしか今日、出発のはずです」

二岡は通話ボタンを押す。聞き慣れた福家の鈴のような声が聞こえてきた。

「二岡君、聞きたいことがあるのだけれど」

「何でしょう」

「そっちで事件が起きていない？」

二岡は心臓の鼓動が速まるのを感じた。捜査一課には、福家を「魔女」だの「千里眼」だのと呼ぶ者がいるが……。

「えっと、実は僕、事件現場にいるんです」

「犯行時刻は深夜から早朝にかけて。場所は船着き場。凶器は拳銃」

魔女だ……やっぱり、魔女なんだ。二岡の前では、日塔が何の用件か伝えろと、まさに鬼の形相になっている。魔女と鬼の間で、二岡は混乱するばかりだ。

「福家警部補がおっしゃる通りの現場です。被害者は二人。一人は朝倉祐。警部補もご存じかと思います」

「ええ、知っている。運転手から死体の処理まで、一匹狼の掃除人……一匹ハイエナというところかしら」

「なるほど。さすが警部補、うまいこと言いますね」

太い腕が伸びてきて、二岡から携帯を奪い取った。

「福家、どういうことだ？　人の現場にチャチャを入れないでもらいてえな」

怒り心頭といった日塔であったが、話を聞くうち、トーンが変わってきた。心なし顔色も青ざめている。

「なるほど……そうか……判った。ああ、この際、担当だ何だは言いっこなしだ。情報は俺よりも……そうだな、二岡に集めるのがいいだろう。何かあったら二岡に連絡しろ。ああ、判った」

通話を終えると、日塔は携帯を二岡にひょいと投げる。

「この現場の状況を、細大漏らさず福家に伝えろ。桜井と協力して、すべて文字化してメールで送れ。いいな」

桜井が仰天した様子で詰め寄った。

「警部補、どういうことですか。そんなことしたら、また手柄を取られちゃいますよ」

日塔のビンタが飛ぶ。

「いい、またはは余計なんだよ。年中、手柄を取られてるみたいじゃねえか」

頰を押さえながらも、桜井は黙っていない。

「それに、情報を送るんだったら、電話でいいじゃないですか」

またビンタが飛んだ。

「バカ野郎、そんなことできるか。福家は殺人犯の隣にいるんだぞ」

四

前方の電子掲示板に、小田原駅を定刻通り通過と表示された。

車内は混み合っているが、ほとんどが会社員で、目を閉じているか、カタカタとパソコンのキーを叩いているかのどちらかだ。話し声は聞こえず、ゴーという列車のたてる音だけが、車内を満たしていた。

隣の女刑事は、一度電話をしにデッキへ出た後、沈黙を通している。こんなとき、よりによって隣に刑事が坐るなんて。しかも捜査一課の……。

しかし、外見や振る舞いから見て、有能な人物とは思えない。そんな凡庸な人間が、どうして優秀な人材の宝庫であろう捜査一課に配属されているのか。

彼女は、先から携帯の画面を注視している。細くしなやかな人差し指で、画面をスクロールしていく。

蓮見も再度、ニュースサイトを開く。トップは船着き場の事件ではなく、数日前に逮捕された殺人容疑者の続報だった。容疑者は田村真澄という女で、四年前、何となく気に食わないと、職場の同僚男性をホームから転落させて殺害した。その事件で警察は被害者の恋人を疑い、厳しい取り調べを敢行、その後容疑は晴れたものの、女性は今も精神が不安定であるという。

ゆきが死んだとき、蓮見も警察で話をきかれた。彼女の死に動揺しているというのに、刑事は無遠慮な質問を次々浴びせてきた。思わずカッとなり声を荒らげた蓮見に、刑事の一人が薄ら笑いを浮かべつつ言ったことを、蓮見はまだしっかりと覚えている。

『短気だねぇ。恋人と喧嘩して、あんたがやったんじゃないの？』

その直後、ゆきの死は自殺と判り、蓮見は解放された。

警察はいつも同じだ。あのときの刑事も、可能なら復讐のリストに入れたかった。

「どうかなさいました？」

福家が声をかけてきた。感情が顔に出すぎてしまった。後悔したが、もう遅い。蓮見はわざと顔を顰《しか》めながら言った。

「ホームから転落させたこの事件、ひどいですね。犯人はもちろんだが、警察の対応も……おっと、これは失礼」

「いえ、おっしゃる通りです。一言もありません」

福家はしゅんと頭を垂れる。

「時間はかかってしまいましたが、犯人を逮捕できたことは、せめてもの償いだと考えています」

　まるで自分が解決したかのような物言いである。妙な女だ。蓮見はそこで会話を打ち切るつもりだったが、福家はこちらを向いたまま、問いを重ねてきた。

「間違っていたら申し訳ありません。ボルケラー証券の蓮見龍一さんですか？」

「ええ、そうですよ」

　福家は慌てた様子で携帯をしまい、またぺこんと頭を下げた。

「私、一度、あなたの講演を聴きに行ったことがあるのです」

「ほう、それは意外ですね。僕が得意とするのは、ハイリスク、ハイリターン。公務員でそうした志向の方はあまりいらっしゃらない」

「友人の勧めで、株をやってみたことがあります。ただ、利益はほとんど出ず、よくてトントン、ひどいときですと、一ヵ月分の給与がパアに」

「まあ、素人の方にはよくあることです」

「それでどうしたものかと思いまして、人気のあなたの講演に伺った次第です。あのときは驚きました。お金持ちの方ばかりかと思ったら、老若男女、いろいろな方がいらしていて。中には学生さんも」

「ええ、最近は多いですよ。投資研究会などのサークル活動も盛んですからね」

「しかし、かなり危険も大きいわけですよね。全財産をすってスッポンポンになったり」

「スッテンテンです」

「ああ、スッテンテン。ところで、スッテンテンの語源は何なのでしょう」

「知りませんよ、そんなこと。そもそも僕はスッテンテンとは無縁だ。必ず利益をだす、それが売りでね」

「どうしてそのようなことができるのでしょうか。相場は水もので、どう動くか判りません」

「情報ですよ。情報を集め、取捨選択する。一つ教えてさしあげるが、ネットの情報ほど当てにならないものはない」

「それにしては先ほどから、ずいぶんとネットのニュースを気にしておられるようですね」

福家は座席前のテーブルに置いた携帯に目を走らせる。

「ニュース全般は把握しておきますよ、もちろん。普段は新聞やテレビから情報を取る。今日はこの通り、新幹線の中ですからね、特別だ」

「特別といえば、私も特別な案件を抱えて悩んでいるのです」

いい加減、話を打ち切りたい。トイレに行くふりをして、席を離れよう。そう思い腰を上げようとした蓮見を、福家の言葉が押し止《とど》めた。

「東京で早朝、殺人事件が起きたのですが、一つ、どうしても引っかかる点があるのです」

蓮見は心中の動揺を気取《けど》られぬよう、慎重に坐り直す。

「殺人というと、もしかして、船着き場か何かで起きた」

「その通りです」

「待合室のテレビで見た」

「その事件、本来なら私が担当するはずだったのです。急に京都行きが決まり、同僚に代わってもらいましたが」

「……ほう、それは……」

すごい偶然だ、と心の内でつぶやく。

「実を言うと、その……見かけで人を判断してはいけないと、僕自身、投資家にいつも言っているんだが、どうしてもあなたが一課の刑事とは思えなくてね」

「よく言われます」

「しかし、いかな一課の刑事とはいえ、君は現に京都に向かっているんだ。東京の事件は、同僚に任せるほかないだろう」

「はい。ただ、代わってくれた同僚が律儀な人物で、いちいち携帯に現場の報告をしてくるのです。状況などを見ているうち、細かいところが気になり始めて……」

「なるほど。で、どうして僕にそんなことを言うのかな」

「著名なトレーダーであるあなたなら、突破口を見つけられるのではないかと思いまして」

「それは買いかぶりだ。株についてはプロでも、殺人事件に関してはずぶの素人だよ。本職の君にかなうはずもない」

「ですが、我々とは違った着眼点、閃きがあると思うのです。特別に協力していただけないでしょうか」

「まあ、断ったところで、ここは列車の中。その上、君と僕は隣同士だ。どうすることもできない。君が事件について話すのを、止める権利はない。やるのなら、ご自由にどうぞ」

思ってもみなかった展開だが、蓮見は平静だった。不安や恐怖にその都度惑わされていても仕方がない。大切なのは、情報を集め、分析し、確信を得られるまで待つことだ。

福家が話し始めた。

「遺体が見つかったのは東京湾にある通称第二栈橋。水上バスの発着場です。あの辺りは倉庫街で、昼間はともかく夜間はまったく人気がなくなります」

のぞみ号は新富士を通過。冬晴れの澄んだ青空が広がり、富士山の美しい姿を望むことができた。外国人を含む観光客は、口々に声を上げ、写真を撮っている。そんな中、蓮見と福家は、窓の外を見ることもなく会話を続けていた。

「遺体の一人はヤクザ上がりの男です。もう一人は、あなたと同じ証券マンでした」

「証券マン……まさか、うちの……」

「いえ、トンダイル証券の上竹肇さんとおっしゃる方です。お知り合いですか？」

「知り合いではないが、パーティーなどで何度か顔を合わせたことはある。僕より少し年下だが、かなりのやり手だと業界でも噂だよ。それにしても彼が……」

　蓮見は額に手を当てて、混乱している風を装う。福家はちらりと自分の携帯に目を落とすと、淡々とした調子で続ける。

「殺害時刻は深夜というより早朝、午前四時前後だと思われます」

「四時……そんな時間に、彼はなぜそんな場所にいたんだろう」

「そこなのです。我々も判らなくて」

「これはあくまで僕の経験からだが……」

「そういう意見こそ、お聞きしたいのです」

「営業マンは歩合制なんだ。連日、深夜まで仕事に追われる。一日の仕事が終わったとき、クールダウンしないと眠ることができない。睡眠薬の世話になっている同僚もいた。僕の場合は、自宅に帰り、音楽を聴きながら淹れたてのコーヒーを飲む。それで朝までぐっすり眠れるんだ。コーヒーを飲んだら眠れなくなりそうだが、僕は逆だな。もしかすると彼も、あの場所でクールダウンしていたのかもしれない」

「なるほど」

福家はうんうんと頷きながら、いつの間にか取りだしたメモ帳にセカセカと書きこんでいる。

「私も深夜まで仕事に追われることがあります」

「刑事さんは大変でしょう。君はどんな風にクールダウンを?」

福家は首を傾げ、しばし考えこんでいたが、すぐに目を輝かせて言った。

「クールダウンの必要はないのです。寝ませんから」

「え?」

「寝なければ、眠れなくて悩む必要もありません」

「……なるほど。そういう考え方もあるか」

「あなたがおっしゃったこと、実は私も考えました。ただ一点、どうにも説明のつかないことがあるのです」

「というと?」

「靴です。靴が汚れていたのです」

「話が見えないな」

「一流の営業マンだけあって、履いている靴は高価なものでした。にもかかわらず、船着き場に行くのにぬかるんだ道を通ったため、ひどく汚れていました。現場周辺は道が碁盤の目状に走っています。ほんの少し回り道をすれば、靴を汚すことなく船着き場まで行けたのです。被害者はどうして、わざわざ水の溜まった道を歩いたのでしょうか」

「靴に対する愛着というのは、人それぞれだろう。高価な靴を履いている者が、靴を大切にするとは限らない。トンダイルで好成績を上げていたのであれば、それなりの額をもらっていただろう。靴は消耗品、そう割り切っていたのではないかな」

福家は自分の靴を見下ろして、言った。

「そうなのでしょうか。まあ、私も履き物にはまったく頓着しない方ですが」

蓮見も自分の靴を見る。最高級ブランドの最高級品だ。あの後、自分で徹底的に磨いた。今は水の汚れどころか、くすみ一つない。

「あなたの靴は見事です。そういえば、今日はどんな用事で京都まで行かれるのですか？」

棚上のバッグに目をやった後、蓮見は言った。

「僕のことなんてどうでもいい。事件の話をしていたのではなかったかな」

「そうでした。どうも注意力が散漫で」

「もう一つ僕が気になっているのは、もっと根本的な点だ。なぜ、彼が殺されたのか。現場ではもう一人、ヤクザ者が殺されたとのことだったが」

「おそらく巻き添えになったのだと思います。どういう理由かは判りませんが、上竹さんはあの船着き場にいた。そのとき、運悪くヤクザ者がやって来た。それは朝倉さんという敵の多い男でした。朝倉さんが待ち合わせをしていたのか、何者かに誘《おび》きだされたのか、それはまだ判りません。いずれにせよ、朝倉さんはそこで殺害された」

「撃たれたときの詳しい状況は、判っているのだろうか」

「実は、沖に船をだしている人がいました。釣果《ちょうか》がなく、エンジンを止めて中で横になっていたそうです。その方が銃声を聞きました」

蓮見は未明の状況を思い浮かべる。真っ暗な海面に、船影は確認できなかった。岸からの距離がどれくらいかは判らないが、銃声を聞いただけで何も見てはいないらしい。福家は説明を続けていた。

「銃声を聞き、驚いて起き上がったそうです。その後しばらく間があって、短い間隔で二発。遺体の状況などから見て、犯人はまず朝倉さんを撃ち、上竹さんの存在に気づいた。そして逃げる彼に向けて撃った。一発目は外し、二発目が命中した――」

「銃に詳しくはないが、拳銃の命中精度はあまり高くないと聞いたことがある」

「ある程度の訓練と経験を積まないと、命中させるのは難しいそうです」

「訓練と経験を積んだ刑事である君なら、百発百中だろうね」

「それが……私が撃つと、なぜか明後日の方向へ行ってしまうのです」

「それは恐ろしい。流れ弾に当たるのは勘弁だな。それで、犯人は一発外し、三発撃った、か……ひどい話だ。上竹君は偶然その場にいたために……」

「お気の毒です」

「上竹君が巻き添えだったということは、警察が洗うべきは、その朝倉とかいう男の身辺になるのかな」

「ええ、セオリー通りですとそうなります。今ごろは関わりのあった組事務所の捜索も行われているでしょう。容疑者が浮かんでいるかもしれません」

「犯人は絶対に捕まえていただきたい。何の罪もない上竹君を……」

列車は浜名湖の横を、猛スピードで走って行く。名古屋まであと少し。

五

有楽町《ゆうらくちょう》駅前にあるパチンコ屋の前で、二岡は寒さに震えていた。横には北風にびくともしない日塔がいる。間もなく、皺一つない黒のスーツを着た初老の男が、改札を出てこちらに向かってきた。大きな手提げバッグを持っている。黒縁の眼鏡に今どき珍しいチョビ髭を生やしていた。

「えっと、こちら刑事さんでよろしかったですか」

人なつっこい笑みを浮かべ、男は二岡たちに言った。日塔の発する威圧感も、この男には効果がないらしい。日塔は男を睨みつけると、警察バッジを示しながら言った。

「捜査一課の日塔です。こちらは二岡。あなたが井川卓《いがわたく》さん?」

「はい。急用だってことで、慌てて飛んできました。家は西葛西《にしかさい》でしてね、普段だとあと二時間くらいは家でのんびり……」

「ご足労をおかけして恐縮です。それで……」

「するところなんですが、いきなり警察から電話でしょう。びっくり仰天でね。昨日、俺が靴を磨いたお客さんが殺されたかもしれないって」

井川は日塔の言葉を無視して喋り続ける。相当な強心臓だ。

「お忙しい刑事さんにわざわざ来てもらうのも申し訳ないのでね。仕事場の有楽町の近くにいらっしゃるってことだったから、慌てて家を飛びだしたってわけで」

日塔は下唇を嚙みながら、苛立ちと闘っていた。

「自宅での貴重な二時間を無駄にしてしまい申し訳なく思っています。それで……」

「いやもう、何でもきいてください。そこのビルの二階でね、靴磨きやってるんですよ。今どき珍しいでしょう？　でもけっこう需要があるんですよ。忙しいときなんて、一日中、磨きっぱなし。まあ、今の人もいろいろあるんだねぇ。嫌なことがあったから、気分転換で靴を磨く。大事な会議の前には験《げん》担ぎで必ず靴を磨く。親に貰った大切な靴だから、メンテナンスの意味もこめて靴を磨く。ああ、いろいろだねぇ」

「井川さん……」

日塔は沸騰寸前だ。そんなことにも気づかず、井川は喋り続ける。

「昨日もね、三十歳前後の人が来てね。年の割にいいスーツ着てたなぁ。頭のてっぺんから足の先までピシッとしてて。髪もこう、全然乱れてない。あれ、固めてるんだね。風が吹いてもなびかないのよ」

「井川さん……」

「すごくいい靴だったよ。履きこんでいたけど手入れもよくて、俺、ちょっと嬉しかったなぁ」

「井川……」

「その人、証券会社の営業なんだってさ。売り上げ上げたら上げただけ、給料が上がるんだって。すごいよね。あ！　申し訳ない。勝手に喋っちゃって。口ばかりよく動くっていっつも言われるの。ごめんなさい。で、何かききたいことあるんでしょ？」

「そのまま喋れ」

「え?」

「今の調子で喋り続けろ」

「……あ、そう。でね、その人、何ていったっけなぁ、ゴンゴロスでもない、ガラキングでもない……トンダイル! それ、よく出てきたなぁ、トンダイル証券の人だったけど、入社したばかりのころ、上司に言われたんだって。人はまず靴を見る。靴には注意しろ。特に、自分が大切に思う人や尊敬する人と会うときは、絶対に靴を磨いてから会いに行け——いいこと言うよねぇ。それで、靴磨きに来たんだって。午後九時の店じまい直前に飛びこんで来たからよく覚えているんだよねぇ。誰と会うかまでは聞かなかったけど、上手くいってるといいねぇ。俺、毎日、そんなことばっかり考えてるの。靴磨いた人が幸せになったらいいねぇって。さてと、で、刑事さんが聞きたいってのはどんなお客さんのこと?」

「もういい」

「へ?」

「助かったよ」

日塔はポケットに両手を入れたまま、歩き去る。ポカンとそれを見送る井川に一礼すると、二岡は慌てて後を追う。

「勝手に全部、喋ってくれましたね。でも、あれだけでいいんですか？　もっと突っこんだ方が……」

「充分だ。こっちには時間がない。福家には俺の方からメールを送る」

「それで、これからどうしますか？」

「上竹の自宅に行く。一人暮らしだったな」

「はい。豊洲《とよす》のタワーマンションです」

「徹底的にやるぞ」

日塔の携帯が鳴った。

桜井から報告が入ったようで、日塔は携帯を耳に当て、何度も頷いていた。

「よし、引き続き頼む」

携帯をしまい、日塔が言う。

「凶器の銃には前科《まえ》があった。そっちは桜井に当たらせている。二岡、おまえにも頼みたいことがあるんだが、おまえに俺の命令を聞かなくちゃならん義理はない。それでもやるか？」

「もちろんです」

「福家が言ってきた蓮見が働いている……ボルケラーか。そこへ行って、蓮見のことを洗いざらい調べてこい」

また日塔の携帯が鳴る。発信者の表示を見て、彼の表情が曇った。

「どうした？　何かあったのか？　うん？　名古屋で……ああ。愛知県警に根回しをすることは可能だ。問題は時間だな。女性警察官を一名……ふむ、判った。任せておけ」

日塔は腕時計に目を走らせる。

「だが時間がない。精一杯やってはみるが。ああ、判ったよ」

日塔は舌打ちと共に通話を終えた。

「警部補、誰からです？」

「福家だよ」

「え？」

「詳しい説明は後回しだ。とにかく時間がない。ボルケラーの捜査が終わったら、データはすべて愛知県警に送れ。プリントアウトして捜査員に持たせ、名古屋駅のホームで福家に渡すんだ。あとは、あいつが何とかしてくれる」

「判りました」

「ここからは別行動だ」

「警部補はどちらへ」

「ちょっとした仕込みだ。福家のヤツ、面白いことを考えやがる」

日塔はニヤリと笑うや、地下鉄有楽町線へと通じる階段を駆け下りていった。

六

「間もなく名古屋です」

アナウンスと共に、数人の乗客が降車の準備を始めた。

浜名湖を過ぎて以来、隣の福家は沈黙を守っている。蓮見はずっと考え続けていた。

次の名古屋で降りるべきか。

隣に刑事が乗り合わせたのは、不幸な偶然だ。大して気にすることではないのかもしれない。一方で、つかみ所のない不可思議な女刑事はかなりのくせ者だ。無能を装いとぼけたことを言っているが、上竹、朝倉殺しと蓮見を関連づけている節がある。いったい、何がきっかけでそうなったのか。どれだけ思案しても、蓮見には思い当たることがない。

蓮見にはまだ、やらねばならないことがある。上竹殺しは計画の第一歩にすぎないのだ。ここで捕まるわけにはいかない。

のぞみ号は、名古屋駅に入る。

どうする。思わず肘掛けを握り締めていた。

今後の計画をあきらめ、ここで下車して東京に戻る。そして新たな計画を練るのだ。

いや、ここまで来るのに五年かかった。これだけの条件が揃う機会がまた来るとは思われない。

どうする。

そのとき、福家が音もなく席を立った。そのままデッキに出て行く。降りたわけではないだろう。

もし銃を始末するのであれば、今しかない。銃を捨て、計画を中止する——。

そう繰り返す自分がいる一方、冷静さを取り戻せと諭す自分もいた。

現時点で、蓮見は容疑者でも何でもない。蓮見の同意なくして、福家はバッグを開けることすらできないのだ。

それに、これは罠かもしれない。わざと席を外し、蓮見が行動を起こすのをどこかで見守っているのかもしれない。

計画は続行する。蓮見は決めた。計画遂行の暁には、もとより逃れるつもりなどない。「天の配剤」から始まった復讐計画だ。最後まで天に任せるのも悪くない。ゆき、面白い展開になってきたじゃないか。

蓮見はシートに深々と坐り直す。発車ベルが響き、ドアの閉まる音がした。がくんと車体が揺れ、ゆっくりと進み始める。蓮見は大きく息をついた。これで逃げ場はなくなった。のぞみ号は京都まで停車しない。

福家が戻ってきた。分厚いファイルを抱えている。

なるほど、名古屋で事件資料を受け取ったわけか。浜名湖通過後、追及の手を緩めたのは、一つには資料不足、二つには名古屋で蓮見の降車を阻止する意味合いがあったのかもしれない。

「何やら物々しいですね」

蓮見は言った。

「ええ。寝ている暇もありませんわ」

福家はファイルを閉じたまま答えた。

「事件に進展はありましたか？」

福家に指摘されて以来、携帯を見てはいない。不安は募るが、刑事の横でネットの情報に一喜一憂しても仕方がない。

「うわー」

突然、車内に子供の声が響き渡った。小学校低学年くらいの男の子が、進行方向に向かって通路を猛ダッシュしていく。少し遅れて、荷物を抱えた母親が申し訳なさそうな表情で続く。自由席車輛に乗るつもりだったが間に合わず、エスカレーターに近い八号車に飛び乗ったとみえる。男の子の雄叫びは、七号車に繋がるドアが閉まった後も聞こえていた。

車内のざわめきが収まったころ、福家は浮かぬ表情で言った。

「進展は、あったと言えばあったのですが……逆に疑問点も増える有様で」

「困ったものだね。ところで、先ほどおっしゃっていた靴の問題、あれは解決したのかな」

車内の照明を受け、福家の眼鏡がきらりと光った。

「その件も、おかしなことになっているのです。実は、財布に入っていた領収書から、上竹さんの靴を磨いた職人が判りました」

「ほう、それはすごい」

「有楽町のビルに、今どき珍しい靴磨きをするスペースがあるらしいのです。いつも、そこで磨いてもらっていたようです」

蓮見は頷く。

「なるほど、判ってきたよ。トンダイル証券のマニュアルだ。常に靴を磨け」

「上竹さんは実践されていたのですね。上司や同僚によると、彼は重要な会合や会議の前には必ず靴を磨いていたそうです。調べたところ、上竹さんは昨夜、午後九時ごろ、行きつけの靴磨きに飛びこんでいます」

「ほう。深夜か早朝、大事な会合でもあったのかな」

「その通りです。今朝、大事な顧客と朝食をとる約束がありました。ところが、その靴を履いて、上竹さんは現場の水たまりを歩いている。靴は泥だらけでした」

「追われて逃げたときについたのでは？」

「その足跡は別に残っていました。上竹さんはなぜ、せっかく磨いた靴で水たまりを歩いたのでしょう」

「……まったく判らんね」

「こう考えたらどうでしょうか。上竹さんは、船着き場で誰かと会っていた。その相手は、朝食をとる相手よりも重要な人物だった」

「まあ、あり得ないことではない。しかし……僕はその船着き場に行ったことはないが、人も来ない寂しい場所なのだろう。それに昨夜は寒かった。そんな場所で顧客に会うだろうか」

「顧客とは限りません。上竹さんの上司、あるいは尊敬する誰かかも。上竹さんは深夜、指定された場所に赴きます。そこで何者かと会う。その人物は、ぬかるんだ道を進み、船着き場へ向かった。上竹さんは別行動を取ることもできず、やむなく従った。これで説明がつきます」

「……まあ、筋は通る」

「上竹さんは、その人物の言いなりだった。時間も場所も、指定された通りに行動するしかなかったのです」

「同じことが靴にも言える……か。で、そんな人物がいるのかね」

「ええ。刑事が上竹さんの自宅を捜索しました。その結果、彼が目標としている証券マンが浮かんできました」

「それは、誰だい？」

「蓮見龍一さん、あなたです」

「何と、それは驚きだ。そんなこと、彼は一度も言ってくれなかったが」

「あなた、昨夜、上竹さんと会われましたか？」

「とんでもない。昨夜は……十一時まで社で仕事をして、帰宅した。おっと、アリバイはないな。だが待ってくれ。現場ではもう一人殺されたのだろう？　ヤクザ者で敵も多かったとか」上竹君は巻き添えになっただけではないのか？」

「そう見える状況であるのは確かです。こちらにも一点、おかしなことが」

蓮見は知らず知らずのうちに笑みを浮かべていた。福家とのやり取りが楽しくて仕方がない。久しく忘れていた興奮だ。

「ぜひ聞きたいね」

「これを見てください」

福家は携帯の画面を蓮見に向けた。表示されていたのは「東京湾炎上」のポスターだ。アイドルがにこやかに笑っている。

「これと同じものが現場にもありました。それがこれです」

福家の細い指が、画面をスクロールさせる。現れたのは同じポスターだ。

「違いが判りますか？」

「こちらの女性は、左頬に小さなホクロがあるね。だが最初に見せてもらったものにはなかった」

「このホクロに見えるもの、実は弾丸の痕なのです」

「何だって？」

「弾道から見て、これは朝倉さんに向けて発砲されたものと思われます。的を外れた弾丸が当たって、朝倉さんの背後のフェンスが割れました。その一部が跳ね返って、ポスターが貼ってあるコンクリート製の柱にめりこんだ」

そう、蓮見が現場で覚えた違和感の正体はこれだ。ぼんやりと照らしだされたポスターの女性の左頬に、ホクロが増えていた。その微妙な変化に、説明のつかない違和感が残ったのだ。

ホクロの正体に思い至ったのは、待合室で現場からの中継を見たときだ。その少し前、ホームで同じポスターを見ていたことも大きかった。そう、あの女性にそもそもホクロはないのだ。違和感の正体が割れ、蓮見は待合室でホッと胸を撫で下ろした。この程度であれば、計画に齟齬をきたすことはないだろう。その安堵だった。

「なるほど。それで？　これの何が問題なんだ？」

「先ほど、釣り客が銃声を聞いたことをお話ししました。銃声が一発聞こえ、しばらく間を置いて、二発目、三発目が続けて聞こえたそうです。犯人は、朝倉さんを狙ったとされています。現場で待ち合わせたのか、ほかの場所でいざこざがあり、被害者が現場に逃げこんだのか、いずれにせよ朝倉さんを狙っていたのであれば、まずは朝倉さんを撃つでしょう。その後で、現場にもう一人いたことに気づく。犯行を目撃され、犯人はやむなくその人も撃つ――。ところが、それでは銃声の説明がつかないのです。今も言った通り、柱から見つかった弾の破片から見て、犯人は朝倉さんに向けて二発撃っているのです。では、その少し前に響いた銃声は何だったのでしょうか」

「……上竹君を撃った……」

「はい。犯人は最初に上竹さんを撃ったのです。つまり、現場の状況は一八〇度反転します。巻きこまれたのは、上竹さんではなく朝倉さんの方だった。犯人は最初から上竹さんを狙っていたのです」

ゴウという音と共に、のぞみ号はトンネルに入った。福家とのやり取りに夢中で、列車が今どこにいるのか、把握できていない。岐阜羽島を過ぎた辺りか。いずれにせよ、京都まであと少しだ。

「上竹君が狙われていた……。にわかには信じがたい。では、ヤクザ者は何のために殺されたんだ？　たまたま殺人現場に居合わせて、あっけなく殺された……そう言うつもりじゃないだろうね」

「たまたま居合わせたのではなく、犯人に呼びだされたと考えています」

「質《たち》のよくないヤクザを呼びだした？　そんなことができる人間は、そういるものではないよ」

「朝倉さんはこの二年ほど、実に羽振りがよかったそうです。一方で敵も多く、稼ぎ口は限られていた。どうやって金を得ているのか、皆、不思議に思っていたとか」

「短絡的な発想はよくないかもしれないが、女性関係ではないのかな」

「おっしゃる通り、彼は自分名義のマンションに女性を住まわせていました。朝倉さんが手にする金は、すべてその女性から出ていたようです」

「うらやましい……と言ったら、軽蔑されるかな」

「その女性は個人投資家で、この二年で驚くほどの利益をあげています」

「個人でそれだけの結果をだすとは、すごい才能の持ち主だ。うちに来てほしいくらいだよ」

「その女性は三年前まで銀座のクラブで働いていました。当時を知る者に話を聞きましたら、株はもちろん、金融関係の知識はまるでなかったと」

「勉強したんじゃないか？　才能はある日突然、華開くものだろう」

「実際に取引をしていたのは別の人物ではないか、私はそう考えています。女性は目くらましなのです。株などで得た利益を、女性経由で朝倉さんに流す。その指南をしていた人物がいるように思うのです」

「なるほど。例えば証券会社に勤務する者とか」

「はい。その中でも特に優秀なプロが、朝倉さんのために荒稼ぎをしていた。上竹さんを殺すとき警察をミスリードする駒として使うために」

「それはまた無茶な推理だ。朝倉氏が株で利益を得始めたのは、二年前だと言ったね。君の言う殺人計画が本当にあったとして、随分と悠長じゃないか」

「犯人には、そうするだけの動機があったのではないでしょうか」

「ほう。いったいどんな動機かな」

「そこまでは、まだ。これから問題の女性を署に呼んで、指南役の人物について語ってもらう予定です。その人物が誰であったか判れば、捜査は進展するはずです」

「なるほど。警察は抜け目がないね。いや、面白い話を聞かせてもらったよ。君とのお喋りは楽しかったが、さすがに疲れた。少し休ませてもらうよ」

女性に株の指南をしたのは、むろん蓮見だ。だが、一度も会ってはいない。常にネット経由で連絡を取り合った。向こうはこちらの名前も住所も知らない。

内心ほくそ笑む蓮見の前で、福家はぺこんと頭を下げた。

「これは失礼しました。今日は重要なパーティーがあるんでしたね。ボルケラー証券のＣＥＯも出席するパーティーが」

蓮見はニヤリとした。

「調べたのか？」

「お疲れのところ恐縮ですが、もう少しだけお付き合いください。次は凶器となった拳銃の問題です」

「君たちのことだ、残された弾丸から、前科がないか調べたのだろう？」

「はい。七年前、大阪市城東区で起きた信用金庫強盗事件で使用されたものと判りました。犯人は銀行の入口で天井に向けて一発撃っています。その後、窓口の現金百二十万を奪って逃走」

「七年前か。まさに眠れる拳銃だな」

「銃がなぜ今になって目を覚ましたのか、それが気になります。銃自体は、当時、暴力団関係者を中心に出回っていたものと考えられます。命中精度はそこそこですが、安全装置に不具合があり、暴発の恐れもあるのです」

「素人考えだが、銃売買の闇ルートか何かがあって、所有者が転々と替わったのではないかな」

「そういうわけでもないのです。強盗事件の犯人はその日のうちに捕まって、銃は逃走中に捨てたと証言しています」

「その供述はウソだったわけだ。こうして事件が起きているわけだから」

「犯人は公園のゴミ箱に、段ボール箱に入れて捨てたと証言しています。証言が得られたとき、ゴミ箱の中身は既に回収され、それ以上は追跡できませんでした」

蓮見は身を起こし、尋ねる。

「君は何が言いたいんだ？」

「ゴミ箱に捨てられた銃は、埋め立て地かどこかで眠っている。捜査関係者はそう考えていたのです。それが今になって、それも殺人の凶器として使われたわけですから、大慌てです」

「それはそうだろうね」

「蓮見さんは当時、東京でお勤めを？」

「ああ。僕は証券ひと筋でね。当時は日本の会社にいた。七年前というと、ちょうど転職を考え始めたころかな。いろいろな意味で限界を感じてね。もっと自由に自分のやり方を通したかったから」

「大阪で強盗事件が起きたのは、七月二十八日です。あなたは七年前のその日、休暇を取られていますね」

蓮見は背筋に冷たいものを感じた。わずかな時間で、そこまで調べたというのか。こちらの心中を察したのだろう、福家は微笑んだ。

「機動鑑識班の二岡という者が、懸命に調べてくれました。本来ならこうした捜査を行う部署ではないのですが……」

「そんなことはどうでもいい」

蓮見は正面から、福家と向き合った。京都まであと二十五分。

「いったいどういうつもりで、そんなことを？」

「二岡は、職場の同僚の方に話を聞いたようです。あなたは恋人の葬儀に出ておられたとか。場所は大阪の鶴見……。強盗事件が起きた場所の近くですね」

心のもっとも深い部分に、土足で踏みこまれた気がした。頭の中で何かがはじけ飛びそうになったその瞬間、反射的に六秒数えだしていた。怒りを静める方法の一つだ。六秒たてば、発作的な怒りは去り、冷静さを取り戻せる――十数年前、社員研修で習ったことを、蓮見は今も実践していた。生き馬の目を抜く証券業界で、過去こうした窮地は何度もあった。その度に、冷静を保ち、切り抜けてきた。福家はこちらの感情をあおり、ミスを待っている。その手には乗らない。

窓の外には穏やかな田園の風景が広がっていた。遥か彼方の山々はてっぺんの辺りに薄く雪化粧をしている。

蓮見は落ち着きを取り戻していた。

「坂下ゆき。結婚も考えていた。仕事で悩みを抱えているのは判っていたが、僕自身も忙しく、親身になってやれなかった。悔やんでも悔やみきれないよ。あのとき、ちゃんと向き合っていれば……。あの日は、君の言う通り、ゆきの葬儀に行った。両親は口もきいてくれなかったがね。当然だ。傍にいながら何もできなかったのだから」

福家は黙って聞いている。その顔には、何の感情も浮かんではいなかった。

あの日のことが脳裏を過《よぎ》る。葬儀の後、蓮見は呆然としながら街をさまよった。ふと目についた公園に入り、ベンチに坐った。どのくらいそうしていただろう。夕暮れ近く、誰もいなくなったころ、ふと傍にあるゴミ箱に目が行った。様々なものが捨てられていたが、中に潰れた段ボール箱があった。黒光りする何かがのぞいている。吸い寄せられるように、蓮見はゴミ箱に近づいた。箱からはみ出ているのが拳銃であることは、歩いている間に判った。それから数歩進む間に、蓮見の頭は「復讐」の二文字に埋め尽くされていた。銃を取り、ホテルに持ち帰った。残弾は五発。ゆきの仇《かたき》は三人だ。いける。蓮見の復讐計画は、その瞬間からスタートした。

波立つ心を押し隠し、蓮見は言った。

「葬儀の後、すぐ東京に戻った。近くで強盗事件が起きていたことさえ知らなかった」

福家はその答えを予想していたようだった。蓮見が観念してすべてを白状するとは、元から考えていないのだ。福家は静かに言った。

「坂下さんの上司だった課長および勤務していた支社の社長、仮にA、Bとしておきますが、Aは現在、ボルケラー証券ジャパンの営業本部長だそうですね。さらにBはボルケラー社の副社長としてサンフランシスコにいるとのことですが」

「共に、ゆきのパワーハラスメントに深く関わっていたとされる」

福家はフックにかけてあるテーラーバッグに目を移す。

「副社長は、今日のパーティーに合わせて来日されるとか」

「社長も出席するからね」

「当然、営業本部長も」

「ああ」

「そしてあなたも」

「本年度の最優秀営業マンとしてね。ここまで来るのに五年かかったよ」

「拳銃は、あの中ですか」

荷物棚のバッグを福家は指さした。

「何のことだか判らないね」

「復讐は終わっていないのでしょう？」

「だから、何のことだか……」

「殺害された上竹さんですが、七年前の情報が上がってきています。当時、大口の顧客が立て続けにボルケラーからトンダイルに流れています。そのすべてが坂下さんの……」

「上竹がゆきの情報を盗み、顧客を奪い取ったんだ。そのことがもとで、弱っていたゆきの心は……」

「それが動機でしょうか。坂下さんを死に追いやった者に責任を取らせる。その死によって」

「何をバカなことを。小説の読みすぎだ」

「バッグの中を見せていただけませんか」

「断る。君にそんな権限はない」

のぞみ号は立て続けに短いトンネルを抜けた。京都は近い。

福家に蓮見を止めることはできない。バッグを開けさせることもできない。

蓮見は心を決めた。

ゆきの仇を二人まとめて殺す計画は、延期するよりない。標的が揃う千載一遇のチャンスであったが、一から練り直しだ。

「ここを切り抜けたとしても……」

福家の声が冷たさを増した。

「我々は手を緩めません。あなたにはしばらく監視をつけます。ボルケラー証券にも、我々が調べたことを伝えます。次のチャンスをうかがうつもりでおられるのなら、あきらめた方がいいと思います」

「それくらいは、端《はな》から覚悟しているさ。こちらも言わせてもらうが、未来永劫、僕を監視し続けられるのかね？　第一、何の容疑で監視するんだ。僕は犯罪者じゃない」

「上竹さん、朝倉さん殺害の……」

「君の推理は面白く聞かせてもらった。だが、証拠は何もない。そうだろう？」

福家はかすかに頷いた。

「僕は京都駅で降りたらすぐ、弁護士を呼ぶ。会社に報告するって？　すればいい。だが事実としてあるのは、七年前に自殺した社員と僕が恋愛関係にあった、ただそれだけだ。会社は僕をクビにするだろう。僕はその件について徹底的に争うよ。当然、君たちも巻きこまれる。証拠もなく僕を犯罪者扱いして、僕に不利な情報を会社にリークした。それとは別に、名誉毀損等で君も訴える。泥沼だ。その上、僕を監視だって？　できるものならどうぞ」

「私を甘く見ていただいては困ります。訴訟？　けっこうです。その間も我々はあなたに張りつきます。昼も夜も、どこへ行こうと目を光らせる。あなたは必ず、どこかでミスを犯す。精神的に耐えられなくなるのです」

「刑事がそんなことを言って、許されると思うのか？」

「あのバッグの中を見せていただけませんか？」

「まだそんなことを……」

「もし銃がなければ、私は引き下がります。二度とあなたに近づきません」

蓮見は福家の表情をうかがう。こんなやり取りをしているにもかかわらず、彼女の顔には何の感情も浮かんでいない。ただ、先よりも鋭さを増した視線が、眼鏡の向こうから蓮見を貫いている。

「到底、信じられんね」

「バッグの中に何もなければ、あなたの勝ちです。あなたは私や警察組織を訴えることができます。こちらに勝ち目はないでしょう」

福家は人差し指を立て、荷棚のバッグを指した。

「それとも、開けられない理由でも？」

車内アナウンスが流れる。

「間もなく京都、京都です」

時間通りだ。窓越しに古びた街並みが見える。

蓮見はおもむろにバッグを下ろすと、福家に差しだした。

福家はファスナーを開け、手を突っこんだ。英語のアナウンスも始まり、いよいよ到着が近いことを告げる。

「Ladies and Gentlemen. We will soon make a brief stop at Kyoto.」

バッグの中を睨んでいた福家が顔を上げた。やはり、そこに感情はない。

蓮見はひったくるようにバッグを取り戻し、ゆっくりとファスナーを閉める。

「申し開きは聞かない。だが、覚悟しておくんだな。僕はやると言ったことは必ずやる」

のぞみ号が京都駅のホームに入った。蓮見は福家の膝をまたぎ、通路に出た。降車客はかなりいる。福家は後を追ってくる気配もない。

コートをはおり、ホームに降り立った。京都特有の身を切る寒風が頬に吹きつける。慌ててコートの襟を立てた。ガーンという乾いた音が響いたのは、そのときだった。花火、爆竹……いや……。

蓮見がはっと顔を上げたとき、泣き叫ぶ子供の声が耳に入った。

「ママー！」

その声は、名古屋から乗ってきた男の子のものに違いない。

のぞみ号の進行方向に目をやると、自由席の三号車付近に人だかりができている。駅員や居合わせた乗客が、三号車前方のドアから髪の長い女性を運びだそうとしている。意識がないのか、ぐったりしていた。脇腹の辺りにべっとりとついているのは血だろうか。そのすぐ後ろで、子供が叫んでいた。

「ママー！」

蓮見は駆けだしていた。遠巻きに見守る人々をかき分け、三号車後方のドアから、車内に飛びこむ。車内は騒然とした様子だった。多くの乗客が立ち上がり、窓の外を見つめている。何人かは、ホームあるいは別の車輛へと退避を始めていた。

蓮見は荷棚を探る。ない。東京駅を出る前に置いたバッグが……。床に目をやると、通路の真ん中にバッグが落ちていた。

何てことだ。安全装置はかけておいたのに。

福家の言葉がよみがえる。

『命中精度はそこそこですが、安全装置に不具合があり、暴発の恐れもあるのです』

降車客が荷物を取る際、誤ってバッグを落とした。その衝撃で銃が暴発し……。

蓮見はバッグを取り、ファスナーを開けた。黒く光る銃を見た瞬間、自分が取り返しのつかないことをしたと気づいた。

顔を上げ振り返ると、福家が立っていた。

デッキに続く前後のドアの前には、制服警官が立っている。蓮見は思わず、銃に手をかけた。

「おやめなさい。弾は抜いてあります」

福家が近づいてきた。確認するまでもなかった。彼女なら抜かりなく、そうするだろう。手からバッグが滑り落ち、床に落ちた。ゴトンと重い音がした。

窓の外を見ると、たった今悲鳴を上げていた子供が、刑事と思しき男に頭を撫でられている。男の子は得意げに笑っていた。すぐ傍には、母親が立っている。さらにその横には、同じ服装をした別の女性がいた。脇腹が赤く染まっている。女性は痛みをこらえる様子もなく、男性刑事に何事かを告げていた。あの母親は、女性警察官だったのか……。彼女もおそらく、名古屋で乗りこんだのだろう。

蓮見は福家を見上げ、言った。

「いつ気づいたんだ？」

「東京駅で、あなたが八号車に乗りこんできたときです。あなたは、七号車の方から入って来ました。八号車の乗降口は後方のドア一つだけです。あなたの席番は17A、一番ドア寄りです。八号車のドアから乗りこめばすぐなのに、どうして逆側から来たのか、疑問に思ったのです。入線前、あなたは既に十号車の前にある待合室にいました。どうしてわざわざ前の車輛へ行ったのか。あなたと話しているうちに、もしやと思いましてね、自由席の手荷物を確認してもらったのです。証拠となる銃を手許に置くか、万が一に備えて離れた場所にあえて置くか。あなたなら後者を採ると考えました」

「名古屋で席を外したのは、その指示のためか……。ファイルは囮《おとり》だったんだな」

「いいえ、ファイルには東京の同僚が必死に集めてくれた情報が詰まっていました。あれなくして解決はありませんでした」

「何てことだ……よりによって君のような人が偶然、隣に坐るなんて……いや、偶然じゃないいな。そうか、待合室にいたとき気づいたんだな」

「はい。事件を伝えるニュースの画面を見る、あなたの表情が気になりました。うっすらと浮かべた笑み。あれは何なのか。興味、悦楽、侮蔑、嫌悪、いずれも当てはまらない。最後に安堵ではないかと思いつきました」

「それで僕の隣の席を？」

「はい。気になったもので、無理を言って代わっていただきました」

「最初から、勝ち目はなかったわけだ」

蓮見は立ち上がった。

「君が連行するのか？」

「いえ、向こうに京都府警の者がいるはずです」

福家の合図で制服警官が近づいてきた。

両側を固められながら、蓮見は福家を振り返って言った。

「僕はまだ、あきらめたわけではないよ」

くぎ

佐藤《さとう》 究《きわむ》

1977年福岡県生まれ。二十代のなかばのころ、交友のある詩人から「何か書いたら『群像』に出すといいよ」と言われ、群像新人文学賞に応募したところ、その作品が優秀作となりデビュー。以来純文学の世界で十年以上過ごす。2015年、ゾンビ小説を書いた折、知己の編集者から「何か書いたのであれば『江戸川乱歩賞』に応募してみませんか」と言われたのをきっかけに、別作品にて乱歩賞に応募。2016年、警備員を辞めた後、応募二度目となる『QJKJQ』にて、第62回江戸川乱歩賞を受賞。2018年、『Ank: a mirroring ape』にて、第20回大藪春彦賞、第39回吉川英治文学新人賞を受賞。2021年、『テスカトリポカ』にて、第34回山本周五郎賞、第165回直木賞をダブル受賞。（Y）

だれでも心に怪物をかくしている。

ふと、頭に浮かんだことを日記に書こうとして、安樹《やすき》は思いなおす。鉛筆をにぎった手を紙の上でとめる。

やめとけ、とつぶやく。よけいなことを書けば、「きみにとって怪物とはどういうものなのか」や「怪物が生まれる原因は何だと思う」などといった質問を面接で訊《き》かれ、またややこしい心理検査がはじまる。そうなればもっと長く収容される。別の施設に移されるかもしれない。

何か深い考えがあって、〈怪物〉という言葉を思いついたのでもない。どんな奴にもみにくい部分があるとか、動物めいたところがあるとか、安樹にとってはそのていどの話だ。

たとえば自分の場合は、とにかくケンカをしないように努力している。でも、いったんケンカになってしまうと、どうしてもやりすぎる。倒れた相手に追い打ちをかけ、歯止めが利かなくなる。

安樹は気を取りなおして、いつものように日記をつけはじめる。

~~あいつら~~仲のよくなかったグループとは、~~なぐる~~けが人がでるまえに話しあうべきでした。自分はケンカしたくないとおもっているので、そういう場しょにいくのはよくなかったです。うごかなくなった相手をなんどもなぐってしまい~~後海~~後悔しています。~~たっぷり~~しっかり反省してまともな人生にすすむ。どくりつしたいです。

安樹はぎこちなく鉛筆をうごかし、きたない字をつらねていく。決して嘘ではない。ほんとうの思いもそこに込められている。


机と布団。

便器と洗面台。

生活のすべてが一部屋にまとめられた三畳の空間で、安樹は寝起きする。

十六歳の夏。横浜少年鑑別所。

安樹は神奈川県川崎市で生まれ育った。今も同じ町に住んでいる。きょうだいはいない。七歳になったときには、母親はもうどこかへ消えていた。父親はつねに金に困っていて、生活は貧しかった。母親が去ると、一日の食事は缶詰一個という日が増え、家にある電化製品や服がつぎつぎに減っていった。息をひそめて、いつも周囲の物音に耳をすましているような生活、父親の借金。

電気もガスもとめられ、部屋にほとんど何もなくなったころ、父親がどこからか箱入りのろうそくと、鉄のくぎを手に入れて戻ってきた。ほかにも、新聞紙に包んだガラスの破片を持っていた。

その日の夜、父親は食べ終えた缶詰の底にガラスの破片を放りこみ、マッチでろうそくに火を灯《とも》し、缶詰の底に立てて部屋を照らした。天井に二人の影がぼんやり映った。

眠りにつく前、父親はろうそくにくぎを刺した。真横に貫通したくぎを、おさない安樹は不思議そうに見つめた。

「昔の目覚まし時計だな」と父親は言った。「ろうそくが溶けると、くぎが缶の底にあるガラスに落っこちて音が鳴る」

鑑別所で寝起きするうちに、安樹は父親の夢を見ることが多くなった。がらんとした部屋で、親子二人で毛布にくるまって眠っていた夜。ろうそくの火がゆらめき、影が踊り、夜明けが近づいたころ、燃えた芯が短くなり、溶けたろうから落ちたくぎが缶の底へ――

あの音。

目を覚ました安樹が布団のなかで天井を見つめているうちに、起床時刻になる。午前七時。ピアノ曲の放送が朝を告げ、安樹は布団をかたづけて朝食にそなえる。

四週間の収容を終えて、横浜少年鑑別所を安樹が出る朝、すでに夏のさかりはすぎ
ていたが、青空を呑みこむような入道雲が海の上に広がっている。
見送りの職員に頭を下げて、安樹は歩きだす。しばらく進むと道端に転がっている
せみの死骸を見つけ、拾い上げて眺める。死んでいると思っていたが、せみは全身を
震わせて鳴きだす。安樹は宙に放ってやる。ぶざまな軌道を描く影が、街路樹の茂み
に向かって小さくなる。

バスを乗り継いで川崎のアパートに帰った安樹は、酒を飲んでテレビを見ている母
親に声をかける。鑑別所に迎えに来るはずだった母親。ただいま、とは言わずに、お
れの靴は？　と訊く。段ボールで作った棚の下に隠してあったドクターマーチンのブ
ーツがない。留守のあいだに母親が手をつけると思っていたが、やはり売られたの
だ。

母親は酔った目を安樹に向ける。「あんた、一生あっちにいりゃよかったのに」
口の悪さは、いつものことだ。母親といっても血はつながっていない。父親が金の
ために再婚した女。その父親は六年前の夏に姿を消した。東北でごみ処理業者として
働いているといううわさだったが、安樹にはどうでもいい話だった。死なずにどこか

で生きているなら、と安樹は思う。つまりそれは、おれを捨てたってことだしな。

残された安樹は、戸籍上母親の酔っぱらいと暮らしている。女は去年の暮れまで水商売で日銭を稼ぎ、酒ぐせが悪すぎて解雇されたので、今は夕方から夜まで焼肉屋ではたらいている。

売られたのはブーツだけではなかった。どこかで金に換えようと思っていたクロムハーツ――本物ではないとわかっていたが――の指輪も売られていた。

怒りがだんだんと大きくなる。体のなかで熱がふくれ上がる。

落ち着け、安樹は自分に言い聞かせる。ここでババアをぶん殴ったら、取り返しがつかない。忘れるな。おれはまともな仕事を見つけて、このアパートを出ていく。鑑別所で決めたんだ。そうすればこいつの顔を見ずにすむ。

川崎のアパートに戻っておとなしくすごすうち、安樹の少年審判の日がやってくる。愚痴をこぼす母親と連れ立って、二人で少年審判の場に出向く。鑑別所送りの観護措置を終えたにすぎない安樹は、非公開の少年審判によって、少年院送致、児童自立支援施設等送致、保護観察の三つのうち、いずれかを言い渡される。

安樹自身は年少送り――少年院送致――を覚悟していたが、じっさいに下されたのは保護観察だった。鑑別所での態度や更生の意志が評価された。

年少送りが回避されると、地元の仲間が酒やスナック菓子を持ち寄ってアパートにお祝いにやってくる。みんな十代だ。彼らにとって保護観察は自由の身にひとしい。安樹はスナック菓子を食べるが、酒は一滴も飲まない。

「これやるよ。おれ、もう電子たばこだからさ」幼なじみがそう言って、傷だらけの銀色のジッポーライターを安樹にくれる。

保護観察がつづくあいだは、保護司《ほごし》の男が定期的に面談に訪れる。ドアを開けた安樹は、保護司をうながして、アパートの二階の廊下に出る。

「お母さんは、相変わらずお酒を？」と保護司は訊く。

安樹はうなずくと、すぐに話題を変える。「おれの仕事はありそうですか」答えるかわりに、保護司は一枚の紙を見せる。保護観察中の十六歳の少年を面接してくれる、数少ない会社の求人広告。〈塗装工急募〉。〈独身寮完備〉。会社も寮も、安樹の生まれ育った町にある。

安樹を面接した塗装店の社長は五十二歳の男で、営業の合間をぬって自分も現場ではたらく職人だ。机一つのせまい事務所のなかで、安樹は浅黒く日焼けした社長と向き合って座る。となりにはつき添いの保護司がいる。

社長は履歴書に目を通す。黒いタオルを頭に巻き、上下ともに白黒迷彩柄の作業着だ。

履歴書を机に置いた社長は、太い指をその上に重ねる。〈志望動機〉と〈自己PR〉欄を埋めた安樹の字は、きたなすぎて社長には読めない。

「どうしてうちで働きたい？」と社長は言う。

「家を出たくて」と安樹は答える。「この会社には寮があるので、そこで暮らそうと思って」

「親はだいじだぞ」

「本当の親じゃありませんから」

社長は耳慣れた台詞《せりふ》を聞いたように軽くうなずき、ふたたび履歴書に目を移す。

「誰にでもいろんな事情がある。でもな、モップで床を拭くのも、トラックでゴミを集めて回るのも、同じ仕事だ。何でペンキ塗りになりたいんだ」

「なりたいってわけでもないですけど」緊張を感じながら、安樹は言う。「その紙にも書いたんですが、ガキのころからプラモデルとかフィギュアに色を着けるのが得意で。仲間に頼まれると、ときどき色を塗ってやったりして、それで」

「ペンキ塗りなら、できそうだと思ったのか」

「はい」

社長は腕を組んで天井を見上げ、しばらく考えこむ。「で、何をやった」

「塗ったプラモデルの種類ですか」

「そうじゃねえよ」と社長は言う。「こちらの保護司さんにもらった書類に逐一書いてあるんだが、おまえの口から聞きたいんだ。何をやって、鑑別所に入った」

「ケンカ、傷害です」

「何対何だ」

「最初は四十人くらいいて——地元の仲間と、相手の連中と——最後には一対三になりました」

「おまえはどっちだ」

「一の方です」

そう答えたときの安樹の顔つきを、社長はちらと眺める。これといった表情の変化はない。

「何を使った」

「得物《えもの》、道具ですか」

「ああ」

「何も使いません」

「ほんとうか」

「はい。これだけでした」

安樹が広げた両手の指を、社長と保護司はそろって見つめる。長袖シャツで覆った手首のふちに和彫りがのぞき、その先の手の甲にいくつもの傷あとがある。

「ビール瓶とか使わないのか。最後まですてごろか」

「はい」

「ほう」と社長はうなずく。「でもよ、大岡裁きのない世のなかだ。すてごろだからって、おまわりさんは許しちゃくれないよな」

「はい」

「ケンカは好きか」

「いえ。もう飽きました」

「何で飽きた？」

「やっても金にならないから」

社長は鼻を鳴らして、くちびるを下向きにゆがめる。「ボクシングとか、ほらあれだ、総合とか何とか、あっちに行ってみる気はないのか」

「スポーツが苦手で」

「まあ、ケンカとはちがうしな」と社長はこめかみを指でかく。「どれ、ちょっと歯を見せてみろ」

　少年の歯がシンナーで溶けていないのをたしかめると、社長はゆっくりと話す。

「おれもこの辺りで育ったし、悪さもやってきて、おまえみたいな連中をたくさん知ってる。雇ってやったとしても、ほとんどの奴が昔の仲間のところへ戻るんだ。わかるだろう？　汗水垂らしても稼ぎは少ないが、裏に回れば儲かるからな。盗み、詐欺、恐喝、クスリ、何でもある。おれの訊きたいことは一つだ。うちでおまえを雇ったとして、おまえがあっち側へ戻らない保証がどこにある。どうやっておれを説得するんだ」

「あっち側には」と安樹は言う。「おれは向いてません」

「どうしてだ」

「おれは嘘をつくのが下手です。そういう奴がいると、仲間の足を引っ張るだけですから」

　社長は安樹の顔をまっすぐに見すえる。眉間にしわを寄せて、何も言わない。ふいに履歴書と保護司にもらった書類を取り上げ、机に打ちつけてそろえだす。それが面接終了の合図になる。

　立ち上がって頭を下げ、保護司につづいてドアに向かった安樹を、社長が呼び止める。「おまえ十六だろ？　タッパあるな」

安樹は振り返る。「鑑別所に入ったときに測ったら、百八十二センチでした」

「目方《めかた》は？」

「八十一キロです。出るまでに減ったかもしれません」

書類を抽斗《ひきだし》にしまいながら、社長は言う。「さっきの話、おまえが塗ったっていうプラモデルとかフィギュアだけどよ。そいつは金払って買ったのか？」

ドアの前に立った安樹は、社長の顔をじっと見つめる。「いえ」と答える。「おもちゃ屋で万引きしました」

「だろうな」社長は笑う。「もうやるなよ。明日から来い」

採用の返事が聞けると思わなかった安樹は、言葉に詰まる。感謝を口にする保護司の声を耳にして、あわてて礼を言いかけ、それを社長がさえぎって告げる。

「いいか、まじめにはたらけよ。まじめにやってりゃ、一日なんてすぐ終わるんだ」


塗装店の求人広告は〈独身寮完備〉をうたっていたが、じっさいにそんな建物はない。会社が近所の2DKのマンションの一室を借りているにすぎない。ダイニングキッチンをはさんだ左右の部屋に二段ベッドが置かれ、男四人が共同生活を送る。みんな同じ会社のペンキ塗りだ。

一人の時間はなくても、酔っぱらいの母親と暮らすよりは、はるかに快適だった。

ときおり、アパートに残してきた母親のことを考えた。あいつは年寄りでもないが、近いうちに一人で死ぬんだろう。ああやって酒におぼれた人間を何人も見てきた。金をもらえば酒を買い、施設に入れればすぐに逃げだす。おれには何もできないし、何よりあいつはおれを憎んでいる。自分を捨てた男の連れ子だしな。

ペンキ塗りの朝は早かったが、鑑別所での規則正しい一日に慣れていたので、つらくはなかった。午前六時に起きて朝食をすませ、七時には会社に集まり、その日の塗料を積んだ作業車に乗りこむ。昼休みをはさんで、午後五時には仕事を終える。夜遊びのない日々、夜行性の地元の仲間と会うことも極端に減った。

安樹は壁を塗るローラーの転がし方を覚え、刷毛《はけ》の使い方や足場板での歩き方を身につける。ペンキ塗りの仕事が体に染みこんできたころ、周りにいる男たちの特殊な頭のよさに気づく。

自分と同じように中学しか出ていない社長が、〈らせん階段〉の面積を独自のやり方で計算する――その姿にまず目を見張った。円周率だとか、そんなたぐいの小むずかしい数式を使っている様子もない。ペンキ塗りは塗る場所の面積に応じて、塗料の発注量や料金の見積もりを決める。社長は適当に計算して、あとで帳尻を合わせているんだろうと思っていた。だが、別の日に〈らせん階段〉の図面を見ると、社長が弾《はじ》きだした数字とほとんど誤差がなかった。

安樹が現場で感じるようになったのは、荒削りな男たちの、いわば数学的直観だった。世間で職人芸と呼ばれるものだ。ペンキ塗りの数学があり、左官《さかん》の数学があり、クロス屋の数学があった。何より舌を巻いたのは大工の数学で、さっきまでグラビア週刊誌を顔に乗せて昼寝をしていた連中が、たやすく立体的な寸法を導きだして本棚やバーカウンターを作ってしまう。その様子はまさに魔術に見えた。

こいつら、と安樹は思う。教室でおしゃべりしていた教師よりもずっと頭がいい。おれもそのうち大工になろうかな。


安樹が寮に入った一ヵ月後、二人が辞め、別の二人が入ってくる。その二人もすぐに辞め、また一人入り、すると誰かがいなくなる。

人の出入りは激しい。塗装業にかぎらず、日本人は肉体労働を嫌う時代だ。そこに外国人労働者が入りこむ。川崎にはそんな者たちが多く集まってくる。

いつのまにか安樹の同僚は、外国人ばかりになった。

社長もあきれて、「近ごろの相撲部屋みてえじゃねえか」と苦笑いする。

海を渡って日本に移り住み、週五日間ペンキを塗って金を稼ぐ男たち。バングラデシュ人のヤシン、フィリピン人のマーヴィン、フランス人のヴォルカン。

安樹を指導してくれたベテランの職人は、給与で社長ともめて去っていった。会社の全従業員は、安樹をふくめた寮住まいの四人に落ち着く。ヤシンとマーヴィンの二人だけが塗装業の経験者だ。

桜の季節になると、行政が市営住宅の補修工事をゼネコンに発注する。そして安樹の勤める塗装店のような、弱小の下請けにも仕事が割り振られる。

高層の市営住宅に組み上げられる足場。ペンキ塗りたちは下見をして、材料の分量を計算し、外壁塗装の段取りを決める。

塗装開始予定日の朝になって、激しい雨が降りだす。季節はずれの、みぞれまじりのつめたい雨だ。雨が上がるまで待つほかない。なま乾きの塗料が水に濡れると、仕上がりにむらができる。

雨はしだいに強くなる。駅前の商店街や住居に浸水被害をもたらし、桜を散らして、朝から晩まで降りつづく。

ようやく雨の上がった翌朝、ゴーグルと防毒マスクで顔を覆い、白いつなぎの作業着を身につけた安樹は、フィリピン人のマーヴィンとともに市営住宅の外壁を吹きつけ塗装する。スプレーガンを手に、重いコンプレッサーを運び、十一階の足場から順に階下へおりていく。

二十八歳のマーヴィンは、マニラに妻と娘を残して日本にやってきた。十六歳までボクシングに夢中で、プロ志望だったが、アマチュアで成績を残せずにあきらめた過去がある。今もボクシングは大好きで、寮でもテレビ中継の試合をよく見ている。マーヴィンは休憩中にたばこで一服するかわりに、シャドーボクシングをやった。機嫌のいいときは、両手をかかげてミット打ちのトレーナーの真似をする。

彼は同僚のパンチを受けるために、軍手を三枚重ねてクッションにした。フランス人のヴォルカンや、バングラデシュ人のヤシンも相当な腕力の持ち主だったが、マーヴィンがおどろいたのは安樹のパンチだった。体の大きな男は力まかせの大振りなパンチを打つものだが、安樹は百八十二センチの長身をしならせて、鋭いジャブを放った。軽く打たれただけでも、経験者のマーヴィンにはパンチの価値がわかる。

「ボクシングだよ」マーヴィンはなまりのある日本語で言う。「ペンキ塗りだけもったいないよ」

安樹はマーヴィンに言われるたびに、笑って受け流す。スポーツの殴り合いには興味がない。

一度目の上吹《うわぶ》きが完了すると、ちょうど昼休みになり、マーヴィンとヴォルカンは連れ立って市道沿いの定食屋に出かける。安樹は作業車の後部ドアをあけ、その下にできた日陰に用意した弁当を持って座りこんだ。弁当といっても、タッパーウェアに入れたゆで卵が四つと、アルミホイルに包んだ二個のリンゴだ。

すぐにヤシンがやってきて、安樹のとなりに腰をおろす。イスラム教徒のヤシンは、寮の台所でインディカ米と鶏肉のカレーを毎日作ってくる。二十五歳。日本語をうまく話す。仕事の腕も優秀で、むらさき色のニッカボッカを、日本人と同じように穿《は》きこなしている。

自分で調理したカレーを食べながら、ヤシンが言う。「そっちの壁は今日で終わりそうか」

「ああ」と安樹は答える。「終わる」

「こっちは大変だ。進まない」

ゆで卵に塩を振り、安樹はつぶやく。「ヴォルカン」

「おれ一人でやった方が早い」ヤシンは渋い表情でスプーンを口に運ぶ。

覚えの悪いヴォルカンは、いつくびになってもおかしくない。失敗を注意されたときの態度にも問題がある。

二人はそれ以上、ヴォルカンについて話さない。だまって弁当を食べつづける。

「この辺も」しばらくたってヤシンが口をひらく。「昔から知ってるのか」

安樹は周囲を見渡す。「よく遊んだ。前はスーパーマーケットがあって、駐車場で毎週自転車を盗んだよ」

「オートバイも盗んだりしたか?」

「そっちは駅の近くでやるんだ。あんたはどうだった。ガキのころは」

「オートバイを盗んだことはない。借りたことはあるよ」

「バングラの警官には、それで通じるのか」

「どうだったかな」ヤシンは褐色の額に浮いた汗をタオルでぬぐい、大きな目を輝かせて微笑む。「警官にもいろんな奴がいたね」

食事を終えると、ヤシンは保温瓶に入れた紅茶をコップに注いで飲む。安樹はジッポーライターでたばこに火をつける。未成年の喫煙をとがめる者は、社長のほかにはいない。

「そうだった、安樹」とヤシンが言う。「おまえに訊きたかったことがある」

「何だ」

「あのな、おまえが生まれた町を出ていかない理由って何だ」

その答えを、安樹は煙を吐いて考える。生まれた町を出ていかない理由。考えたこともない。考えたこともないのは、そんなことを訊く人間がまわりに誰もいないからだ。

答えに詰まったまま、安樹は町で育った日々を思い返してみる。両親の離婚、貧乏、父親の再婚、酔っぱらい女、盗み、ケンカ、抗争、補導、去っていった父親。大人たちが酒やクスリにおぼれて暴れ、人を傷つけ、みずから命を絶ったりする。そんな日常の景色のなかで待ちかまえている警官たち。刑事ども。中学に上がらないころから、おれはあいつらに目の仇《かたき》にされてきた。今だってうじ虫だと思われている。保護観察も終わったのに、なぜおれはここにいるのか。育ったこの町に。

安樹はリンゴの芯をタッパーウェアに入れる。昔なら植えこみに放り投げていたが、現場仕事の休憩中ではそうもいかない。

「わかんねえな」と安樹は言う。「たしかにおれは町を出たことがない。修学旅行にも行ってねえし。あんたはどうして町を出てきた」

「おれが出たのは国だ」と言ってヤシンは笑う。「まず十五歳のときに生まれた村から一人でダッカに引っ越した。バングラデシュを出たあとはオランダ。ドイツ。それから日本。大阪に行って、横浜に行って、川崎に来たよ。ここだっておれには大きな町だ。だけど東京はもっと大きい。それにここから近い。飛行機も船もなしで行ける。安樹は十九だ。だから――」

「おれは今年で十七だよ」

「そうか、十七か。まあいい。おれがおまえの歳だったら、きっと東京に行くね」

「生まれたところにいちゃだめなのか」

「さあな」とヤシンは前を見つめる。「おれのいた村では、年寄りがこんな風に話すんだよ──ずっと同じ土地にいるのは、木だけに許されている。木は土地の雨や風にまざった悪いものを実や葉に変えられるが、人や動物にはそれができない。だから、ずっと同じ土地にいると悪いものになる」

「それっておれのことか」

「そうは言ってない」ヤシンは紅茶を飲む。「おまえは生まれた町こそ出ていないが、一日中はたらいている。何だ、気を悪くしたのか？　気にするな。年寄りの好きなたとえ話だ。つまりこの話は、なまけ者に『はたらけ』って言ってるだけだよ」

寮に戻った安樹は、買ってきた夜食のすき焼き弁当二人前を、ダイニングキッチンの共用テーブルで食べる。肉を口に運びながら、スマートフォンでニュースを読み飛ばす。アメリカ南部で起きた暴動。中国での仮想通貨の流出。岩手県の動物園を脱走したダチョウ。横浜市内で行方不明になった女子中学生の顔写真。

すき焼き弁当を食べ終えて、すぐに風呂を掃除する。水曜の掃除当番。自分で磨いた浴槽にいちばん乗りで入り、ふだんより早くベッドにもぐりこんで眠る。そして突然に叩き起こされる。チャイムを鳴らしたのは所轄の警官たちだ。

安樹は、真夜中にヴォルカンがコンビニに出かけたのに気づかなかった。それはヤシンもマーヴィンも同じだった。寮へ帰る夜道でヴォルカンは職務質問され、制服警官と押し問答になったあげく、ポケットに入れていた乾燥大麻を見つけられた。

ヴォルカンの逮捕後、彼の住居である寮の捜索令状に、深夜の裁判所で当直業務を務めていた判事補がただちに押印した。

寮に社長が呼びだされ、ヤシンとマーヴィンのパスポート、さらに就業査証《ビザ》が念入りに調べられる。

外国人労働者の二人以上に、安樹にたいする刑事たちの態度は過酷だった。呪文のように彼らはしつこく言いつづける。やっぱりおまえか、どうせおまえがハッパの出《で》所《どころ》さ、ペンキ塗り？　笑わせるな、シンナー目当てなんだろ。

刑事たちは、安樹が窓際のガラス瓶で育てていた水草を、瓶ごと押収するように鑑識に命じる。だれの目にも、それがたんなる観賞用水草《ボトルアクアリウム》だとわかるはずだった。

安樹は何かと刑事にののしられ、一睡もできずに夜明けを迎える。疲れとむなしさが胸に広がってくる。邪魔者。くず。犯罪者。ここにいるかぎり、おれはずっとそう扱われる。ヤシンが昼に言った言葉が耳によみがえる。おまえが生まれた町を出ていかない理由って何だ。

ヴォルカンが逮捕された翌日、徹夜明けの安樹たちのスケジュール帳には、塗装工事が一件入っている。

築年数の古い日本家屋で、内容は〈台所天井補修工事〉。

先日の大雨のせいか、台所の天井から水が漏れてくるらしかった。

配管業者と大工の作業が終わりしだい、張り替えた天井のボードにペンキを塗る段取りなので、安樹たちは昼すぎに着けばよかった。

しかし、寮でのんびりしていれば、また警官たちに叩き起こされないともかぎらない。すでに社長は、朝から川崎署に呼ばれている。三人は部屋で休んでいるよりも、現場に出かける方を選んだ。

車に乗った三人は、二十分ほどで現場に着く。会社にほど近い町の西端、古い家の並ぶ土地、地元だが安樹もほとんど訪れたことがない。

昭和五十年代に建てられた日本家屋をかこむ塀《へい》の前に、配管業者と大工のトラックがとまっている。錆《さ》びた門扉を通って、安樹は敷地に足を踏み入れる。とにかく暗い印象の家だ。剪定《せんてい》のされていない樹木の影が差し、荒れ放題の庭にいくつかの屋根瓦が落ちている。亀裂の入った外壁、縦に裂けた雨樋《あまどい》、台所の天井どころか、ほかに補修すべき箇所はいくらでもある。安樹には、人が住んでいるのが嘘のように感じられる。廃屋に近い。

玄関脇のガレージに、黒いボックス型の軽自動車がとめてある。家よりは新しい車。雨の日に走ったのか、はねた泥がタイヤやドアの上で乾いている。そのガレージで、安樹たちと顔なじみの大工連中がたばこを吹かしている。先に棟梁《とうりょう》が三人に気づく。「早えな、ペンキは昼からだぞ」

「すんません」とヤシンが頭を下げる。

「いろいろあって」

「おまえら来たって、やることねえよ」

「おれたちも手伝います」安樹がそう言うと、マーヴィンが買ってきた缶コーヒーを棟梁に差し入れる。


暗い家の扉をあけて現れたのは、疲れきった顔つきの女だ。女は早朝の自宅にやってきた配管業者と大工とペンキ塗りを見る。

女の髪はぱさついて、化粧を落とした目の下にくまがある。派手すぎる赤いワンピースに、強い酒と香水のまざった体臭。夜の仕事のにおい。見た目の年齢は安樹の母親とさして変わらない。

配管業者が脚立《きやたつ》にのぼって天井裏をのぞくあいだ、安樹たちは大工の準備を手伝う。家のなかに土足で上がれるように、玄関から台所までの動線に新聞紙を敷き詰め、天井の真下にはブルーシートを広げる。さらにその上に毛布を重ねて、上から落ちてきた資材が床を傷つけないように配慮する。

配管業者が水漏れの修理をすませると、入れ替わりに脚立にのぼった大工たちが鼻と口をタオルで覆って、天井の古いボードをバールで引きはがす。やがて天井に大きな穴があく。

作業を見守る女に配管業者がサインをもらい、道具をまとめて帰りかけたとき、廊下の奥から足音が響いてきて、髪の長い大男が現れ、怒り狂ったようにわめきだす。おどろいた大工たちは手をとめる。

突然現れた長髪の男を、安樹は見上げる。百八十二センチの自分より大きい。百九十センチは軽く超えている。黒髪を垂らしたダークグリーンのTシャツ、よごれたジーンズ、血走った目。

長髪の男は、作業を見守っていた女ににじり寄って、「どういうつもりだよ」と言う。安樹には見かけより若い声に聞こえる。「こいつら何なんだよ」

「あたしが今日休みだから」女は甲高い声で言い返す。「工事の人を呼んでるって言ったじゃない」

長髪の男は一瞬口を閉ざし、それから何かを言いかけるが、言葉を発さずに女の肩を両手で突く。女の体は布切れのように居間のテーブルまで飛ばされ、置いてあった皿やグラスが落ちて割れる。配管業者があわてて女に駆け寄る。

腕力を見せつけた長髪の男の胸板は厚く、首や腕は太い。控えめに見積もっても百キロはある巨体だが、スポーツをやっているようには見えない。年齢は二十代にも三十代にも思える。よごれたジーンズの尻ポケットはほころび、穴があいている。裸足。

ヤシンとマーヴィンは呆然として、安樹は棟梁の顔を見る。

棟梁は鼻と口を覆ったタオルを外し、脚立からおりたところだ。

「おだやかじゃねえな」棟梁は長髪の男に呼びかける。「あんた、この家の人かい」

長髪の男が振り返る。「ここはおれの家だ」

敵意を隠さない相手に、棟梁は落ち着いた声で訊く。「息子さんかい」

棟梁の言う通りだ、と安樹は思う。夫にしては女と歳がはなれている。居間に倒れた女は腰を打ったのか、まだ立ち上がれずにいる。

「だったら何だよ」長髪の男は棟梁に向かって声を荒らげる。安樹の目には、パニックに陥っているようにも映る。「このくそババア、勝手に工事を頼みやがって。おれは何も知らなかった」

「そいつは営業と話してもらわねえとな」棟梁はそう言って天井を見上げる。「どうする。穴あけちまったぜ。ここでやめるか?」

怒りで体を震わせている息子と、二日酔いの母親が話し合うあいだ、男たちはため息をつきながら表で待つ。棟梁は元請けの工務店に電話をかけて現状を伝える。むりやり因縁をつけて訴えるとおどし、工務店から金を取ろうとする連中はめずらしくない。

無駄な三十分がすぎたところで、女が玄関の扉から出てくる。「工事をつづけてちょうだい」と言う。「あれじゃ、台所が使えないわ」

そう言い残して女は奥の部屋に消え、かわりに息子が残る。

鋭い目つきをした長髪の男が、無言のまま全員の動きを見張っている。いつ暴れだすかわからない巨漢に監視されて、気分のいい者はいない。大工たちは大急ぎで作業を進め、天井に新たなボードを固定する。くぎを打つ。そして休憩もはさまない。はがしたボードの残骸をまとめ、道具箱を抱えて逃げるように家を出ていく。その気持ちは安樹にもよくわかる。こんな家に長居は無用だ。

残された三人は、長髪の男と目を合わせないようにして、ひたすらペンキを塗りつづける。天井を見上げてローラーを転がしながら、安樹は考える。もしおれだったら、こいつみたいにキレるだろうか。母親がだまって家の工事を頼んだら。そうだな、金がなかったら、キレるかもしれない。でもこいつらの場合、マジで金がないんなら、この家ごと売っちまえばいいんだよな。

長髪の男は一歩もうごかない。監視はつづく。塗装が終わるまで。

三人は養生ビニールをはがし、ペンキの落ちたブルーシートを丸める。換気のためにあけ放っていた台所の木枠のガラス窓を、長髪の男が音を立てて乱暴に閉める。

家を出ようとする三人に、長髪の男は執念深くついてくる。

こいつはいつからこの町にいたんだ？　安樹は背中に視線を感じながら考える。となり町に近い西の端だとしても、こんな奴がいれば、必ずうわさが耳に入ってくる。

ヤシンとマーヴィンが先に家を出て、残りのペンキバケツと脚立を抱えた安樹は、二人を追ってすばやく玄関を出ようとする。そして床に何か硬いものが落ちる音を聞く。

振り返ると、上がり框《かまち》のふちにくぎが一本落ちている。

安樹はくぎの長さに目を見張る。いちばん大きな鉄丸《てつまる》くぎ。大工たちが教えてくれた規格でいえば、N150――長さ十五センチ――で、俗にいう五寸くぎだった。

そんなくぎが転がっているのを見て、最初に安樹が思ったのは、急いで出ていった大工が道具箱から落とした可能性だ。だが、こんなでかいやつを、天井のボードに使うだろうか？

安樹はくぎを拾おうとしてかがみこむ。すると、急に大きな影が迫ってくる。これは思いがけない相手の行動だった。長髪の男が裸足でくぎを踏みつけたのだ。これはおれのものだと言わんばかりに、ジーンズから突きだした右足で、くぎをまるごと覆い隠している。

安樹は長髪の男を見上げ、相手の目をのぞきこむ。

どちらも、じっとしている。

無言のにらみ合いがつづく。

どれくらい時間がすぎたのか、表の作業車でハンドルをにぎっているヤシンが待ちくたびれて、短くクラクションを鳴らす。

「さっさと帰れよ」と長髪の男は言う。あきらかに表情がこわばっている。「おまえのじゃねえだろ」

安樹は長髪の男から視線をはずし、だまったまま玄関を出ていく。

二段ベッドの上段が安樹の寝床だ。

ヴォルカンがいなくなった寮で、安樹は暗い天井を見つめている。下段で眠るヤシンの寝息が聞こえ、ダイニングキッチンをはさんだ隣の部屋にいるマーヴィンのいびきは、いつものようにここまで響いてくる。

どうしても眠れない。目を閉じると長髪の男が現れる。あいつの態度。他人に怯《おび》えているくせに、自分に勝てる奴はいないという自信に満ちている。ふざけた野郎だ。おれはあいつに腹を立てているのか。だったら忘れろ。あいつにむかついたところで——

だが、安樹が眠れない理由は、それだけではない。

何かがおかしい。

奇妙だ。

くぎ。

一本のくぎが目に浮かんでくる。

男の足元に落ちている。長さ十五センチの——

足の指に触れそうなところに、あんなくぎが落ちていれば、誰でもあとずさりする。まして裸足なら、それがふつうだ。でもあいつは、迷わずに踏みつけやがった。見られてほしくないものを隠すように。

眠れないまま、夜が更けていき、謎は深まっていく。くぎはほんとうに大工が落としたのか。あんなにでかいやつを？　Ｎ１５０を天井のボードに使うはずがない。現場で使わなかった資材を落とすなんてあり得るのか。

大工がくぎを落とす。長髪の男が拾う。それをまたあいつが落とす。

安樹は目を閉じる。寝返りを打つ。**おまえのじゃねえだろ**、と長髪の男が言う。あの暗い家で何かが起こるかもしれない。知るか。おれには関係ない。**昔の目覚まし時計だな**。ふいに父親の声がよみがえる。**ろうそくが溶けると、くぎが缶の底にあるガラスに落っこちて音が鳴る**。

落ちる。落っこちる。くぎの落ちるあの音——安樹は玄関で振り返った瞬間を思いだす。くぎが床に落ちた音が聞こえた。だから振り返った。

暗闇のなかで、安樹は目をひらく。あれはあいつのくぎだ。あいつのジーンズの破れたポケットから落ちたんだ。くぎははじめからあいつが持っていた。十五センチのくぎをポケットに入れて、平然と家をうろついて——あいつは何だ——あの家——

つなぎの作業着に薄手のパーカを羽織った安樹は、物音を立てないように二段ベッドのはしごをおりる。ヤシンにもマーヴィンにも相談しない。二人は長髪の男が裸足でくぎを踏んだ姿を見ていない。それに何を相談すればいいのかもわからない。さらにはヴォルカンが捕まったのは昨夜で、二人を余計なことに巻きこめば迷惑がかかる。最悪の場合くびになるかもしれない。外国人の二人がせっかく川崎で見つけた仕事だ。つぎの仕事が簡単に見つかるとはかぎらない——そう思って、安樹は心のなかでつぶやく。それはおれもいっしょだな。おれだって外国人みたいなものだ――腕時計を手首にはめ、たばことジッポーライターとスマートフォンを作業着のポケットに入れる。

そっと部屋を出て、寮の人間で共用するかごつきの自転車にまたがる。安樹はペダルを漕いで、深夜の川崎を走る。パトロール中の警官にとめられたくないので、大通りでは前照灯をしっかりと光らせ、ふいにいつものくせでたばこを持ってきたのを思いだし、箱ごと道路脇に放り捨てる。惜しいが、早くあの家に着きたい。警官に因縁をつけられて時間をむだにしたくない。

夢を見ているような気がする。じつは夢なのかもしれない。これといった計画があるわけでもなく、ただペダルを漕ぐ。行き先だけは決まっている。長髪の男の何かが気になってしかたがない。こんな気分になったのははじめてだ。闇にまぎれてあの家の様子を見てみようと思っている。

車で二十分の道のりを、三十分ほどかけてたどり着く。今朝やってきた現場。日中にもまして、敷地内の闇は深い。見上げると満月が浮かんでいる。月明かりは木にさえぎられて、玄関まで届かない。安樹は家の裏手に回りこむ。台所の木枠のガラス窓にはカーテンがなかった。なかをのぞくことができる。

真っ暗で何も見えないと思ったが、意外にも明かりがついている。そして光のなかにいるのは、あの長髪の男だった。安樹は息を呑む。長髪の男は天井に向かって腕を伸ばしている。古い家なので、百九十センチを超える背丈なら、椅子に乗らずに台所の天井に手が届く。

やがて長髪の男は、新品のボードをかなづちで叩き、穴をあけようと試みはじめる。異様な行動だ。安樹は眉をひそめる。ほどなくして物音に気づいた母親が台所に現れ、二人の口論がはじまる。安樹は窓枠から少しはなれて様子をうかがう。

声が大きいのは女の方だった。「盗聴器なんてないのよ」ヒステリックな口調で女は言う。「あれはただの業者さんよ」

長髪の男が何かを言い返す。口論が激しくなり、安樹はガラス窓に顔を近づける。かなづちで天井のボードを壊そうとする長髪の男。やめさせようとする女。

「こっちが訊きたいわよ」泣いている女の声が響く。「あんたいったい何を隠してるの」

その言葉が発せられると、長髪の男は天井を見上げるのをやめ、女に迫り、顔を右手で殴る。女の姿が見えなくなり、泣き声が急にやむ。さらにこぶしを振り上げる背中の影を、安樹は窓ごしに見つめる。

おもむろに安樹は、手首につけたペンキまみれの腕時計をはずし、荒れた庭の暗闇に向かって投げ捨てる。昼間の塗装工事中になくした腕時計を探しに来たことにすればいい、と安樹は考える。夜ふけに訪ねた理由は、何とでも説明できる。明日の現場に腕時計が必要だからとか、親父の形見だからとか。

台所のガラス窓の前をはなれて玄関へ回りながら、安樹は自分自身にあきれている。なぜここに来てしまったのか。他人の問題に首を突っこむな。

そんな後悔とは裏腹に、右手は玄関の扉を叩いている。二度、三度。少し間を置いて、また叩く。すると、タオルで顔の半分を隠した女が扉のすきまに現れる。

「昼に工事をした者ですが」と安樹は言う。「たぶん腕時計を落としちゃって。探していいですか」

「こんな時間に？」女の声は震えている。

「すみません、大事な時計なんで」

「――ごめん、明日にしてくれる？――」

「だめですか」安樹は食い下がる。「あれ？」と安樹は言う。「怪我してませんか？　だいじょうぶですか？」

「帰って」女は安樹を押しだして、扉を閉めようとする。

このままだと引き下がるしかない。女はもっと殴られるだろう。とっさに安樹は家のなかに向かって叫ぶ。「おい、いるんだろ」

「ちょっと」

困惑する女を無視して、安樹はあいさつをつづける。「おまえがやってることを、おれはよく知ってるよ。すんなり帰していいのか？」

反応はない。近づいてくる足音も聞こえない。安樹はあいさつをつづける。「穴から出てこいよ。それとも態度がでかいのは昼間だけか？　くぎ野郎」

長髪の男の目。ああいう目つきの奴なら、この程度のあいさつでも乗ってくるはずだ――

つぎの瞬間、背後に気配を感じて振り返ると、長髪の男がそこに立っている。安樹は両手を上げて頭を守ろうとする。激しい衝撃に視界が揺れる。体が前のめりに傾いていく。玄関の扉があけ放たれ、安樹の手首をつかんだ腕が、力ずくで安樹を家のなかに引きずりこむ。顔のタオルをはずした女が鼻血を垂らして泣いているのが見え、扉が閉じられる音が聞こえる。いったん外に出て、後ろから回りこむ――朦朧《もうろう》とする意識のなかで安樹は思う。おれはケンカの基本も忘れちまったのか。

かなづちで安樹を殴った長髪の男は、ぐったりした八十キロ以上の安樹の体を廊下のいちばん奥まで引きずっていき、そこで無造作に手を放して一息つく。それから血を流している安樹の顔をのぞきこみ、かなづちをふたたび振り上げる。

あお向けの安樹は作業着のポケットを指で探り、ジッポーライターを取りだす。親指で火をつけて、長髪の男の右足の甲に放る。相手は裸足だ。落ちているくぎには平然としていられても、火の熱さは耐えがたい。長髪の男は野太い悲鳴を上げ、ジッポーライターを蹴り飛ばす。安樹は上体を起こし、前かがみの姿勢で相手の左の足首をつかむ。そして思い切り手前に引き寄せる。テーブルクロスを引く芸のように、すばやく瞬時に引くのがこつだ。バランスを崩した長髪の男は背中から廊下に倒れ、大きな音が家中に響く。

深呼吸しながら安樹がふらふらと立ち上がると、長髪の男は廊下の奥の部屋に這いこんでいく。逃げたようにも見えるが、すぐに廊下に戻ってくる。のこぎり状の刃のついた、サヴァイヴァル・ナイフを手にしている。

刃渡り四十センチ以上の、悪い冗談のようなナイフを見て、安樹は着ていたパーカを脱ぎ捨てる。少しでもうごきやすくするためだ。

おれはなぜこいつとやり合っているのか。こいつが母親を殴っていたからか。じゃあおれは、あの女を助けようとしたのか？　そうだとしても、おれがこいつを殴り殺してしまったら、あの女はおれに有利なように証言してくれるのか？　わからない。頭が痛えな。かなづちで殴られたんだ。こいつは誰だ。こいつはおれか？　おれがおれの母親を殴って、そのおれとおれがやり合っているのか。わからない。酔っぱらいの女を助けたところで、裁判所ででたらめな証言をされておれは年少送りになり、そのまま大人になって刑務所に行く。だったら逃げるか？　頭が痛え。頭蓋骨《はち》がへこんでるかもしれねえな。

長髪の男は右手にサヴァイヴァル・ナイフを持っている。安樹は自分から見て左側の壁にぴったりと寄り添ってうごく。相手も同じ壁ぎわに来るように誘いこむ。そうすれば相手の右側に壁があるので、刃物を持つ右手のうごきが制限される。壁が邪魔になって、刃を水平や斜めに振り回しにくい。真上から振り下ろすこともできるが、たいていは一つの動作にかぎられる。前に突く。それだけだ。そして、おたがいが相手を殺してもかまわない——そう腹をくくっている場合、速い方が勝つ。安樹の体にいつのまにか染みこんだ知識。ケンカ屋の数学。

廊下の壁ぎわで、長髪の男が右手に持ったサヴァイヴァル・ナイフを突きだす。安樹は左ストレートを放つ。顔ではなく首を狙っている。こぶしの関節で喉仏《のどぼとけ》ごと気道《きどう》を叩きつぶすつもりでいる。

サヴァイヴァル・ナイフが宙を舞い、床に落ちる。長髪の男が両手で喉を押さえて膝を突くと、安樹はがら空きになった顔面を二十発以上殴りつける。相手の目がふさがり、鼻が曲がり、眉間が裂け、飛び散った血に黒い髪が赤く染まる。うごかなくなった男を見下ろした安樹は、だれかのうめき声を聞く。この男の母親よりもずっと若い声。まるで子供の泣き声のような。安樹は注意深く廊下を見渡し、男がナイフを取りに戻った奥の部屋に、そっと足を踏み入れる。

　カーテンの締めきられた暗い部屋。むせ返るような汗の臭い。手探りで明かりをつけると、金網で作った檻《おり》が浮かび上がる。Ｔシャツと下着一枚の少女がそこに閉じこめられている。肌には浅い切り傷がいくつもあり、口にはガムテープが貼られている。少女の両足は長いＮ１５０のくぎで、檻の底に敷いた大きなベニヤ板に打ちつけてあった。くぎが足を貫通している。

　自分が何を目にしているのか、安樹にはしばらくわからない。まさかこんなものに出くわすとは思っていない。あの女は知っていたのか。いや、知らなかったはずだ。知っていれば工事を頼むはずがないし、おれたちを家に入れるはずがない。衰弱しきった少女の顔。その顔に安樹は見覚えがある。こんなことがあるのか。安樹は呆然とする。昨日、夜食のすき焼き弁当を食べながら、スマートフォンで読み飛ばしたニュース——アメリカ南部で起きた暴動——中国での仮想通貨の流出——岩手県の動物園を脱走したダチョウ——**横浜市内で行方不明になった女子中学生の顔写真**——

　すべてがつながっていく。制服を着た少女の笑顔、表にとめてある泥によごれたボックス型の黒の軽自動車、男が足で踏みつけたくぎ、とっさに隠さずにはいられなかったくぎ——

安樹は作業着のポケットからスマートフォンを取りだし、画面を眺める。液晶が割れているが、すべらせる指に反応はある。警察を呼ぼうとして、指をとめる。安樹はかがんで檻に顔を近づける。「生きてるか。聞こえるか」安樹は少女に言う。「廊下にいるあいつはまだ生きてる。ほんとうに殺すなら今のうちだ。やってほしいならやってやるよ」

少女は目を閉じている。うめき声も出さない。死んでいるのかもしれない。

安樹は大きく息をついて、床に座りこむ。「悪かったな」と言う。「ひどいことを訊いちまった。おれが勝手にあいつを殺せばいいんだ」

檻の外に一本のくぎが転がっている。

ふいに安樹は少女がうっすらと目をあけて、自分を見ているのに気づく。安樹はだまって微笑む。それから生まれてはじめて、自分で一一〇番に通報する。

母の務め

曽《そ》根《ね》圭《けい》介《すけ》

1967年静岡県生まれ。早稲田大学商学部中退。勤務先のハードさに疲れて無職時代、小説を書くことを思い立ち、江戸川乱歩賞に応募して1次選考を通過する。これに力を得て『沈底魚』初稿を書いたものの意に満たず、短編に転じて2007年「鼻」で第14回日本ホラー小説大賞短編賞を受賞、同年に『沈底魚』改稿版で第53回江戸川乱歩賞を受賞した。乱歩賞受賞作が公安警察の活動を描いたスパイ小説であったように、ジャンルにとらわれない幅広い作風をもち、また長短編ともに秀でた技能を発揮することは、2009年に第62回日本推理作家協会賞を「熱帯夜」により短編部門で受賞した点からも実証されていよう。「読み手がわずかに視点を動かすだけで、作品世界が一変する」という小説を理想とするだけに、叙述トリックの駆使にも長じている。凡庸な作品なら、叙述トリックであると気づかれた瞬間に結末の意外性をそこなわれてしまうところ、2つの場面が並行する本編「母の務め」は、それと薄々感づく読者の予想をなお上回るサプライズを用意している。(S)

1

私の人生、今がいちばん幸せかもしれない。

バスの車窓に流れる景色をぼんやりと眺めていたとき、ふとそんな考えが脳裏をよぎり、田丸美千代《たまるみちよ》は苦笑した。

もし人に聞かれたら、きっと頭がおかしくなったと思われるだろう。何しろ私は、末期癌患者の妻で、しかも死刑囚の母親なのだから。

幸せという言葉は適当でないにしても、今は夫に気兼ねなく好きなことができる。そして何より、中学生のころから、ろくに口もきいてくれなかった息子が、私が会いに行くのを心待ちにしていてくれる。世間で思われているほど、私は不幸じゃない。

斜め前の座席に座っている女子高生が、スマートフォンをいじっていた。周りのことなどまるで目に入らぬ様子で、くすくす笑いながらすばやく指を動かしている。

そうだ、スマホを買おう、と美千代は思った。以前から欲しかったのだが、夫が、「贅沢だ。どうせお前には使いこなせない」と許してくれなかったのだ。夫は彼女のことを、機械音痴だと思い込んでいる。ＨＤレコーダーの留守録機能も使えない愚かな女だと。だが美千代は、むしろ機械や新しい技術に興味がある方で、電化製品を買い替えたときには積極的に新機能を使ってみるし、大型家電量販店などを見て歩くのも好きだった。

バスの前方に、コンクリートの高い塀《へい》が見えてきた。次の停留所名が車内にアナウンスされるのを待って、美千代は停車ボタンを押した。手にしていた財布を開くと、交通系ＩＣカードの隣に、昨日届いたばかりの真新しいクレジットカードが収まっている。それは美千代が六十二歳にして初めて持った、自分名義のクレジットカードだった。

純《じゅん》は椅子に腰を下ろすなり、ふてくされた顔で爪を噛み始めた。部屋に虫がいたとか、食事に苦手な物が出たとか、何か気に食わないことがあったのだろう。彼は子供のころから気分の浮き沈みが激しく、感情がそのまま顔や態度に出る。拘置所での暮らしが長くなるにつれ、その傾向はより顕著になっていた。

「このあいだ差し入れた本、読んでくれた？」美千代は努めて明るく訊いた。

純は首を振った。「あんな字がびっしりの本、読む気になんねぇよ。知らねぇ漢字もいっぱいあったし」

「あらそう。ごめんなさい。次は、もっと読みやすい本にするわね」

「本なんかいいから、スマホにしてくれよ」

「分かってるでしょ。それは無理なの」

「ったく。スマホぐらい、いいじゃねぇか。ケチくせぇな」

美千代は、彼の背後にいた刑務官に目をやって注意を促《うなが》した。すると純は、振り返って刑務官をひとにらみしてから、「スマホ使って脱走でもするってのかよ。バカじゃねぇの」と、さらに悪態をついた。

純のこうした態度はいつものことなので、刑務官は眉一つ動かさない。

「今日は、お父さんも一緒に来るつもりだったんだけどね」美千代は話題を変えた。

「急に検査が入っちゃったのよ。お父さん、とってもガッカリしてた」

「親父、どうなんだよ」

「心配ない。近ごろは容体も安定してるから。次は必ず連れてくるわ」

「無理しなくてもいいんだぜ。どうせ、あの世で会えるんだから」

「縁起でもないこと言わないで。お父さんは、ああいう病気だけど、あなたは再審請求が認められれば――」

「そんなことマジで信じてんのかよ。あー、めんどくせぇ。どうせ殺すなら、さっさとやってくんねぇかな」と言って、純はまた刑務官をにらんだ。

「希望を捨てちゃだめ。あなたは柴山《しばやま》に騙されて手を貸しただけで、死刑になるようなことは何もしてないの。悪いのは全部、柴山で、巻き込まれたあなたも被害者みたいなものなんだから」

聞き耳を立てている刑務官を意識して、美千代は声を張った。

拘置所の一役人に再審請求の成否を決める権限がないことくらい、司法制度に疎《うと》い美千代にも分かっている。しかし何かの偶然で、この会話が裁判所の耳に届くことがあるかもしれない。今は、どんな小さな可能性にも賭けてみることだ。

「山岡《やまおか》先生も、あなたの刑は重すぎるとおっしゃってたわ」

「また手紙を書けなんて言い出すんじゃないだろうな。二度とごめんだぜ」

純は以前、被害者の遺族宛てに毎月一通、謝罪の手紙を書いていた。一審で依頼した弁護士に、死刑判決を回避するためにそれが有効だと言われたからだ。しかし、極刑を免《まぬが》れることはできなかったばかりか、判決が出たとたんに純が手紙を書くことをやめてしまったために、被害者側から、手紙は法廷戦術にすぎなかったと糾弾《きゅうだん》されることにもなった。

「山岡先生は、前の先生とは違うわ」

「弁護士なんかどれも一緒だよ」

「いいえ。先生はきっとあなたを救ってくださる」

純は、フンと鼻を鳴らしてそっぽを向いた。

山岡は、死刑制度に反対している人権派の弁護士で、過去に冤罪事件を手掛け再審で無罪を勝ち取ったこともある。

純は、美千代の前では強がって憎まれ口を叩くが、山岡が頼みの綱であることを分かっていて、先月の接見の際には、「先生、死にたくない。助けてください」と、すがりつかんばかりに泣き崩れ、ろくに話もできなかったという。

「姉さんから、まだ連絡ないの？」

「ええ。ないわ。電話一本だけでもくれたら、安心できるんだけどね」

「サツに言えばいいじゃないか」

「陽子《ようこ》の場合は成人だし、置手紙もあったでしょ。警察に届けても、ただの家出と判断されて、探してはくれないんですって」

「姉さん、まだ俺のこと恨んでるかな」

「さあ、それは、どうかしら」

美千代が否定するのを期待していたらしく、純はムッとして語気を強めた。「もう五年も経《た》ったんだぜ。いいかげん許してくれたっていいだろ」

「陽子の気持ちにもなってあげて。二ヵ月後には式を挙げる予定だったのよ」

「俺が何をしようと、姉さんには関係ないじゃないか。あの男は、しょせんそんな奴だったのさ。結婚する前に本性を暴《あば》いてやったんだから、俺に感謝してほしいくらいだね」

美千代はため息をついた。

純の露悪的な態度が、歪《ゆが》んだ愛情表現だと分かってはいるが、陽子のことを思うと、情けなさがこみあげてくる。

陽子の婚約者は、信州にある老舗旅館の跡取りだった。陽子も結婚後は若女将《わかおかみ》として夫を支える心づもりで、交際中から何度も信州に足を運んでは旅館の仕事を手伝っていた。彼の両親もそんな陽子を気に入り、息子との結婚を手放しで喜んでいた。しかし純が逮捕されると、若女将が犯罪者の親族では外聞が悪いと両親は態度を一変させ、婚約者も当初は、ぼくの陽子さんに対する気持ちは変わりませんと言っていたが、やがて婚約を破棄したいという内容の手紙を、雀の涙ほどの手切れ金とともに送ってきた。

「姉さん、親父が癌だって知らないんだろ。教えてやらなくていいのかよ」

「そりゃ母さんだって、できることならそうしたいけど……」

「親父が反対してんのか」

美千代はうなずいた。

「ったく。かっこつけやがって。どうせ本音では姉さんに会いたいくせに。くたばるときになって後悔しても遅いんだぜ」

「そういう言い方はやめて」

「姉さんだって、親父が生きてるうちに会いたいだろ。親父が何と言おうが、知らせちまえばいいんだよ。手遅れになったら、後で姉さんに恨まれるのは母さんだぜ」

「でも、連絡する方法がないから……」

「探偵でも何でも使って探し出せばいいだろ」

「お父さんに、もう一度、相談してみるわ」

純はアクリル板越しに美千代の顔をじっとにらんだ。そして独り合点《がてん》したように何度かうなずくと、「ホントは分かってんだろ」と言った。

「え？」

「姉さんの居場所だよ」

「知らないわよ」

「嘘つけ。前からおかしいと思ってたんだ。こんなに長い間、行方不明なのに真剣に探そうとしてないからな」

「だから言ったでしょ。お父さんが――」

「姉さんを、ここに連れて来たくないからか。それとも、姉さんが俺に会いたくないと言ってんのか。どっちだっていいや。どうせみんな、俺のことなんかどうでもいいんだ。死んだ方がいいと思ってんだろっ」

「そんなことない。だからこうして面会にも来てるでしょ」

そのとき刑務官が立ち上がり、面会時間の終了を告げた。

「もうちょっと、いいだろっ」と、純は食ってかかった。

刑務官は首を振った。「立ちなさい」

しかし純は従わなかった。刑務官が腕を取ると、純は体をよじってその手を振りほどいた。「触んなよっ」

「純ちゃん、よしなさいっ」

再び二の腕をつかんだ刑務官を、純は立ち上がりざまに突き飛ばした。刑務官が、よろけて壁に背中をぶつけた。その音で異変に気づいた別の刑務官が面会室に飛び込んでくる。純は抵抗したが、たちまち床に組み敷かれた。そして二人の刑務官に丸太のように抱きかかえられ、部屋から運び出されていった。


美千代は、拘置所の帰りに夫が入院する病院に立ち寄った。彼女は面会室でのことを、すべて夫に話さなかった。特に純との別れ際に起きたことは。

医者からは、今は容体が安定しているが、いつ急変してもおかしくないと言われている。夫は純のことで、もうじゅうぶん苦しんだ。人生の最後くらい、安らかに過ごさせてあげたい。

靖男《やすお》は、ベッドの上で上体を起こし、全力疾走をした後のような荒い息をしながら妻の話に耳を傾けていた。病室の窓から見える空には厚い雲が垂れこめ、時おり落ちてくる雨粒がガラスに当たり水滴の筋を作った。

「あいつは、どうして急に陽子を探せなんて言いだしたんだ」

「たぶん、謝りたいんでしょう。陽子がまだ自分のことを怒っているかと、しきりに気にしてましたから」

「謝れば許してもらえるとでも思っているのか。まったく、あいつは——」

靖男は、体を屈《かが》めて苦しげに咳《せき》をした。

「大丈夫ですか」

美千代は立ち上がって夫の背中をさすった。パジャマの上からでも背骨やあばら骨の感触が手のひらに伝わってくる。

あれほど付いていた筋肉や脂肪はいったいどこに消えてしまったんだろう。昔はダイエットするほど恰幅のいい人だったのに。

化学療法の影響で髪もすっかり抜け落ちたため、靖男の容貌は、社長として精力的に動き回っていたころとは別人のように変わっている。

靖男は以前、〈田丸製作所〉という会社を営んでいた。従業員五十名ほどの小さな町工場ながら、景気の荒波にもめげず、創業以来、業績は常に右肩上がりだった。それは高い技術力と、靖男の巧みな舵取りのおかげであることは誰もが認めるところだったが、五年前、一人息子と自社の従業員が、営利目的誘拐殺人という凶悪事件を引き起こすと、靖男は責任を取ると言って社長の座を退いた。同時に持ち株もすべて手放したので、今も会社は存続しているが、社名から〝田丸〟の名は消えている。

もし社長を続けていたら、夫は癌にはならなかったのではないか。美千代は時おりそう思うことがある。二十八歳のときに靖男が独りで立ち上げ、苦労して育て上げた〈田丸製作所〉は、彼の分身であり生きがいだった。寡黙でプライドが高い人なので愚痴や泣き言はけっして口にしなかったが、靖男は引退してから目に見えて老け込んだ。毎年受けていた人間ドックもやめてしまい、咳が止まらなくなって医者に診てもらったときには、すでに手がつけられないほど病状は進行していた。

「純は、私たちが陽子の居場所を知っているんじゃないかと疑ってます」

「お前、何か言ったんじゃないだろうな」

「いいえ。私からは一言も……。やっぱり、陽子のことは、純に教えない方がいいですかね」

「決まってるだろ。純にだけじゃないぞ。誰に対してもそうだ。もう陽子とは縁を切った。赤の他人だ。どこにいるかも知らないし、今後一切、会うこともない。親戚にもそう伝えてある。俺が死んでも、陽子には知らせる必要はないからな」

「でも……。あなたは本当にそれでいいんですか」

「いいも悪いもない。親として、俺たちが陽子にしてやれることは、それだけしかないんだ」

鬼気《きき》迫る眼差しでそう言われ、美千代は黙るしかなかった。

2

西本文彦《にしもとふみひこ》は部屋に入ると、いつもどおり鼻をクンクンさせて臭いを確かめた。

臭いはしなかったが、大型フリーザーが放つ熱気が室内にこもっている。文彦は窓を全開にしてキッチンとバスルームの換気扇を回した。初秋のさわやかな風が鳥の声とともに吹き込んできて、澱《よど》んだ空気を押し出していく。広さ三〇平方メートル足らずのワンルームマンションなので換気にはさして時間はかからない。文彦は再び窓を閉めると、床にあぐらをかいた。

この部屋に来るのは一週間ぶりだった。仕事が忙しかったこともあるが、しばらく距離を置いて善後策を考えたかったのだ。しかし、いまだ妙案は浮かばない。

神仏にすがったこともある。お願いします。どうか、あのフリーザーを跡形もなく消してください。

むろん、無視された。やはり自分でどうにかするしかないのだ。

決断を先送りし続けることは、経済的にも難しかった。この部屋の家賃がいくらなのか知らないが、周囲の相場から判断して、おそらく五万円は下らないだろう。文彦の月給は、夜勤や残業が多いときでもせいぜい手取り二十二万円といったところで、そこから方々に作った借金を返済し、同居する母親に食費として六万円を渡している。フリーザーを置いておくだけのために、セカンドハウスを持ち続ける余裕などない。

文彦は、壁際で存在を誇示するフリーザーに目をやった。本体の上にフタが付いているストッカー型で、横幅は一メートル二〇センチ、容量は三七〇リットルもある。

フリーザーを部屋に運び込むときには苦労した。持ってきた宅配業者が手伝うと言ってくれたが、断らざるをえなかった。斎藤美香《さいとうみか》の死体が風呂場にあったからだ。彼女をフリーザーに入れるときにはさらに大変だった。死後硬直という言葉はドラマなどで耳にしたことはあったが、まさかあれほど硬くなるとは思わなかった。かなり強引に押し込んだから、骨が折れたり関節が外れたりしたかもしれない。どうにかやり遂《と》げたときには、立ち上がることもできないほど精も根《こん》も尽きていた。

今、冷静になって考えると、まだ軟らかいうちにスーツケースに詰めて人里離れた山にでも捨てに行くべきだった。しかし、あのときは気が動転していたこともあり、三階にあるこの部屋から路上に停めた車までの距離がとてつもなく長く思え、死体を運び出す気にはなれなかった。それでも、腐らせたらまずい、ということには気が回り、美香が亡くなって一時間もしないうちに大型フリーザーをネットで注文していた。

仕事柄だろうな、と文彦は思った。彼の勤め先は仕出し弁当の製造工場で、鮮度管理は、食品を扱う者なら常に注意を払うべきことの一つだ。

そのとき、文彦のスマホにメッセージが届いた。

——夕飯はうちで食べるの？

母親からだ。

〝食べる〟と返すと、〝帰りは何時？〟と訊いてきた。〝七時ごろかな〟。〝食べたい物ある？〟。〝何でもいい〟。〝その答えがいちばん困るのよね〟。

母親はしつこく返信してくる。先月の彼女の誕生日に、スマホをプレゼントしてメッセージアプリの使いかたを教えたことを少し後悔しつつ、文彦はやり取りを続けた。

西本家は母子家庭だった。文彦の父親は、彼が二歳のときに交通事故で亡くなっている。母親はそれから、パチンコ店に勤めながら女手一つで彼を育て大学まで出してくれた。三年前に還暦を迎えたが、今も最低時給に近い給料でビル清掃員として働いている。

ぼくがもっとしっかりしていれば、母さんに楽をさせてあげられるのに。

母親の疲れた表情を見たり、仕事の愚痴を聞かされたりするたびに、文彦は自分の不甲斐なさを呪った。

彼は来年、三十歳になる。以前は地元の信用金庫に勤めていたが、人間関係のトラブルから心のバランスを崩して退職した。その後、二年ほどの自宅療養を経て今の会社でアルバイトを始めた。昨年、真面目な仕事ぶりが認められて正社員として採用され、現在は主任の肩書も付いて工場の一つを任されている。工場と言っても物置に毛が生えた程度のプレハブ小屋で、常駐する社員は彼一人しかいないが、文彦はそこで毎日、十名ほどのアルバイトを使って企業や斎場に配達する弁当を作っていた。正直、やりがいを感じたことはなく、辞めたいと思うことはしょっちゅうだ。しかし、もう夢を追う年齢でもないし、何より母親が、彼が働いていることを喜んでいる。自宅療養中はずいぶん心配と迷惑をかけたので、よほど条件の良い転職先が見つからない限り、今の職場でがんばるつもりだった。

〝じゃあ、今晩の夕食はカレーに決定！〟。〝了解。なるべく早く帰ります〟。〝ポークカレーだよ。しかも肉は少なめ。給料日前だからね（笑）〟。

もちろん母親は、美香のことを知らない。文彦は、彼女にプロポーズしてＯＫがもらえたら、サプライズで紹介するつもりでいたので、母親に美香のことを話したのは、彼女を面接した日の一度きりだった。

「申し訳ないですけど、マスク、とってもらえませんか。いちおう採用面接なんで」文彦が言うと、美香は、「あっ。すみません」と謝り、むしり取るようにしてマスクを外し、目深にかぶっていたキャップも脱いだ。

その瞬間、ビビッと背中に電流が走ったことを、文彦は今も生々しく覚えている。しゅっとしたシャープなあごのラインと小さな口。それまで見えていた顔の上半分と同様、下半分も申し分なかった。

文彦は心中ほくそ笑んだ。残り物には福がある。急いで決めなくてよかった。

今回の募集で応募してきたアルバイト希望者は六人。文彦はそのうち五人の面接をすでに終えていたが、眼鏡にかなう者は一人もいなかった。

工場でアルバイトがする仕事は、本社のセントラルキッチンで調理した総菜やライスを弁当箱に詰めて包装するだけだ。技術や経験などは必要なく、これまで面接した五人（いずれも近所に住む主婦、年齢は四十代から六十代）の誰を雇っても、業務面では特に支障はなさそうだった。しかし文彦が求めているのは、もっと将来性のある人材だ。条件を挙げると、年齢は二十三歳から三十歳、明るく優しい性格で、子供や料理が好きな良妻賢母型、容姿にはさほどこだわらないが、良いに越したことはない、でも派手なタイプはNG、そしてもちろん独身。

公私混同のそしりを免れないことは、文彦も重々承知している。しかし、安月給でこき使われているのだからそれくらいの役得は許されるはずだと割り切っていた。街角でナンパする度胸などない彼にとって、職場は唯一の出会いの場なのだ。

「これまでに、うちみたいな仕事をした経験はあります？」

「お弁当屋さんはありませんけど、パンの工場でなら働いたことがあります」

「そこではどんな業務を？」

「製造に検品、配送の仕分もやりました」

面接の間、美香は一度も目を合わそうとせず、質問に対する答えも最小限だった。通常なら、消極的、覇気がないとマイナス評価するところだが、彼女の場合は、出しゃばらず慎ましい性格、と好意的に解釈した。履歴書によれば年齢は二十九歳。最も気になる家族欄には何も書かれていない。薬指にリングがないことは、とうに確認済みだった。文彦は逸《はや》る気持ちを抑え、順当な質問をひととおり終えてから、さりげなく切り出した。

「ご結婚はされてます？」

「いいえ」

イエスッ！　文彦は心で快哉《かいさい》を叫んだ。ニヤついてしまわぬよう歯を食いしばる。初対面の印象は大事だ。軽薄な男だと思われたくなかった。文彦はしかめ面《つら》で彼女の履歴書をにらみ、あれこれ検討しているふりをした。通常は、面接したその場で即決することはないのだが、もたもたしていると、彼女は他のバイト先を見つけてしまうかもしれない。

文彦は、威厳を損なわぬほどの笑みを浮かべて彼女に採用することを告げた。

「で、いつから働けます？　当社としては、早ければ早いほどありがたいんだけど」

西本家の夕食では、通常、しゃべるのは母親で、文彦はもっぱら聞き役だ。しかしその日は、彼の方が饒舌《じょうぜつ》だった。

「あの人なら、ゆくゆくは社員登用もありだよ。様子を見て、ぼくの方から社長に推薦してもいいと思ってる」

「でも若いんでしょ。長続きしないんじゃないの」

「彼女は大丈夫だよ。すごく真面目そうだし、やる気もあるみたいだった。とにかく、これまで応募してきた連中とは、全然、違うんだ」

「そんなにいい人なら、一度、食事にでも誘ってみたら？」

母親に魂胆を見透かされたような気がし、文彦はドキリとした。

「ぼくは、あそこの責任者だぜ」

「そんなこと関係ないでしょ。うちの係長だって、奥さんは元アルバイトだよ。あんたは、ただでさえ奥手なんだから、いい子がいたら積極的に行かないと、一生、結婚できないわよ。お母さんだって、そろそろ孫の顔が見たいわよ」

文彦も、できればその願いをかなえてやりたかった。実は以前、少しの期間だけ婚活サイトに登録していたこともある。二人の女性を紹介されたが、どちらも一度会っただけで二度目のデートは先方から断られた。婚活サイトのカウンセラーによれば、文彦の場合、年収、そして親と同居という条件がネックになっているという。せめて後者を考え直してみたら、とカウンセラーに提案されたが、文彦は譲るつもりはなかった。母子家庭で育ったせいか、親孝行したいという思いが人一倍強いのだ。

斎藤美香はどうだろう？　彼女なら同居も受け入れ、母親のことを大事にしてくれるのではないか。

その希望的観測は、頭の中で繰り返し検討されるうち、文彦の中でいつしか確信に変わっていた。

太陽が西に傾き、窓から差し込んだ陽光が大型フリーザーの側面に達した。ひっそりした室内にコンプレッサーが発するブーンという低いうなり音が響いている。

文彦は立ち上がってカーテンを閉めた。

「ぼくはね。君のことが大好きだったんだよ」

フリーザーの上には、小さな赤いバラの鉢が載っていた。根はついていないが、プリザーブドフラワーなので買ったときと変わらぬみずみずしさを保っている。

「本気で結婚を考えてたんだ。聞いてるか、美香」

文彦は床に腰を下ろすと、膝を抱えて天を仰いだ。

「こんなことになっちゃって……。ぼくは……、どうすればいいんだよ」

3

玄関で呼び鈴の音がした。居間で横になってテレビを見ていた美千代は、ハッとして上体を起こした。来客の予定はない。誰だろう? 呼び鈴が鳴ると身構えてしまう習性は、事件から五年経った今も体から抜けていなかった。純が逮捕されたときは、昼夜を問わず押しかけてくるマスコミに悩まされ、呼び鈴のスイッチを切って電話線も抜いていた。それでもしつこく戸を叩く記者や、前の道から大声で呼ばわるレポーターが後を絶たず、しまいには誰も来ていないのにノックやベルの音が四六時中、耳鳴りのように聞こえるようになった。

　呼び鈴を鳴らしたのは宅配便業者で、届いた荷物は、テレビの通販チャンネルに注文したフードプロセッサーだった。どうしても必要というわけでもなかったが、販売員の巧みな説明と実演を見ているうちに欲しくなり、つい買ってしまったのだ。特に心惹かれたのは、〝魚や鶏手羽の骨まで砕くハイパワー〟という宣伝文句だった。二ヵ月前に受けた健康診断で、骨密度が低く骨粗鬆症になる恐れがあると注意されてから、美千代は意識的に乳製品や魚を摂るようにしていた。このフードプロセッサーを使ってイワシを骨ごと磨り潰してつみれにすれば、もっと効率的にカルシウムが摂取できる。

　以前、美千代は、健康にさほど関心がなかった。とりわけ純の事件以降は、いつ死んでもいい、むしろ早く死んでしまいたいとすら思っていた。しかし今は、テレビの健康関連番組は欠かさず見るようにし、週に二回、ウォーキングもしている。変わったきっかけは、靖男が余命宣告されたことだ。今後は夫を頼れない、私が純を支えるしかないのだという自覚が芽生え、人生に前向きになったのだ。

　これまでの美千代の人生は、夫の添え物でしかなかった。町工場を営む田丸靖男と見合い結婚したのは三十七年前、彼女が二十五歳のときだ。以来、二人は夫唱婦随の典型のような夫婦だった。靖男がワンマンな性格だったこともあるが、美千代も生来、引っ込み思案で受け身なタイプで、夫の決めることにけっして異を唱えなかった。彼女は家事をしながら昼は工場の事務員として働いた。始業前の掃除や、寮で暮らす独身従業員のために毎日賄《まかな》いを用意するのも彼女の仕事だった。三十代になるとそれに育児が加わり、四十代のときには姑の介護も担った。よく働いた。そのころを振り返って美千代は思う。それだけ働いても身内だから給料はもらえなかった。家計も靖男が管理していたので彼女の自由になるお金はなく、欲しいものがあるときには、夫にいちいちおうかがいを立てねばならなかった。

フードプロセッサーの梱包を解きながら、ふとテレビに目をやると、いつしか旅番組に替わっていた。あるベテラン女優とその娘が、浴衣《ゆかた》姿で宿の窓辺に腰かけ富士山を眺めている。美千代は自分と同世代のその女優が昔から好きで、学生時代、彼女が出演した映画をよく見に行った。女優と娘は顔がよく似ている。ことに娘の上品だが芯の強さを感じさせる目は母親譲りだった。たしかこの娘は陽子と同い歳で、生まれ月も近かったはずだ。美千代は、女優が女児を出産したというニュースを、陽子に授乳しながら聞いた覚えがあった。

テレビ的な演出もあるのだろうが、和《なご》やかに談笑する二人の姿は、理想的な親子像に見えた。

こうした仲睦まじい母と娘を目にするたびに、美千代はいつも同じことを思った。

一緒に買い物に行ったり、お茶を飲みながらたわいのないおしゃべりをしたり、普通の親子がしていることを、どうして私と陽子はしてはいけないの。

陽子が家を出て、来月でまる四年になる。純の事件によって、彼女は回復できない痛手を負った。婚約を破棄されただけではない。誘拐殺人犯の姉としてネットに個人情報と顔写真をさらされ、根も葉もない誹謗中傷を書きこまれた。それを見たらしい男に路上で突然罵声を浴びせられてから、陽子は外出を怖がるようになり家に引きこもった。勤めていた会社も辞めざるをえなくなり、一年ほど誰にも会わず友人からの電話にも出ようとはしなかった。そしてある日突然、彼女は一枚のメモだけを残して行く先も告げずに消えた。

――独りで生きていくことにします。今までありがとうございました。陽子

彼女は死ぬつもりではないか。美千代は心配でたまらず警察に届けようとした。だが靖男は、陽子の好きなようにさせてやれと言って許さなかった。美千代はあのときほど、夫の薄情さを恨んだことはない。しかも彼は、美千代にそう言う一方で、興信所に依頼して陽子の居場所を突き止め、密かに会っていたのだ。

美千代がそれを知らされたのは先月のことだ。先が長くないことを知っていた靖男は、入院する前の晩、あらたまった口調で、お前に引き継ぐことがあると言い、居間のテーブルに預金通帳、権利証、有価証券などを並べた。堅実で始末屋の夫のことだ

から、ある程度は貯めているだろうと思っていたが、田丸家の所有する資産は美千代の想像をはるかに超えていた。しかし本当の意味で大事な〝引継ぎ〟は、その後だった。夫の話を聞きながら美千代は呆然となった。そんな大事なことを秘密にしているなんて……。夫が、いかに自分をないがしろにし、取るに足りない存在と見ていたかを思い知らされた。特に陽子のことを聞かされたときには、美千代もさすがに感情が抑えられず、結婚以来初めて夫をなじった。どうして言ってくれなかったんですか。私だって陽子に会いたいわ。でも靖男からは詫《わ》びの言葉一つなかった。彼も陽子に会ったのは一度きりで、そのとき彼女から、「私は残りの人生を別の人間として生きていく。お父さんとお母さんには申し訳ないけど、私のことは忘れてほしい」と言われたという。

「陽子は、田丸陽子ではなく別の名前を名乗ってる。お前が彼女に会いたい気持ちは分かる。だがそれは親のエゴだ。縁を切ってやるのが、あの子のためなんだ。これは俺の遺言だと思ってくれ」

靖男は今も、美千代が陽子のことに少しでも触れると顔をしかめる。虫の居所が悪ければ怒鳴ることもある。一方、純については、「くれぐれも頼んだぞ。あいつを生かすも殺すも、お前次第なんだからな」と、しつこいくらいに念を押す。

純のことを、これっぽっちも信じていないくせに。

はっきりとは言わないが、靖男は、誘拐事件を主導したのは柴山ではなく純だと思っている。家庭より会社を愛していた靖男なので、実の息子よりも、工場の従業員だった柴山の方を信用しているのだろう。

だが美千代は違った。柴山は、一見、人当たりはいいが、裏では何を考えているか分からないところがあった。陽子も、柴山の人間性を早くから見抜いていた。柴山が入社して間もなくのころ、陽子がこう言っていたのを美千代は記憶している。「あの人、少し変じゃない。気を付けた方がいいよ」。柴山が公園で野良猫を蹴飛ばしているのを偶然見かけたのだという。でも人が好い純は、口の上手い柴山にころっと騙され、犯罪の片棒を担がされてしまった。

柴山が誘拐したのは、近所に住む開業医の五歳の息子だった。柴山は、その子を拉致した直後に残酷な方法で殺害したにもかかわらず、自宅に身代金を要求する電話をかけた。そして何も知らない純をそそのかして、それを取りに遣ったのだ。

あんな人さえ雇わなければ……。

今さら悔やんでも詮《せん》無いことだが、美千代はつい考えてしまう。もちろん柴山を面接し、採用を決めたのは靖男だ。それればかりか彼は、柴山のことを高く買い、〝将来は〈田丸製作所〉を背負って立つ人材〟とまで言っていた。

先日、美千代は靖男から二枚の紙を渡された。一枚には、純のために今後すべきことが、もう一枚には、陽子のためにしてはならないことが、小さな字でびっしりと書かれていた。

美千代は夫の前では神妙な面持《おもも》ちでそれに目を通したが、家に帰るとすぐに丸めて捨ててしまった。

工場を経営していたころは、子供たちにまるで無関心だったくせに。

親子の関係は、工場の機械とは違ってマニュアルなんかないの。陽子のことも、純のことも、あなたより私の方がよく知ってる。いちいち指図しないでちょうだい。

そのマンションは五階建てで、洗浄したばかりらしく外壁の白いタイルが日光を受けてきらきら輝いていた。一階の窓の目隠しになっている高い生垣も、きれいに剪定《せんてい》されている。

案外、立派だわ、と美千代は思った。

靖男から、単身者向けのワンルームと聞かされていたので、小ぢんまりしたアパートを想像していたのだ。

靖男はこのマンションの一室を八年前から所有していた。さらに別のマンションに、もう二部屋、持っていて、いずれも投資用に買ったという。これも夫に〝引継ぎ〟されるまで、美千代がまったく知らなかったことだ。

私がスマホを持つことすら贅沢だと許さなかったくせに、自分はこんな大きな買い物をして。

その腹いせでもなかったが、美千代はついに、念願のスマートフォンを手に入れた。靖男にバレないよう、契約は新規で行った。しばらくは二回線分の料金を払わねばならないが、夫が亡くなったらガラケーの方は解約すればいい。

美千代はハンドバッグから真新しいスマホを取り出した。画面の地図上に表示された現在地を示すマークは、今いる場所とピタリと一致している。

すごいわ。彼女は現代のテクノロジーに目を見張った。よく耳にするグーグルマップなるものを、さっそく使ってみたのだ。地図の縮尺を小さくして、自宅からここまでの経路を見てみると、電車やバスを乗り継いでいるのでかなり大回りになっていた。

やっぱり免許を取ろう。車さえあれば、拘置所に通うのも、ここに来るのも、ずっと早くて便利になる。

マンションはオートロックではなく、管理人も常駐していなかった。集合ポストはエントランスの奥にあり、三〇二号室のポストには、投函口までチラシがつまっている。

帰っていないのだろうか。

靖男はこう言っていた。

――偽名では賃貸アパートは借りられんし、保証人も必要だ。だから投資用に買ったマンションを使わせている。毎月、少しだが生活費も援助してたから、どこか別の場所に移るなら必ず連絡しろと言ってある。

靖男は、自分が命じれば誰もがそれに従うと思ってる。でも彼女にも意志がある。無断で引っ越してしまったのかもしれない。

――金を持って行くときは、必ずポストに入れて来い。ぜったいに会おうなんて気を起こすなよ。

私にだって自分の意志がある。もうあなたの指図は受けないわ。

美千代はエレベーターで三階に上がると、意を決して三〇二号室のインタホンを押した。

一秒、二秒、三秒……。固唾を呑んでドアを見つめていたが、いくら待っても返事はなかった。

美千代は、ハンドバッグから白い封筒を出すと、スマートフォンの番号を書いたメモをその中に入れ、ドアポストに投函した。

4

いっそのこと、母さんに打ち明けてみようか。母さんならきっと、いい方法を考えつくに違いない。なにしろ母さんは生活の知恵の宝庫だ。彼女の手にかかれば、洋服の染み、鍋の焦げつき、風呂のカビ、どんなものだって跡形もなく消えてしまう。いや、やっぱりダメだ。いくら母さんだって、死体を消す方法までは知らないだろう。それに、このあいだの検診で不整脈があると言われたばかりだ。美香のことなんか話したら、びっくりして心筋梗塞《しんきんこうそく》を起こしかねない。

そんなことをあれこれ考えていると、インタホンが鳴った。

文彦はギョッとして玄関のドアをにらんだ。

するとまた、ピンポーン。

文彦が美香の部屋にいるときに、人が訪ねて来たのは初めてだった。

ドアスコープで確認したかったが、もし訪問者が聞き耳を立てていたら、ドア越しに足音を聞かれてしまう恐れがある。

じっと息をひそめ、留守を装った。すると玄関でコトンと音がした。ドアポストに何かを入れたらしい。

文彦は五分ほど動かずに様子をうかがってから、抜き足差し足で玄関に向かった。ドアスコープをのぞいてみたが人の姿はない。ドアポストのふたを開けると、白い封筒があった。封はしてあるが宛名も差出人名もない。中には一万円札が五枚とメモが入っていた。

メモには〝連絡してください。　０９０―××××―××××〟と書かれているだけで、やはり名前はなかった。

美香は、家族とは長らく音信不通だと言っていた。お小遣いをくれるパパさんでもいたのか？　だがメモの字は、明らかに女の筆跡だ。

いずれにせよ五万円も置いていくということは、美香とは浅からぬ関係の人間だろう。そして、連絡をくれと書いてあるからには、美香から音信がなければ、また安否確認に来る可能性が高い。

文彦はフリーザーに目をやった。やはり、あのままではまずい。

弁当工場の仕事は、特に危険でも難しくもないので、新人には衛生面の注意事項を説明するくらいで研修制度は用意されていなかった。文彦はいつも、新人の教育はベテランのアルバイトに任せていたが、美香に限っては自ら指導した。口さがない古株のオバチャンたちに勘繰《かんぐ》られぬよう、事務的な口調と態度を心掛け、ときには語気強く叱《しか》りもした。美香は物覚えが良いとは言えず、日ごろ料理もしないらしく、包丁はむろんのこと、菜箸《さいばし》もまともに使えなかった。これには文彦も少しがっかりさせられた。冷蔵庫の残り物だけで手際よく美味しいものを作ったり、クッキーを焼いたりする彼女を想像していたのだ。まあ料理なんか、少し習えば誰でも上手くなる。

初日の業務終了後、美香を事務所に呼んで初日の感想を尋ねると、彼女は、まだ不慣れでご迷惑ばかりかけてますけど、皆さん親切に教えてくださるので続けられそうですと答えた。文彦は、その冷静な自己分析と謙虚さに感じ入り、彼女に強い将来性を感じた。その〝将来性〟には、むろん私的な意味も含まれている。やっぱりぼくの目に狂いはなかった。

「じゃあ、明日からまたよろしくね」

「こちらこそ、よろしくお願いします」

事務所を出ていく美香の背中を、文彦は無言で見送った。

歓迎会にかこつけて彼女を食事に誘うという構想を、朝から胸中に秘めていたのだが、口に出す勇気はなかった。

面接のとき、美香はできるだけ多く働きたいと言った。文彦は、希望に添えるようにすると請け合い、実際、そのようにした。大口の注文が入っていたわけではないので、美香の出勤日が増えれば、代わりに仕事にあぶれる者が出てくる。最初のうちは、新人に早く習熟してもらうためとの口実で既存のバイトたちを納得させたが、一ヵ月過ぎても状況が変わらないとなると、オバチャンらも黙ってはいない。

代表で事務所に抗議に来たのは、最古参のアルバイトだった。勤続三十年、顔は信楽焼《しがらき》のタヌキそっくりで、性格もタヌキのようにずる賢く底意地が悪い。誰よりも業務に精通している彼女は、一介のバイトにもかかわらず、責任者である文彦を見下す態度をとることもしばしばだった。実際、繁忙期には彼女がいないと回らないが、ゆくゆくは古ダヌキを切って、自分と美香のワンツー体制に切り替えようと文彦は考えている。

「主任さん。斎藤さんのことで、ご相談したいことがあります」

文彦は内心、来たな、と身構えつつ、「彼女がどうかしたんですか」と、そしらぬ顔で訊いた。

「更衣室でお金がなくなりました。もう三人、被害にあってます」

予想外の話に、文彦は唖然とした。

「斎藤さんが盗んだというんですか」

「彼女が入る前は、こんなことありませんでしたから」

「だからって犯人とは限らないでしょっ」

思わず口調がきつくなる。

「斎藤さんが、小野《おの》さんのロッカーを開けているのを見た人がいます」

「自分のロッカーと間違えたのかもしれない」

「隣り合っているならともかく、場所が全然違いますよ。それだけじゃありません――」

古ダヌキは得意げな顔で、美香が犯人である〝動かぬ証拠〟なるものを次々と挙げた。だが文彦に言わせれば、それらはどれも証拠どころか邪推と思い込みの産物でしかなかった。古株たちは、美香が働き始めた直後から、〝何か変だ〟と感じていたという。こうした排他的な雰囲気が、若いアルバイトがこの職場に居着かない原因なのだ。文彦はうんざりし、古ダヌキの言葉を途中で遮った。

「あなたが何と言おうと、私は彼女を信頼してますから」

古ダヌキは薄笑いを浮かべた。「若くてきれいな子は、得よね」

「どういう意味ですか」

「若くてきれいなら、お金を盗んでも見逃してもらえるし、シフトにもたくさん入れてもらえる。お花だってもらえるんだから」

文彦の額から汗がドッと噴き出した。

「あの花は……、歓迎のしるしですよ。ほら……、うちは新人が入っても歓迎会とかやらないでしょう。妙な勘繰りはやめてください」

動揺を隠そうとすればするほど、言葉はつかえ、声は裏返った。

前の週の木曜日は、美香の誕生日だった。履歴書でそれを知った文彦は、彼女にバラのプリザーブドフラワーを贈った。他のバイトに見られぬよう、渡すときには細心の注意を払ったつもりだが、海千山千の古株たちの目はごまかせなかったようだ。

「とにかく、盗難の件をどうにかしてください。主任さんが何もしてくれないなら、みんなで社長に直訴しますから。そのおつもりで」

美香が犯人のはずがない。そもそも窃盗事件自体、古株たちのでっち上げか勘違いだろう。

文彦はそうにらんでいたが、せっかくの機会だから利用させてもらおうと、事務所では話しづらいことだからと理由をつけ、勤務終了後、美香を近くのファミレスに連れ出した。

窃盗事件の話は簡単に済ませ、その後、不愉快な話につき合わせたお詫び、を口実に、以前から目をつけていたビストロに誘うつもりだった。騙すようで少し気が引けたが、〝待っているだけではダメ、積極的に仕掛けろ〟というのは、世の恋愛マニュアル本が共通して薦める手法でもある。

作戦どおり、文彦はまず盗難の件を切り出した。彼女を傷つけぬよう言葉は慎重に選んだつもりだが、美香は店内でもキャップを目深にかぶりマスクもつけていたので表情はうかがえない。

これも古ダヌキが、美香をあやしんだ理由の一つだった。彼女が休憩時間にもマスクを外さないのは、何かやましいことがある証拠だという。まったくバカげてる。美香はアレルギー体質で、わずかなホコリでもくしゃみが止まらなくなる。だからマスクが手放せないのだ。

古ダヌキの色眼鏡越しに見たこの世は、きっと悪人ばかりの地獄のような場所に違いない。

「こんな話をすること自体、嫌なんだけどね。ぼくも立場上、仕方ないんだよ」

そう言って苦笑いを浮かべると、美香の肩が小刻みに震えだした。

「どうしたの？　誤解しないで。君のことを疑ってるわけじゃないんだから」

「私です」

「え？」

「私が盗《と》りました。本当にすみません」

美香は、かろうじて聞き取れる声でそう言うと、肩をすぼめて嗚咽《おえつ》し始めた。

にわかには信じられなかったが、彼女は泣きながら、すみませんを繰り返している。

文彦は、美香が落ち着くのを待って尋ねた。「どうしてそんなことしたの」

責める気持ちはなかった。むしろ力になりたいと思った。きっと何かよんどころない事情があったに違いない。

美香は、時おり言葉を詰まらせながら、自分が置かれている状況を語った。以前交際していた男に騙されて多額の負債を背負わされたこと。今も借金取りに追われ、毎日おびえながら暮らしていること。とある事情から家族とも絶縁状態のため助けを求められないこと。

「どうしても返すお金が作れなくて……、いけないこととは分かってたんですけど、つい……。本当にすみません」

「ちなみに借金て、どれくらいあるの」

「最初は二百万円くらいでしたけど、今はもっと多くなってます」

「弁護士に相談してみたら？」

「もし私が弁護士を頼ったら、家族のところに行くと借金取りに脅されました。家族には、絶対に迷惑をかけたくないので……。主任さんには、よくしていただいたのに申し訳ありません。皆さんにも、お詫びしておいてください。盗ったお金は、必ずお返しにあがります。どうもお世話になりました」

美香は深々と頭を下げると、文彦の制止も聞かずに立ち去ろうとした。しかし、ボックス席を出て数歩進んだところで目まいを起こし、床に膝をついた。

文彦は、美香を自分の車に乗せて家まで送った。マンションに着くと、彼女は一人で大丈夫ですと言ったが、とてもそうは見えなかった。顔色は真っ青で目も虚ろだ。文彦は肩を貸して彼女を部屋まで連れて行った。そしてベッドに座らせると、途中のコンビニで下ろした十万円が入った封筒を彼女の手に握らせた。

「ダメです、こんなこと」

「いいんだ。ぼくも金持ちじゃないけど、君ほどは困ってないから。返すのはいつでもいいよ」

美香は目に涙をいっぱい溜めて抱きついてきた。予想外の展開に文彦は面喰らったが、彼女が子供のように声を上げて泣きじゃくっていたので、そのままじっとしていた。美香の体から甘い香りがする。それに鼻腔をくすぐられ、下半身も反応し始めた。あ、ヤバい。慌てて腰を引く。すると美香はさらに体を密着させ、唇を重ねてきた。ええっ！　次の瞬間、頭の中でポンと破裂音がした。文彦は夢中で彼女にしがみつき、押し倒した。

翌朝、文彦が目覚めたとき、美香はまだ隣で寝息を立てていた。その寝顔を見つめながら、文彦は誓った。

どんなことがあっても、ぼくは君を守るからね。

5

どうしてなの。どうしてよっ！

——主文　本件再審請求を棄却する。

その意味するところは、法律文章に不慣れな美千代にも理解できた。渡された紙には、他にも小さい文字がびっしりと並んでいたが、目を通す気にはならなかった。要するに裁判所は、自分たちの間違いを認めたくないのだ。どうあっても、純を死刑にしたいのだ。

全身から力が抜けた。

「がっかりするのは早いですよ。それは地裁の判断ですから。まだ決着したわけではありません」山岡弁護士は言った。「抗告しますよね。いちおう純さんに、意思を確認してきてください」

「はい。あの子もそうするつもりでしょうけど訊いてみます」

純の絶望に沈む顔が目に浮かんだ。あの子にどう伝えよう。自暴自棄になって、また拘置所で何か問題を起こさなければいいけど。

「奥さんも、大変ですね。ご主人のこともあるし」山岡は、いたわるように言った。

「いいえ。私なんか何もしておりませんから。純のことも主人のことも、専門家の先生にお任せするだけで……」

美千代が山岡の事務所を訪れるのはこれが初めてだった。

法律や司法制度について美千代に話したところで理解できないと思ったのだろう。靖男は、再審請求することも山岡に依頼することも独りで決めた。その後の打ち合わせにも彼女を同席させたことはなく、気が向いたときにおざなりな説明をするだけだった。

「このごろは再審請求していても安心できないと新聞で読んだんですけど、そうなんですか」

「ええ。以前は、再審請求中は刑を執行しないという暗黙の了解みたいなのがあったんですが、お上が方針を変えましてね。執行を引き延ばすために再審請求を利用していると思ってるんですよ。まあ実際、そういう面もなくはないんですけど」

「でもうちの息子は、騙されてお金を受け取りに行っただけなんですよ。それが誘拐の身代金だってことも知らなかったんです。もちろん人質が殺されたことも……」美千代は声を詰まらせ、ハンカチを目に当てた。「すみません。先生は、こんなことご存じですよね」

「ええ。分かってます。だから私も微力ながら協力させてもらってるんです」山岡は美千代の前にティッシュの箱を置いた。「それに、ご主人からお聞きになってるでしょうけど、純さんの場合は、共犯の柴山が逮捕されるまでは刑が執行される心配はありませんから」

「それも変更されてしまうことはないんですか」

「ありませんよ」山岡弁護士は断言した。「柴山が逮捕されれば、裁判で純さんの証人尋問が必要になる。これぱっかりは、いくら法務省でも変えようがありません。現に、あの毒ガス教団の幹部連中だって、逃亡していた信者の裁判が結審するまで、死刑は執行されなかったでしょう」

柴山は、純を犯罪者にしただけでなく、今も純の運命を握っている。そう思うと、美千代は無性に腹立たしかった。

「そう言えば、このあいだ接見に行ったとき、陽子さんを探してくれと純さんに頼まれましたよ」

「あの子、先生にまでそんなことを？」

「ええ。陽子さんに謝りたいそうです。よかったら、うちが懇意にしてる調査会社をご紹介しましょうか」

「いえ、けっこうです。陽子のことは、私の方から折を見て純に説明しておきますので」

6

美香を運び出そう。文彦はようやく腹をくくった。彼女を訪ねてくる知り合いがいると分かった以上、グズグズしてはいられない。

ネットで注文したスーツケースが届いたのは、昼前だった。かなり大きいが、容量はフリーザーの約三分の一しかない。美香がすんなり入ってくれるか否かは、彼女が今、フリーザーの中でどんなポーズをとっているかによる。実は文彦は、それを知らなかった。美香を強引に押し込んでから、フリーザーのフタを一度も開けたことがないのだ。もし嵩張《かさば》るポーズをとっていたら、スーツケースに収まるよう、よりコンパクトな姿勢にしなければならない。彼女はカチコチに凍っているはずなので、まずは溶かす必要があるが。

フリーザーの前に立ったものの、すぐにフタを開けられなかった。今日まで決断を引き延ばしてきたのは、彼女に再会するのが怖かったからでもある。

「ヨシッ！」と気合を入れてフタを開いた。白い靄《もや》が立ち上る。恐々《こわごわ》のぞきこむと、美香は背中を上に向け、土下座するような格好をしていた。

ああ、美香……。窮屈だったろ。寒かったろ。ホントにごめんよ。

更衣室での盗難が発覚した後、美香は工場を辞めた。いかなる事情があったにせよ、他人の金を盗んだ彼女を、文彦もかばいきれなかった。だがもちろん、美香を見捨てはしなかった。

現金が入った封筒を渡すたびに涙ぐんで謝る美香に、文彦は言った。「気にしないで、ぼくがしたくてしてることだから」

見返り？　そんなものを求めるのは愛ではない。文彦はそう考えていた。借金がきれいになったあかつきにはプロポーズすると決めてはいたが、恩に着せるつもりは毛頭なかった。

ある日、古ダヌキが昼休みにこんな話をしているのを耳にした。

「こないださ、見ちゃったのよ。斎藤さんが中年の男とラブホテルに入っていったの。あれはきっと売春だね」

噂話と他人の悪口は、老い先短い古ダヌキの唯一の趣味だ。文彦は寛容な心で聞き流した。どうせ彼女の話には、千に一つも真実はない。

数日後、今度は別のバイトが、新たな目撃情報をもたらした。美香が若い男と親しげに腕を組んで歩いていたという。

まさか。ありえない。まったく、うちのバイトときたら。

文彦は、あくまでもバイトたちの下種《げす》ぶりを示す例として、美香にその話をした。彼女は顔をしかめ、嘆かわしいとばかりに首を振ったが、そのとき一瞬、目が泳いだように見えた。

文彦が翌日から美香のマンションを張り込んだのは、彼女を疑ったからではなく、自分の勘違いであることを確認するためだ。しかし三日目の夜、派手な格好で外出した美香は、路上で男が運転する車に拾われ、そのままホテルに直行した。そして二時間ほどして出てくると、男に送られてマンションに戻った。

文彦はその直後に部屋に押しかけ、彼女に問い質《ただ》した。美香は当初、しらを切った。だがスマホで録画した画像を見せると、さめざめと泣きだした。相手はＳＮＳで出会った初対面の男だという。

「あんなことしたの初めてよ。急にお金が必要になったの。あなたにはこれ以上、迷惑はかけられないし」

迫真の演技だったが、文彦はもう騙されなかった。よくよく考えてみれば、彼女には他にも不審な点があった。多額の負債があるわりには暮らし向きに余裕があるようだったし、その返済の肩代わりを文彦にさせながら、借用書や領収書の類を一度も見せたことがない。

「金を返してくれ」

「お金？」

「君に貸した金だよ」

美香は、もはやこれまでと観念したらしく、「何のことか分からないわね」と居直った。

「君を助けるために、こっちも借金したんだぞっ」

文彦は、彼女に渡す金を工面するために、銀行、消費者金融、信販会社、そして友人、およそ借りられるところからは借り尽くし、母親の定期預金にまで手をつけていた。

「フン。あんたみたいなキモい奴の相手してやったんだから、ちょっとくらい小遣いもらって当然でしょ。何が、君のことは守る、よ。いい歳こいて童貞だったくせに、偉そうなこと言ってんじゃないわよっ。どうせあんたなんか、この先ずっと——」

知らぬ間に手が出ていた。美香は大げさな悲鳴をあげて倒れた。文彦は彼女に馬乗りになり、両手で首を絞めた。美香は手足をばたつかせ、さも苦しそうな顔をしたが、どうせ演技だ。この嘘つき女がっ。文彦は、彼女の首にかけた手に、ありったけの力を込めた。

「ごめんな。あのときはカッとしてて、何が何だか分からなくなってたんだ」

文彦は、フリーザーの中の美香に向かって手を合わせた。

土下座のような姿勢をとる彼女は、背中を丸めてコンパクトにまとまってはいるが、このままの状態ではスーツケースに収まりそうもなかった。指先で押してみると、服の上からでも固く凍っているのが分かる。やはり、いったん溶かすしかなさそうだ。

文彦はフリーザーの電源を落としてフタを全開にした。どうせ運び出すのは日が暮れてからだ。あまり解凍に時間がかかるようなら風呂場でお湯をかけるしかないが、そうならないことを祈った。

スーツケースに詰めた後、どこに持っていくかもまだ決めていない。海に沈めるか、山に埋めるか。後者の方が見つかる可能性は低い気がした。となるとスコップがいる。文彦はスマホを出してグーグルに尋ねた。

「いちばん近いホームセンターはどこ？」

ウェディングドレスを着た美香が鏡の前に立っている。

彼女は振り向くと、「どう？」と訊いた。

「とっても似合うよ」文彦は答えた。

美香がニッコリと微笑む。

そのとき脇腹に痛みを感じて、文彦は現実に引き戻された。美香が溶けるのを待つうちに寝てしまったらしい。いつからそこにいたのか、目の前に年配の女が立っている。

まだ頭がぼんやりしていた文彦は、体を起こしながら「母さん？」と言った。

しかしそれは、見ず知らずの女だった。女は目を怒らせ、手に包丁を握りしめている。

文彦は息を飲み、フリーザーに目をやった。フタが開いている。しまった。見られた！

「あんた誰よっ」

文彦は逃げようとした。だが立ち上がる前に、「動かないでっ」と女に一喝《いっかつ》され、眼前に包丁を突きつけられた。彼は腰が抜けたようにまた尻を落とした。

ああ、終わりだ……。

7

三〇二号室のポストは、先日、来たときよりもひどいことになっていた。投函口からあふれ出すほどにチラシが押し込まれ、もはや郵便受けとしての機能は果たしていない。

ポストを見ていないだけかもしれないが、美千代は前回、スマホの電話番号を書いたメモを現金と一緒にドアポストに入れておいた。しかし今日まで、彼女から連絡はなかった。

引っ越したのかしら？　だとしたら、あまりに身勝手すぎる。部屋を提供し、生活費の援助までしてあげたのに、一言の断りもないなんて。

再びチラシがつまったポストに目をやったとき、〝孤独死〟という言葉が脳裏をよぎった。

ニュースなどを見ていると、孤独死した人が発見されるきっかけとなるのは、たいてい、たまった新聞や郵便、もしくは異臭だ。

美千代は三階に上がり、三〇二号室のインタホンを押した。返事はない。ドアに鼻を近づけてみる。臭いはしないようだった。

美千代は〝引継ぎ〟のときに夫から渡されたカギを出してドアを開けた。入ってすぐのところがキッチンで、奥の部屋とはドアで仕切られていた。すみません、と声をかけたが応答はない。靴を脱いで部屋に上がった。ほのかに変な臭いがする。何の臭いだろう？　キッチンから奥の部屋をのぞくと、男が一人、フローリングの床に横になっていた。

誰？　まさか恋人？

男は熟睡していた。口からよだれを垂らし、断続的にガーッと大きないびきをかいている。小柄で痩せていて、貧相な顔立ち。野暮ったい服装をしているので老けて見えるが、おそらく三十歳前後だろう。

壁際に、やけに大きなフリーザーが置かれていた。フタが開いている。近づいてその中をのぞき込んだとき、美千代は危うく悲鳴をあげそうになった。人が入っている。マネキン？　いや違う。顔は見えないが女性だ。まさか……。

美千代はキッチンから包丁を取ってくると、寝ている男の脇腹を蹴った。男は目を覚ました。眩しそうに目を細め、ムニャムニャ言いながら上半身を起こすと、美千代に向かって「母さん？」と言った。だがすぐに自分の間違いに気づき、驚愕の表情を浮かべた。

「あんた誰よっ」

男は答えなかった。顔からみるみる血の気が引いていく。

男が立ち上がろうとしたので、美千代は顔に包丁を突きつけた。「動かないでっ」

すると男は観念したようにうなだれ、子供のように泣きだした。

「あの中にいるのは、誰なの？」

「美香さんです」男はしゃくりあげながら答えた。

「顔を見せて」

男は立ち上がってフリーザーに近づくと、顔をそむけながら遺体の両肩をつかんだ。バリバリと氷がはがれ落ちる音がし、遺体が起き上がる。美千代はその顔を恐る恐るのぞき込んだ。以前とはかなり印象が変わっているが、柴山だった。目をカッと見開いた、おぞましい形相をしている。

「どうして……」

男はそれを自分への質問だと勘違いし、柴山との間にあったことを話した。彼は柴山と交際していたが裏切られ、逆上して殺してしまったという。話し終えると、男は床に両手をつき、泣きながら「すみません。勘弁してください」と何度も頭を下げた。

「これからどうするつもり」

「自首します。逃げたりしません。ホントですっ」

男はそう言うと、床に落ちていたスマホをつかんだ。

「どこにかける気よ」

「警察に……」

美千代は、あわてて男の手からスマホを奪い取った。

約一時間後、美千代は男が運転する車の助手席に座っていた。

大丈夫。私ならできる。きっとできる。

ともするとくじけそうになる自分を、鼓舞し続ける。

靖男の言葉が耳によみがえった。

――くれぐれも頼んだぞ。あいつを生かすも殺すも、お前次第なんだからな。

靖男によれば、事件後に行方をくらましていた柴山が彼の前に姿を現したのは、純の死刑が確定した直後だったという。もちろん彼女は、自分が逮捕されない限り、純の刑が執行されないことを知っていた。靖男は柴山の要求に屈するかたちで、所有するマンションの提供と、金銭的援助を約束させられた。〝引継ぎ〟の際、それを知らされた美千代は、怒りをとおりこして呆れた。息子を死刑囚にした張本人を匿《かくま》うなんて、人が好いにもほどがある。

しかし、純を救うためには、悔しいがそうするしかなかった。夫の言いつけを無視して柴山に会おうとしたのは、せめて一度だけでも、思いのたけを彼女にぶつけてやらねば、腹の虫がおさまらなかったからだ。

「あのう……。美香さんとは、どういったご関係ですか」

交差点で信号待ちをしていたとき、男が遠慮がちに訊いてきた。

「あんたには関係ないでしょっ」

「すみませんでした」

男は詫びると、また思い出したように嗚咽し、鼻水をすすり上げた。

いつまでもめそめそしている男に、美千代は嫌悪感を覚えた。口止めして追い払うことも考えたが、手伝わせることにしたのは、男の勤め先が弁当屋だと聞いたからだ。弁当屋なら包丁ぐらいは使えるだろう。

男は、柴山の遺体を山に埋めるつもりだったという。

危ないところだった。埋めるなんて冗談じゃないわ。今はね、骨の一部でも見つかれば誰の遺体か特定できるのよ。『科捜研の女』を見てないの？

車の前方に、ホームセンターの看板が見えてきた。かなり大きな店だから、必要な物はすべてそろいそうだ。

ふと思い立ち、美千代は手帳を開いた。そこには買うべき物がメモしてある。彼女はリストの最後に、〝フードプロセッサー〟と書き加えた。

緋色の残響

長《なが》岡《おか》弘《ひろ》樹《き》

1969年山形県生まれ。筑波大学第一学群社会学類卒業。団体職員として働く傍ら執筆した「真夏の車輪」で第25回(2003年)小説推理新人賞を受賞。2005年に短編集『陽だまりの偽り』を上梓して単行本デビューを果たす。早くから〝短編の名手〟との呼び声高く、2008年に「傍聞き」で第61回日本推理作家協会賞短編部門の栄冠を得た。警察学校を舞台にした話題作『教場』(2013年)など警察小説ジャンルでの活躍は殊に目覚ましいものがある。本作「緋色の残響」は、新聞記者志望の中学生の娘を持つ女性刑事、羽角啓子の事件簿(2020年刊行『緋色の残響』)の中でも出色の出来映え。ピアノ教師の目の前で、教え子の少女が急死した。食物アレルギーによる不幸な事故で、教師の責任は問えそうになかったが……。母と娘の血は争えない。優秀な刑事である母は、わが子が〈犯人〉を落とす意外なテクニックに舌を巻くことになる。じつに、耳を澄ませて読むべき作品だと紹介しておこう。(K)

1

目の前で、ポニーテールの髪が左右に揺れている。

秋の西日を受けて艶を放つその髪の持ち主、菜月《なつき》は、いま軽くハミングしている。

それを聞いて、羽角啓子《はずみけいこ》は思い出した。この子には、四歳から五歳にかけてピアノを習わせていたんだっけ……。

知能の発達にいいからと、亡き夫が発案したことだった。そのせいで菜月の音感は優れている。

担任教師との三者面談を終えた帰り道だった。嫌な緊張から解放され、こっちも鼻歌の一つでも歌いたい気分になっている。

「ちょっと早いけど、どこかで晩ご飯を食べていこうか」

そう娘の背中に声をかけると、

「賛成」

答えるなり、菜月は通学リュックを背中から下ろした。足の動きは止めることなく、中からメモ帳を取り出す。

「ね、何か面白い話を教えて」

菜月は、リュックを背負い直しつつ、メモ帳に引っ掛けてあったシャープペンシルを握った。

部員が交代で書く学校新聞のエッセイ。そのネタにまた困っているらしい。以前は「新聞記者ごっこ」というのをよく母娘二人でやっていた。警察回りの記者のふりをしてネタ取りをしようとしてくる菜月に、こちらも刑事課長になったつもりで相手をしてやったものだ。

そんな他愛のない遊びも、いつの間にか途絶えて久しくなっていた。早いもので菜月はもう中学二年生だ。

「じゃあ、そこで何か買ってあげるから」ちょうど書店の前を通ったところだった。啓子は店の入口を指さした。「本か雑誌からでもアイデアを探せば？」

「活字じゃ駄目だよ。あれからのイタダキだろ、ってバレちゃうかもしれないから」

二十一世紀も近くなってきたいま、インターネットというものが急速に普及し、誰もがいろんな情報を簡単に入手できるようになってきた。ついでに、どんな事件の真相もパソコン一台で判明するようになってくれれば、毎日の仕事もだいぶ楽になるはずなのだが。

「誰もが手に入れられるソースじゃ駄目なの。自分だけがそっと当事者から教えてもらった話じゃないと。第一次情報でないとね」

娘がこういう生意気な口を利くのは、いまに始まったことではない。

「だけどね、そんなことを言われても、こっちだってネタ切れなのよ」

中学生のための防犯アイデア——そんな類《たぐい》の情報を提供してきた回数は、もう両手の指では数えきれない。

「母さん。来月、立志式《りっし》があるのは、ちゃんと覚えていますか」

菜月は、いきなり話題と、そして口調を変えてきた。

「……ええ。約束どおり、そっちにも出てあげるよ」

もし事件が何も起きなければ、という条件つきだが。

もう三十年ほども前になるが、自分も同じけやき中学校で立志式なるものを経験した。しかし、保護者までが参加したという覚えはない。

「その式典で、二年生の代表として、将来へ向けた決意を発表するのは誰でしょうか」

「あんたなんでしょ。前にも聞いたわよ」

だからこそ、わざわざ年休を申請して出席することにしたのだ。

「わたしは二年生全員に向かって表明する予定です。将来は新聞記者になって真実を暴くために邁進《まいしん》します、と」

「真実、ね。ちょっと大袈裟すぎない？」

「もし十年後にちゃんとした記者になれていなかったら、わたしは大恥をかいてしまいます。ビッグマウスと言われてずっと笑いものになります。ですから、いまのうちにスクープ癖をつけておきたいのです。娘の不始末は親の不始末です。それでもいいのでしょうか？」

また妙な理屈をつけてくる。

「分かったから、そのおかしな口調はやめて。気持ち悪いって」

「催涙《さいるい》スプレーの作り方とか、そういうのはもういいの。もっと大きな事件の話を教えてよ」

「だって学校新聞でしょ。殺人の話なんて載せられる？　あんたたちには刺激が強すぎるんじゃないの？」

「昔とは違うんだって。最近の中学生は、ちょっとやそっとのことじゃ驚かないから、刺激や毒はあればあるほどいいの」

——菜月さんは非常に強い好奇心を持っています。これは長所です。お母さんは怯《ひる》むことなく、それをどんどん伸ばしてやってください。

先ほどの三者面談で担任教師から受けた言葉が思い出された。たしかに、本人の興味を尊重してやるのは大事だろう。それに、いずれ社会に出れば、どうしたって毒に当たる。ならばいまのうちからそれに慣らしてやることにも多少なりとも意味があるはずだ。

「ある男Aがね」啓子は言った。「男Bを殺した事件があったの」

「ほほう」

唇を尖らせてメモ帳にシャープペンシルのペン先を走らせる菜月が、ともすればいっぱしの記者に見えるのは、親の欲目というやつか。

「AはBを殺す前にあることをした。何だと思う？」

見当もつかない、という様子で菜月は首を振る。

「Bに渾名《あだな》をつけたの。渾名はゲコ。ようゲコ、どうしたゲコ、こんにちはゲコ、さよならゲコ……。Aはことあるごとに、心の中でずっとBをゲコと呼び習わしていた」

「何のためなんだろ」

菜月の言葉は独り言《ご》ちる口調だった。答えを自分で考えたいようだ。

だから啓子はしばらく黙ることにした。

学校から自宅まで約一・五キロ。その、ちょうど中間地点にあたるこのあたりを歩いたのは久しぶりだった。

右手には少しだけ古びたビルが数棟並んで建っている。ここから一番近い一棟の二階部分に、まだ「ブ《B》ルー・ミ《M》ュージック・ス《S》クール」の看板は出ていた。菜月をかつて通わせていた音楽教室は、まだしっかりと存続しているようだ。看板に錆《さび》も汚れもないところを見ると、生徒数もそれなりにいるのだろう。

そろそろ夕暮れどきだった。菜月の背中で、通学リュックに取り付けられた反射板が、もう明るく見えはじめていた。

「分かんない。降参。どうしてAはBに渾名をつけたの。ゲコなんて蛙《かえる》みたい」

「正解」

「え？」

「Bを蛙だと思い込もうとしたのよ、つまり、人間以外のものだとね。殺人事件では、こういう事例がたまにある。誰かを殺そうと思ったとき、相手が自分に似ていればいるほど、自分と相手が同一化してしまって、殺すのは難しくなる。分かるでしょ、この理屈」

「うん」

「同じ理屈はね、正反対の方向にも働くわけ。自分と違う相手は、ずっと殺しやすくなるのよ。加害者が人間だったら、被害者は人間よりも蛙の方がずっと殺《あや》めやすい」

この話は、菜月の好奇心をかなり刺激したようだ。メモ帳に書き留めている様子は、必死と表現してもいいぐらいだ。

書き終えた菜月は黙り込んだ。このネタで一編のエッセイが書けるかどうか考えているようだ。

「まだ終わりじゃないよ。ちょっと続きがある」

舌が調子づいてしまったらしく、いつの間にか、自分の方が喋りたがっていた。それともこれは、もっと情報を提供してやりたいという親馬鹿的な心理状態のなせる業《わざ》か。いずれにしても、おかしなものだ。

「Aは計画通りBを殺した。犯行の際に物的証拠を何も残さなかったから、警察は自分を逮捕できないはずだった。だから徹底的に否認するつもりでいた。だけど、容疑者として刑事に事情を聴取されているうちに罪を認めてしまったの」

「どうして」

「その警察署は田舎の方にあって、すぐ近くが田圃《たんぼ》だった。季節はちょうど、いまみたいに秋。取り調べの間、窓の外で蛙が鳴き始めた。ゲコ、ゲコ、ゲコってね」

「……そっか。つまり、殺した相手の名前が急に聞こえてきて、怖くなったってことね」

「ええ。これはあの世から届く恨みの声に違いない。Aには、そんなふうに思えてならなかったのよ。風情《ふぜい》のある蛙の鳴き声も、疚《やま》しいところのある人には、死者の怨念にしか聞こえないわけ。神様って、やっぱりいるんだね。結局のところ、真実というものは必ず暴かれるものな――」

途中で言葉を切ったのは、向こう側から歩いてくる女と目が合ったからだった。

2

青い服を着たその女の顔には、たしかに見覚えがあった。

相手の女の方も、歩きながら脳内にある顔の記憶を素早くサーチするような表情をしていた。

向こうがこちらを思い出すのと、啓子が相手を思い出すのは、ほぼ同時だったようだ。

「羽角さん？」

「青埜《あおの》先生？」

二つの声は、ぴったりと重なる形で、互いの口から発せられた。

黒い髪は加齢のせいか、やや白茶けて見えた。目尻の小皺も隠せていない。だが、高い鼻の美しさは健在だった。

青埜静奈《しずな》はコンビニの袋を手にしていた。いかにもピアニストらしい細く長い指が持ったその袋には、何種類かの菓子が入っているようだ。

「ご無沙汰しております、先生。お元気そうでなによりです」

「こちらこそお久しぶりです。今日は授業参観でもあったんですか」

そう言ったあと、青埜静奈の視線が斜め下に動いた。

「菜月ちゃん、だよね？」

「……そうですけど」

菜月はまだきょとんとしている。

「ほら」啓子は脇から口を挟んだ。「青埜先生よ。小さいころのあんたにピアノを教えてくださった、あのシズ先生」

菜月の口がようやく、ああ、という形になった。

「シズ先生っ、ごめんなさい。あんまり会ってなかったから、すっかり忘れちゃって」

「こっちこそ、ずっと挨拶もしないで申し訳なかったね。——菜月ちゃんて、けやき中だっけ」

「そうです」

「じゃあ宍戸《しど》さんと知り合いなんじゃない？」

「チューミちゃんですよね。もちろん知ってます。二年生では一番の有名人ですし」

チューミ？　女の子だろうが、おかしな名前だ。顔が鼠《ねずみ》に似ているからついた渾名だろうか。

「彼女はね、ここの生徒だよ。もう来ているはず。いま練習中だけど、もし時間があるなら会っていったらどうかな」

静奈は「BMS」の看板を指さした。

「久しぶりに寄ってみたい」

菜月は、幼児のようにこちらの袖を引っ張ってきた。

「でも、お邪魔じゃありませんか」

「とんでもないです。羽角さん、これからのご予定は？」

「この近くで、早めの夕食でもとってから帰ろうと思っていました」

「夕食ですか。だったら、そこのお店はどうかしら」

静奈は隣のビルの一階を指さした。『トラットリア・ブラーヴォ』――イタリア料理店であることを示す看板がそこに出ている。

「でもその前に、うちの教室でちょっとお茶するぐらい、かまいませんよね」

言うなり、静奈は菜月の肩を横から押すようにして、ビルの入口へと向かってずんずん歩き始めた。こうなっては黙ってあとをついていくしかない。

ビルの階段を上りながら、啓子は背後から菜月に囁いた。「チューミって誰？」

「我が校の誇る天才少女」

菜月は持っていたメモ帳に何か書き、そのページを破ってこちらに渡してよこした。「宙未」と書いてあった。読み方はおそらく「そらみ」なのだろうが、たしかにぱっと頭に浮かぶ呼称は「チューミ」だ。

ビル二階の教室に入った。

内装は記憶にあるものから、ちょっと変わっていた。

教室のイメージカラーは、静奈の名字に由来する青だ。室内に置いてあるものの多くがその色で統一されている。夏はいいが、肌寒くなり始めたこの季節、もう少し暖色のインテリアを増やしてもいいような気がした。

内部には狭い受付カウンターがあり、すぐ隣がレッスン室になっている。その作りは変わっていなかった。

壁には防音対策が施されているに違いないが、それでも向こう側からピアノの調べが漏れ聞こえてくる。

流れるような旋律だ。素人《しろうと》の耳にも、弾き手の才能が並々ならぬものだと分かった。

静奈がレッスン室の重そうなドアを開けた。

直後、圧倒的な音の洪水が耳に流れ込んできて、啓子は思わず立ち竦《すく》んだ。

その音色は、力強さと軽妙さの対比が実に鮮やかだった。この世とは違う、どこか異境の世界で奏でられている音のようにも感じられた。情感がたっぷりと込められた調べに、知らず視界が涙で薄く滲《にじ》んでいた。

「ショパンの幻想即興曲ね」

曲名をそっと静奈が囁くと、旋律がぴたりと止まった。

グランドピアノの前にいた小柄な女の子がこちらを見ている。光をよく反射する青いドレスを着ていた。チューミと渾名されているらしいその子は、鼠というよりは栗鼠《りす》に似た、可愛らしい感じの小柄な少女だった。

「あれっ、菜月ちゃん?」

「チューミちゃん、やっぱり凄いね。こんなに近くで聴いたから、よけいに感動しちゃったよ」

菜月は拍手をしながらピアノの方へ駆け寄っていった。

宙未は椅子から立ち上がり、いったんこちらに会釈したあと、改めて菜月に向き直った。「今日はどうしたの?」

「実はね、わたしも昔、シズ先生に教わったことがあるんだ。四つか五つのとき」

「へえ。うちは小二のときからここ」

静奈が紅茶を持ってきた。レッスン室の隅に置かれたテーブルを挟んで、啓子は彼女と一緒に座った。

「もし寒いようでしたら、膝掛けにお使いください」

静奈が青いブランケットを手に掲げてみせた。

「そらみさん、っていうんですよね、あの子」

ブランケットを受け取りながら小声で訊《たず》ねると、「ええ」と静奈は頷いた。

「素晴らしい才能ですね」

「でしょう。この教室のホープです」

宙未の方へ細めた目を向けたまま、静奈はコンビニの袋を引き寄せた。中から菓子の包みをいくつか取り出す。

「あ、これですか？」こちらの視線に気づき、静奈は顔の向きを戻した。「練習の合間に摘《つ》まむおやつですよ」

そう言いながら、彼女は袋の裏に書かれた成分表示に厳しい視線をやった。一つ一つじっくりと印刷されている文字を確認している。

「もしかして、食物アレルギーをお持ちなんですか」

「ええ。わたしじゃなくて、宙未ちゃんの方ですけどね。ピーナッツが駄目なんです。買うときにも確かめてきたんですが、念のためもう一度」

どうやら問題はなさそうだった。「よし」と呟き、静奈は袋をレッスン室のキャビネットの中にしまった。

宙未は宙未で、菜月と談笑しながら、ピアノの椅子に座ったまま休憩を取っている。

「コンクールが近いんですね」

練習だというのに、あのようにわざわざ立派なドレスを着ているのは、できるだけ本番に近い格好で、ということだろう。

「おっしゃるとおりです。やっぱり刑事さんの推理力は違いますね」

このとき、静奈の目に欲のようなものが走った。宙未ならコンクールで優勝を狙える。結果、教室の名前が知れ渡ることになる。そういう計算でもしているようだ。

もう一つ、憎しみのようなものも、彼女の眼光には混じっているような気がした。嫉妬。そんな言葉が脳裏を掠《かす》める。

何はともあれ、私利私欲の算盤《そろばん》をはじいたからといって非難する気にはなれない。彼女は芸術家である一方で、経営者でもあるのだから、それは当然だろう。

聞けば、今日はほかの生徒は全員休ませ、宙未一人に集中的にレッスンを施す予定になっているとのことだった。

「菜月も、もうちょっと根気があればよかったんですけど」

ピアノのレッスンをやめたのは、菜月がもう嫌だとぐずったからだった。

だが、内心ではほっとしたものだ。静奈の指導は熱が入り過ぎて、ときどき見ていて怖くなることがあったからだ。当時から静奈は、自分のレッスン法に絶対の自信を持っていたらしい。それゆえ、妙にプライドが高いところがあった。

「菜月ちゃんには才能がありましたよ。お世辞ではなく」

「おかげさまで、絶対音感っていうんですか、ああいう能力はついたみたいです」

「よかった」

小さな笑みを漏らし、静奈はスプーンでティーカップの縁を軽く叩いた。キン、と鳴ったその音に耳を澄ませたあと、彼女はすぐに「シー」と言ってみせた。いま鳴った音はドレミの音階でいうと「シ」に当たるということだろう。

「絶対音感というのは、こうやって簡単に話のタネになりますから、幼少時に音楽をやっておくのは決して損ではありません」

「本当にそう思います。警察といえば夜も仕事をしているイメージがあるかもしれませんが、実は飲み会もけっこう多くて芸は一つでも多く身に着けておいた方がいいんですよ。ああ、わたしもピアノを習っておけばよかったな」

二人で笑い合った。話が思いのほか弾み、帰り際に、今度、菜月と一緒に三人で食事でも、という話をどちらからともなく切り出した。

「じゃあ、十月一日の夕方あたりは、どうでしょう?」

携帯電話の番号を交換しながら、静奈の方からそう提案してきた。

二週間後か。啓子は手帳を見た。もし大きな事件が起きなければ、その日は非番だから大丈夫だった。

3

菜月が注文したアマトリチャーナが運ばれてくるまで、少々時間がかかった。静奈に紹介されたこの『ブラーヴォ』は人気店らしく、広めの店内は九割超えといった混雑具合だ。

コンクール前にこれ以上邪魔しては悪いからと早めに退散してきたつもりだが、結局、静奈の教室には三十分ほどいたことになる。

厨房近くの席で、啓子は携帯を取り出した。

静奈と話をしている途中で、バッグの中で何度かバイブレーターが作動したのは分かっていたが、いちいち取り出すのは静奈に失礼だから、確認は後回しにしていた。

電話とメールの着信をチェックしてみたところ、急を要する用件はなく、啓子はそっと安堵の息を吐き出した。

「ド、ソ……」

突然、菜月がぼそりと口にした。

何事かと、啓子は携帯の画面から顔を上げ、娘の方を見やった。

菜月は客席と厨房を仕切るドアの方へ目を向けている。

「ラ……」

菜月の様子を見ているうちに見当がついた。

ドアに小さなカウベルが取り付けられていて、サーブに走る店員たちがそれを開けるたびに軽い音を鳴らしている。また、ドアの軋《きし》む音と店員が床を踏む音も、ここまで届いてくる。

「ミ、シ……」

この席付近で発せられるそれらの物音が、絶対音感を持った耳には、そういう音階で聞こえるらしい。

音楽教室で同級生の才能を目の当たりにし、張り合う気持ちが頭をもたげたのかもしれない。そう考えると何だかおかしくなった。

「シ、ド……」

「ほら、冷める前に早く食べなさい。あんたの〝聴〟能力はもう分かったから」

いまの駄洒落に気づかなかったのか、あるいは面白くなかったのか。にこりともしない娘の方へ、アマトリチャーナの皿を押してやる。同時に再びウエイトレスがやって来て、自分がオーダーしたリガトーニがテーブルに載せられた。

「で、チューミちゃんとはどんな付き合いなの」

「一年生のとき同じ組だった。いまはクラスが別だけど。席が隣になったこともあるから、わりと仲がよかったよ」

菜月はフォークにパスタを巻きつけた。だが、それをすぐには口に運ぼうとしなかった。

「チューミちゃんね、母さんとシズ先生がわいわいお喋りしているあいだに、こっそりわたしに話してくれたんだけど……」

啓子は言葉を待った。

「辞めたいんだって」

「辞めたい？　それは、静奈さんの教室を、ってこと？」

ようやくパスタを口に入れ、そのついでに、といった様子で菜月は頷いた。

「チューミちゃんほどの実力だと、不満みたい。シズ先生の指導がね。いままで言い出せないでいたけど、今日、思い切って打ち明ける、って言ってた」

「そうなの……」

だとしたら、いまごろ静奈の気持ちは千々《ちぢ》に乱れているかもしれない。宙未という子は、すんなりと辞められるだろうか。いや、おそらく一悶着あるだろう。そんな予感がする。指導が不満——その言葉は、プライドの高い静奈には許せないのではないか。誰がここまで育てたのか、という怒りも、彼女なら感じるに違いない……。

「菜月。十月一日の夜にね、シズ先生と一緒に食事をしない？」

「いいよ」

「場所はあんたが決めて。どこかいいお店を知ってるでしょ。知らなかったら友達から聞いて探してよ。値段はちょっと高くても目をつぶってあげるから。予約もお願いね」

そのとき、バッグの中でまた携帯が震える音がした。

画面に表示されているのは、先ほど交換したばかりの——静奈の番号だった。

《あの子が……》

震える声でそれだけを言ったきり、静奈は絶句した。「あの子」が宙未であることは間違いないだろう。彼女の身に何かが起きたということだ。

「すぐ行きます」

啓子は携帯をバッグにしまい、そこから財布を取り出しながら立ち上がった。

「どうしたの」

訊いてくる菜月の瞳孔は開いていた。いわゆる記者の目になっている。

「静奈さんの教室に戻る。あんたは来なくてもいいから。——会計をお願いね」

菜月の手に千円札を数枚押し込んでから、足早に店を出た。

隣のビルへ戻り、階段を駆け上がった。

レッスン室の中央。グランドピアノのそばに、静奈と宙未はいた。

宙未が床に倒れている。体には緋色《ひいろ》の布が被せられていた。毛布代わりということか。普段はグランドピアノのカバーとして使っている布のようだ。

静奈は、その布に包まれた宙未を、泣きながら抱きかかえていた。

舞台の上で、何か物語のラストシーンが演じられているかのような光景だった。天井からのスポットライトが、二人を照らし出している。そんな錯覚をしてしまいそうな場面でもあった。

ただ、床にはビスケットの破片が散らばっていて、その乱雑さが芝居じみた感じを払拭していた。

よく見ると、注射器のようなものも、ピアノの足元に転がっている。

レッスン室に足を踏み入れたとき、背後の教室入口で足音がした。こちらの言いつけを破り、菜月がついてきたのだと分かった。

振り向くことなく、啓子は二人の方へ駆け寄った。

「どうしたんですか」

「分からないのよっ」静奈は小刻みに首を振った。「宙未ちゃんがビスケットを食べていたら、急に苦しみ出して――」

「救急車は、もう呼びましたか？」

この問いには頷きが返ってきた。

「一人でいたら怖くなって、電話しちゃって、まだ隣の店にいると思ったから、巻き込んじゃって、ごめんなさい」

静奈の言葉は支離滅裂だったが、言いたいことは分かった。

「いいんです。気にしないでください」

見たところ、宙未はもう息をしていなかった。

4

《起きたことをもう一度教えてもらえますか》
《はい……。コンクールが近いので、宙未さんは懸命に練習していました。わたしは頃合いを見て、休憩時間にしました。彼女に紅茶とおやつを出しました》
《おやつですか。どんな？》
《有機小麦のビスケットです。その日、近所のコンビニから買ってきたものでした。それを食べる前に、宙未さんが「話があります」と切り出してきたんです》

《それで》
《「辞めたい」と彼女は言いました。わたしの指導法では限界があるから教室を移りたい、との申し出でした》
《それを聞いて、あなたはどう思いましたか》
《もちろんショックでした。言葉では言い表せないくらいに》
《それから？》
《わたしは泣きそうになってしまい、レッスン室を出ました。洗面所で顔を洗い、崩れた化粧を直しているうちに、少し冷静さを取り戻しました》
《納得したということですか》
《はい。宙未さんの将来のためなら、わたしの元から離れてもしかたがない、と》
《それから》
《レッスン室へもどりました。すると彼女が倒れていたんです。顔が紫色になって、少し口から泡を吹いていました》
《何が起きたと思いましたか》
《食物アレルギーだと直感しました。「ピーナッツには注意してほしい」と、保護者である彼女の祖父母から聞かされていました。ですから、宙未さんに出すおやつは全部チェックしていたんです。なので、どうしてアレルギーが起きたのか、まったく理

解できませんでした》

《そして救急車を呼んだんですか》

《いいえ。まずエピペンを探しました》

《エピペン？　それは何でしょうか》

《自分で注射ができるエピネフリン製剤です。万が一の場合にと医者から処方されたそれを、宙未さんは、ポーチに入れて持っていたんです。ですから、わたしが探し当てて注射しましたが、結果的に手遅れでした》

《注射をしたあとは》

《携帯電話で一一九番に連絡し、救急車を呼びました》

《それから？》

《一人で待っているのが不安でしかたがなかったので、知り合いの人にも電話しました。その日の夕方に久しぶりに再会し、すぐ隣のレストランで食事をしているはずの知り合いがいたので、彼女に来てもらいました》

《その知り合いというのは誰です？》

《羽角さんです。羽角啓子さん。刑事さんの同僚の方ですから、ご存じのはずですが》

《もちろん知っています。――話を戻しますが、あなたは、買ってきた小麦ビスケッ

トにピーナッツが入っていないことを確認した。なのに、どうしてアレルギー反応が起きたと思いますか》

《分かりません。それを訊きたいのはわたしの方です。なぜなんですか》

《その点に関しては捜査中です》

気がつくと、もう店の前まで来ていた。啓子はボイスレコーダーのスイッチを切り、事件の翌日に録音された黒木駿《くろきしゅん》と静奈のやりとりをいったん終わらせた。

耳からイヤホンを外し、二週間ぶりに『ブラーヴォ』のドアを開けた。

今日も混雑していて、店員が忙しく動き回っている。こちらの存在に気づいてもらえるまで、少し時間がかかった。

応対したウエイトレスに名前を告げたところ、案内されたのは、前回座ったのと同じ席だった。

まだ菜月は来ていない。

静奈もだ。彼女の場合は、事件のショックでキャンセルもありえたのだが、気丈にも、昨晩入れた確認の電話には「行きます」と答えてくれた。

やがて菜月が姿を見せた。新聞部の活動を終えたあと学校からまっすぐ来たため、通学リュックを背負ったままだ。

三人の会食に、菜月はまたこの店を選んだ。この前、アマトリチャーナを途中までしか食べられなかったのが悔しくて、その雪辱戦というつもりかもしれない。

「また同じ席だね。ここしか空いてなかったわけ？」

この質問に、菜月は首を横に振った。「この席にしてってって、こっちから頼んだ」

「何でよ。まったくあんたって子は、気が利かないんだから。厨房に近いと騒がしいじゃない。ここよりも窓際の方がゆったりできるでしょ」

「わたしは、この席が気に入ったの」

「あ、そ」

啓子は携帯を手に取った。

二週間前の夕方、宙未は病院に搬送されたが、救急隊員が到着したときには、やはりすでに死亡していた。

異状死だから、警察による検視の対象となった。

検視は病院で行なわれた。死因が調べられ、食物アレルギーであることが確かになり、杵坂《きねさか》署の刑事課が捜査することになった。

宙未と静奈の間には、教室を辞めたい辞めさせたくないという確執があった。育ててもらった恩義を返さない――そう感じた静奈が、突発的に強い恨みを宙未に抱いたとも考えられる。もしかしたら、圧倒的な若い才能に対する嫉妬もあったかもしれない。つまり他殺の線まで視野に入れての、だが身柄までは押さえず在宅のままでの捜査だった。

被疑者の知り合いということで、当然ながら啓子は捜査から外された。静奈への事情聴取は、普段は相棒として仕事をしている黒木の仕事となった。

もちろん啓子は、刑事課長にはっきりと報告しておいた。

「青埜静奈は、買ってきたおやつにピーナッツ成分が入っていないことを念入りに確かめていました。わたしの目の前で、です。ですから殺意があってあのビスケットを食べさせた、とはとても考えられません」

その後の捜査で判明したところによれば、食品工場でピーナッツ菓子を作っていると、それ以外の製品にもピーナッツの成分が混入する場合がままあるのだという。どうやら今回の事件はこのケースに該当しそうだった。

ビスケットならビスケットの袋に【本製品の製造工場ではピーナッツ菓子も生産しています】といった文言が印字されている場合もある。そのような商品を狙って買ったとすれば、故意に宙未を死なせようとしたとも考えられる。しかし、今回静奈が購入したビスケットには、そうした表示はなかった。したがって、宙未のアレルギー反応は明らかに事故ということになる。

では、その事故が起きたと知っていながら、静奈はすぐには救助せず、故意に静観したのではないか。もしそうだとしたら、遺棄致死傷罪に該当するおそれがある。

静奈に対する捜査を打ち切るか継続するかの判断は、本日中に下すと課長は言っていた。その意思決定があり次第、黒木から電話で連絡が来るはずだった。

「遅れてごめんなさい」

約束の時間に五分ほど遅刻して現れた静奈は、襟なしのオータムジャケットを着ていた。下に穿いたスカートとともに、今日も青で統一している。

辛い食べ物が好きらしく、彼女はアラビアータを注文した。

「持ってきてくださいました？」

「ええ。これでいいかしら」

静奈は一冊のミニアルバムをバッグから取り出した。

啓子はあらかじめ静奈に、コンクールや練習風景を撮影した写真があったら見せてほしい、と頼んでおいたのだった。

食事そっちのけで、啓子はアルバムのページを捲《めく》り続け、記録写真に見入った。

実は、今回の事件には一つ引っ掛かる点があった。

あのとき、静奈は、なぜ宙未に緋色の布を被せたのか。

レッスン室には青いブランケットもあったのに。

苦しんでいる宙未の体を温めたいなら、ブランケットの方が適当なはずだ。だがその代わりにピアノカバーを使った。その心理をどう説明すればいいのか。

ここに静奈の殺意が秘められている。そんな気がするのだ。

人間よりも蛙の方が殺しやすい、という理屈がある。それに従えば、静奈は宙未に死んでもらうにあたり、宙未が自分のイメージカラーである青を着ているよりも、別の色に身を包んでいる方が、心理的に都合がよかったに違いないのだ。

この点に気づいても、だが、啓子は上司に報告しなかった。

もしかして、静奈の青い衣装への拘《こだわ》りは、そんなに強くないのかもしれない。たまに赤い服を着る場合もあったとしたら、この考えは自分の思い過ごしということになる。

だから教室の記録写真を食い入るように調べていった。

静奈が青以外の衣服を着ている写真は一枚もなし。そう判明したとき、携帯が震えた。

「ちょっとごめんなさい」

席を外し、いったん店の外へ出て電話に出る。

《青埜静奈の件ですが、課長の判断が出ました》

黒木の声を受け、端末を握る手に力がこもった。

《捜査は打ち切りです》

よかった。

駄目。

二つの思いが、まったく同等の質量を持って自分の中でぶつかり合ったのを感じた。

《検察とも相談したうえでの判断です。疑わしい部分もあるが、証拠がなさすぎて犯意を証明できない、というのが結論でした》

「分かった」

——宙未には両親がおりません。祖父母に育てられていました。祖父母は昔気質《むかしかたぎ》のいわゆる「お人よし」的な人物で、誰かを疑うということを知りません。いままで世話になった先生だから、と被疑者に対して民事訴訟を起こすつもりはないようです。

そんな情報を付け加えてから、黒木は電話を切った。

店内に戻ると、目に見えて静奈の顔色が悪くなっていた。

「大丈夫ですか？」

そう啓子が声をかけると同時に、静奈はフォークを置いた。アラビアータは半分以上皿に残ったままだ。

「出ましょうか」

静奈は頷いた。

「わたしが払ってくるから、先に行ってて」

気を利かせてそう申し出た菜月に、今回も千円札を数枚渡し、静奈と二人でドアを押した。

外の空気を吸うと、静奈の具合はやや落ち着いたようだった。

「ごめんなさい、羽角さん。わたしの分はいくらでしたか」

「気にしないでください。次の機会にご馳走になりますから」

このまま静奈は立ち去るのだろうとばかり思ったが、いつまでもこちらの前から離れようとしない。

「先生、今日はもう帰ってお休みになったらどうですか」

「ええ。休みにします。教室は当分の間ね」

「教室ではなく、先生ご自身のことを言っているんです」

ここで静奈はふっと弱い笑みを漏らした。

「羽角さん、手錠を持っていますか？」

「いま？　いいえ」普段は持ち歩かない。

「そう。残念」

できれば、羽角さんにかけてほしかったな。そう言って、静奈は両手首をそろえてこちらに差し出してきた。

5

体育館は寒かった。

後ろの隅に石油ファンヒーターが二つばかり用意してあるが、おそらく何の役にも立っていないだろう。

保護者用に準備されたパイプ椅子はガタがきていて、少し身動きするたびにうるさく軋んだ。

救いと言えば、校長の話が思いのほか短かったことぐらいか。

立志式――かつての元服に相当するものとして、一人前になったことへの自覚を求めるといった趣旨で行なわれる式典だ。

だが、警察官としての立場から言わせてもらえば、これは要するに、刑法上の責任能力がある年齢になったことを知らしめ自重を促す、といった狙いを持つセレモニーでもあるのだ。

啓子は目を閉じた。

ここ最近、繰り返し頭をよぎるのは、ピアノ教師と最後に会った日の様子だ。

今月初日の晩、両方の手首をそろえてみせたあと、静奈は路上に跪《ひざまず》いた。助けようと思えばできた。だが苦しむ宙未をしばらく黙って見ていた。そう告白したあと、周囲の目も気にせず泣き崩れた。どうして宙未を早く助けようとしなかったのか。彼女の頬を伝ったものが、本心からそう後悔する涙であることがよく分かった。

プライドや意地、独占欲もあった。だが、何よりも嫉妬の感情が最も強い動機だった。取り調べで、そう彼女は証言した。

嫉妬——時間を経てから振り返れば本当につまらない感情なのに、それは、ある瞬間には、目の前が見えなくなるほどの力を振るい、人生を狂わせてしまう……。

いずれにしろ、静奈が自首する気になってくれたのは幸いだった。そうでなければ、真実が埋もれてしまうとの焦燥感で、こちらがずっと苦しむことになっていたはずだ。

静奈が折れたきっかけは、その直前に『ブラーヴォ』の店内で、写真を一つ一つ確認していったことにあったのだろうと思う。あれが心理的な圧力として効いたのだ。少々照れるが、強いて言えばわたしの手柄ということになる。

啓子は目を開いた。

教頭の司会で立志式の式次第は進み、もう菜月の出番がやって来た。

相変わらず仕事は山積みだ。これだけ聞いたら、人目につかないようにしてさっさと引き上げよう。そう決めて啓子は、保護者席の最後列でそっと座り直した。

制服の胸にリボンをつけた壇上の菜月は、遠目から見ると、普段より大人びた姿で映った。

「誰でも悪事に手を染めます」

それが菜月の読み上げる文章の出だしだった。

「人に言えない悪いことの一つや二つは、どうしてもやってしまうものです。もちろん、わたしもそうです。犯罪に手を染めても、そこに他人の目がなければ、犯人は逃げることができます。けれども、どんな場合でも目撃者はいます。真実という目撃者です。わたしの将来の夢は新聞記者になって、埋もれてしまいそうな真実を世の中に伝えることです。それが立志式にあたっての、わたしの小さな誓いです」

小さな誓いとは言いながら、真実、真実と気負うあたりが、まだまだ青いな、という気がする。聞いている方が少し恥ずかしくなるようでもあった。だが、これぐらい肩に力が入った言葉の方が、式典の趣旨には合っているのかもしれない。

菜月が一礼して壇から降りた。それを機に、啓子は手洗いに立つふりをして体育館から出て、けやき中学校をあとにした。

先日、三者面談後に菜月と通った道を、今度は一人で歩く。

途中で見上げた「BMS」の看板は、気のせいかいくぶん色褪《いろあ》せて見えた。

その隣のビル一階、『ブラーヴォ』を外から覗くと、相変わらず店は混んでいるようだった。

窓際の席に座った客が、コーヒーをかき混ぜたあと、スプーンの先でカップを軽く叩く様子が垣間見えた。

いつかの静奈が、同じような仕草をしてみせたものだ。いまあの窓際の席では、ドレミファソラシドのうち、どの音が小さく鳴り響いたのだろう。警察の留置場ではあまり物音がしないから、絶対音感の持ち主は、むしろ落ち着いていられるのではないか。

店の奥へ目をやれば、厨房と客席を仕切るドアを、今日も店員が忙しく行き来している。

「ド、ソ」

「ラ」

「ミ、シ」

「シ、ド」

あの一連の動作がそういう音に聞こえるとは、なかなか面白そうだ。自分にもそんな音感が備わっていたらよかったのにと改めて思う。

雑音をドレミで表現してみせた菜月の様子を想起しながら、店の前を通り過ぎようとして、啓子は足を止めた。

「ド、ソ、ラ、ミ、シ、シ、ド」

「ド、ソ、ラ、ミ、シ、シ、ド」

　思わず立ち止まったのは、菜月の読み取った音を繰り返し頭の中で唱えているうちに、一つの言葉が見えてきたからだった。

「ド、ソ、ラ、ミ、シ、シ、ド、ド、ソ、ラ、ミ、シ、シ、ド」

　——シ、シ、ド、ソ、ラ、ミ。

　宙未の名字は、たしか宍戸といったはずだ。

　一緒に食事をした十月一日、静奈が「真実」の前にひれ伏し、自首を決めた真の理由は、本当に写真を調べたわたしの行動にあったのだろうか。

　そうではなく、見殺しにした相手の名を繰り返し耳にしたからではなかったのか。

　警察署の取調室で蛙の声を聞いた容疑者のように。

　厨房に近いあの席を選んだのは菜月だった。もっと落ち着く席が空いていたはずなのに、敢《あ》えてそこを選んだ。

　この席が気に入ったの。そう菜月は、表向き軽く受け流した。しかし実のところ、あの行為には明確な意図があったとは考えられないか。

　殺したい相手にゲコと名付けた容疑者と、宙未に緋色の布を被せた静奈。

　この類似には、当然菜月も気づいていた。

わたしの考えはそこで止まったが、あの子はさらに先を考えた。

ゲコの物語にあった続き。そこまで見据えて、菜月はあの席に静奈を座らせたのではなかったのか。

真実のために。

啓子は自分の顔がみるみる強張っていくのを感じた。額に脂汗が浮き出てくるのを止められなかった。

認めたくないが、いま自分の胸に湧いているものは、嫉妬という感情に近かった。

しかし、不思議と悪い気はしなかった。

解説

西上心太（文芸評論家）

本書は二〇一九年に刊行された『ザ・ベストミステリーズ　推理小説年鑑　2019』を文庫化したものだ。日本推理作家協会編とクレジットがあるように、日本推理作家協会が主催する第七十二回日本推理作家協会賞短編部門にノミネートされた作品を中心に、二〇一八年に発表されたベスト短編を収録している。

日本推理作家協会は、推理文芸の普及・発展を目的とした団体だ。「探偵小説」は第二次世界大戦中には敵性文学として執筆の機会を奪われ、逼塞《ひっそく》を余儀なくされていた。しかし敗戦後に一気に息を吹き返し、隆盛の時代を迎えていく。一九四六年の六月には江戸川乱歩の呼びかけにより、作家や愛好家が毎月一度の会合を持つようになった。この「土曜会」が発展し、四七年六月に発足したのが探偵作家クラブである。五四年には関西探偵作家クラブ（四八年設立）と合併し日本探偵作家クラブに、六三年に法人化に伴い社団法人日本推理作家協会に、二〇一四年に公益法人制度改革により一般社団法人日本推理作家協会と改称して現在に至っている。団体としての歴史はすでに七十年を超えている。

その年の優秀作を顕彰する制度は四八年から始まっており、第一回探偵作家クラブ賞長編賞は横溝正史『本陣殺人事件』、短編賞は木々高太郎「新月」が受賞している。なおこの時だけ設けられていた新人賞の受賞作は香山滋『海鰻荘奇談』であった。

第二回から第四回までは長編賞と短編賞の二部門制だったが、第五回から第二十八回までは部門の区別がなくなった。そして第二十九回から現在まで、細かい名称や区分の変化はあるが、長編及び連作短編集部門、短編部門、評論・研究部門の三部門をそれぞれ顕彰している。

推理小説年鑑は名称や版元こそ何回か変わっているが、一九四八年以降一年たりとも途切れることなく刊行されている。一九五五年に設立され、五七年の第三回から新進推理作家の発掘を目的とした公募長編推理小説新人賞となった江戸川乱歩賞と並ぶ、日本推理作家協会の「推理文芸の普及・発展を目的」とした二大事業なのである。

日本推理作家協会賞短編部門の選考は三段階で行われる。協会から委嘱された四人の予選委員が、単行本や文庫、雑誌に発表された八百本ほどの短編作品を分担して読み、それぞれが数本の作品を選ぶ。これが第一段階である。次に短編を掲載する小説雑誌を刊行している出版社からの推薦作を併せた七十本ほどの作品を、予選委員全員で読むのが第二段階だ。この段階で五本程度の作品を協会賞短編部門の候補作として選出する。このほかに既受賞者の作品も数作選び、推理小説年鑑への収録作が決定するのだ。協会賞短編部門の候補作は最終選考を担当する選考委員に送られ、毎年四月ごろに開催される選考会で受賞作が決定する。そしてその結果も踏まえた年鑑が年内に刊行されるのだ。

つまりこの年鑑の収録作は八百本を超す作品から抽出された、その年の精華なのだ。

それではさっそく収録作品を紹介していこう。

学校は死の匂い　澤村伊智

初出「小説野性時代」二〇一八年八月号（KADOKAWA）

『などらきの首』（二〇一八年、KADOKAWA）所収

第七十二回日本推理作家協会賞短編部門受賞作であり、第二十二回日本ホラー小説大賞受賞作『ぼぎわんが、来る』をはじめ、『ずうのめ人形』、『ししりばの家』など

に登場する比嘉《ひが》姉妹シリーズのスピンオフ作品でもある。

小学六年生の比嘉美晴は、「見えたり聞こえたり感じたり」することができる霊感体質の持ち主だ。雨の日にだけ小学校の体育館に現れる少女の霊。霊がくり返す不穏で不思議な行動の真意を美晴がくみ取った結果、学校という閉ざされた場所で起きた悲劇が浮かび上がる。選考委員のあさのあつこ氏は「自分の構築した世界にごく自然に読み手を誘い込み、虜にしてしまう作家の力量は卓越している」と、麻耶雄嵩氏は「幽霊という超常現象を扱った作品だが、それを活かした手垢に塗《まみ》れていないトリックやロジックが見事に決まり、新鮮な興奮をもたらしてくれた」作品であると高い評価を下している。

埋め合わせ　芦沢 央

初出「オール讀物」二〇一八年七月号（文藝春秋）

『汚れた手をそこで拭かない』（二〇二〇年、文藝春秋）所収

プールの水を誤って半減させてしまった小学校教師が、巨額の水道代と責任を逃れようとして偽装を試みるが、ますます追いつめられていく。内気な主人公が泥沼にはまっていくさまにはらはらする読者も多いことだろう。さしずめ日常の謎ならぬ、日常のサスペンスとでも呼べるだろうか。実際似たようなことがニュースにもなってい

たが、一個人をこれほど追い込んでしまう、学校という職場にも問題があるのかもしれない。

ホームに佇む　有栖川有栖

初出「小説BOC」二〇一八年八月号（中央公論新社）

『濱地健三郎の幽たる事件簿』（二〇二〇年、KADOKAWA）所収

心霊探偵・濱地健三郎シリーズの一編だ。三十代半ばにも、五十路手前にも見える年齢不詳の紳士と、似顔絵が得意な美女アシスタント志摩ユリエが、心霊絡みの事件に挑む。

少年の霊はなぜ有楽町駅のホームに佇んでいるのか。頻繁に東京へ出張するビジネスマンの目撃譚から、その理由を探っていく。怪談と本格ミステリーの融合を図った、読後感の良い作品である。

イミテーション・ガールズ　逸木 裕

初出「小説野性時代」二〇一八年七月号（KADOKAWA）

『五つの季節に探偵は』（二〇二二年、KADOKAWA）所収

第三十六回横溝正史ミステリ大賞受賞作『虹を待つ彼女』などに登場する女性探

偵・森田（旧姓榊原）みどりの高校生時代を描いた作品だ。担任教師の弱みを握るよう、クラスメイトから脅迫めいた依頼を受け、探偵の真似事にとりかかったみどりの行動が、思わぬ波紋を広げていく。

嫌々始めた調査によって、みどりは徐々に探偵の仕事に目覚め、やがて父の経営するサカキ・エージェンシーに入社する。隠されたものを暴きたいという彼女の性癖が解き放たれるきっかけとなった経験を描いた作品である。みどりの半生をクロニクル的に描いた『五つの季節に探偵は』を読めば、彼女がどのような探偵になっていくのかがわかるだろう。

クレイジーキルト　宇佐美まこと

初出「小説宝石」二〇一八年九月号（光文社）

多数の登場人物が織りなす群像劇から、ある悲劇が浮かび上がる。不定形の布をパズルのように縫いつけて完成するクレイジーキルトが象徴する、人間の知りようのない未来、避けようのない運命を巧みに切り取った作品だ。

東京駅発6時00分　のぞみ1号博多行き　大倉崇裕

初出「ミステリーズ！」ｖｏｌ．87　二〇一八年二月刊（東京創元社）

『福家警部補の考察』（二〇一八年、東京創元社）所収作者自身が大ファンというテレビドラマ「刑事コロンボ」に触発された作品が、福家警部補シリーズだ。中でもこの作品は、殺人を実行してきたばかりの犯人と、出張に出かける福家が新幹線で隣り合わせになるという異色作。犯人の目的地である京都に着くまでの間に、犯人を追い込むことができるかという、タイムリミットサスペンスの趣向も加味されている点にも注目。

くぎ　佐藤　究

初出「読楽」二〇一八年五月号（徳間書店）

少年鑑別所あがりで塗装店に入社した青年が主人公。暴力が日常だった世界からの脱却を目指すものの、非日常的な暴力に邂逅《かいこう》してしまう。第三十四回山本周五郎賞と第百十六回直木賞のダブル受賞に輝く『テスカトリポカ』に登場する青年と通底するようなキャラクターだ。

母の務め　曽根圭介

初出「ジャーロ」№66　二〇一八年十二月刊（光文社）

末期癌で余命いくばくもない夫と、死刑囚の息子を持つ母親。自分が殺した遺体を部屋に据えたフリーザーに隠し続ける男。交互に描かれる二つのパートがラストで衝撃的に交錯する。作者は二〇〇九年に「熱帯夜」で第六十二回の本賞を受賞しているように、短編が得意で、本年鑑への収録も多い。

緋色の残響　長岡弘樹

初出「小説推理」二〇一八年十月号（双葉社）

『緋色の残響』（二〇二〇年、双葉社）所収

第六十一回の本賞を「傍聞《かたえぎ》き」で受賞している短編ミステリーの名手。「傍聞き」にも登場した女性刑事・羽角《はずみ》啓子と娘の菜月が登場し、ピアノ教室で食物アレルギーショックを起こして亡くなった少女の「事故」の裏側を探っていく。名刑事の母、その血を継いだ娘の持つある能力が、隠されていた意図を暴き出す。

以上九編。長編小説偏重の時代ではあるが、切れ味鋭い短編ミステリーには独自の魅力が詰まっている。忙《せわ》しない現代にはちょっとした空き時間で読める短編はうってつけだ。九編のマスターピースをお楽しみいただければ幸いである。

本書は二〇一九年六月に小社より単行本『ザ・ベストミステリーズ2019』として刊行され、文庫化に際し一部加筆修正のうえ改題したものです。

※各作品の扉に掲載した著者紹介は、（K）佳多山大地氏、（S）新保博久氏、（N）西上心太氏、（Y）吉田伸子氏が、執筆しました。

2019 ザ・ベストミステリーズ

日本推理作家協会《にほんすいりさっかきょうかい》 編《へん》

2022年4月15日第1刷発行

発行者——鈴木章一

発行所——株式会社 講談社

東京都文京区音羽2-12-21 〒112-8001

電話 出版 (03) 5395-3510

販売 (03) 5395-5817

業務 (03) 5395-3615

Printed in Japan

講談社文庫

定価はカバーに
表示してあります

KODANSHA

デザイン—菊地信義

本文データ制作—講談社デジタル製作

印刷———株式会社KPSプロダクツ

製本———株式会社国宝社

ISBN978-4-06-527647-1

講談社文庫刊行の辞

二十一世紀の到来を目睫に望みながら、われわれはいま、人類史上かつて例を見ない巨大な転換期をむかえようとしている。

世界も、日本も、激動の予兆に対する期待とおののきを内に蔵して、未知の時代に歩み入ろうとしている。このときにあたり、創業の人野間清治の「ナショナル・エデュケイター」への志を現代に甦らせようと意図して、われわれはここに古今の文芸作品はいうまでもなく、ひろく人文・社会・自然の諸科学から東西の名著を網羅する、新しい綜合文庫の発刊を決意した。

激動の転換期はまた断絶の時代である。われわれは戦後二十五年間の出版文化のありかたへの深い反省をこめて、この断絶の時代にあえて人間的な持続を求めようとする。いたずらに浮薄な商業主義のあだ花を追い求めることなく、長期にわたって良書に生命をあたえようとつとめるところにしか、今後の出版文化の真の繁栄はあり得ないと信じるからである。

同時にわれわれはこの綜合文庫の刊行を通じて、人文・社会・自然の諸科学が、結局人間の学にほかならないことを立証しようと願っている。かつて知識とは、「汝自身を知る」ことにつきていた。現代社会の瑣末な情報の氾濫のなかから、力強い知識の源泉を掘り起し、技術文明のただなかに、生きた人間の姿を復活させること。それこそわれわれの切なる希求である。

われわれは権威に盲従せず、俗流に媚びることなく、渾然一体となって日本の「草の根」をかたちづくる若く新しい世代の人々に、心をこめてこの新しい綜合文庫をおくり届けたい。それは知識の泉であるとともに感受性のふるさとであり、もっとも有機的に組織され、社会に開かれた万人のための大学をめざしている。大方の支援と協力を衷心より切望してやまない。

一九七一年七月

野間省一